新装版

ぼくらの時代

栗本 薫

講談社

目次

ぼくらの時代

第1のノート

オープニング・シーン

このノートを書きはじめるまえに、云っておかなくちゃならないことがある。

それは、ぼくがほんとはちっともこんなもの、書くつもりなんかなかった、っていうことなんだ。

大体ぼくがこんなもの書く理由もないんだよな。それを、けしかけて、お前が書くべきだ、と云った信とヤスヒコの奴、許せない。

「まあ、お前がいちばんヒマだしさ——オレらもう来年は社会人だからな。お前はそれに、前からわりと作詞なんかしてたじゃんか」

「作詞とこんなもんが一緒になるか」

ぼくはわめいたんだが、結局説得されてしまった。誰かが記録にしなくちゃいけない、って奴らは云うわけだ。

「やっぱりひろく世間に、さ――見てもらって、知ってもらうべきだと思うのよね。その上で、みんなに決めてもらうべきことだろ、どう思うかは」

「ただまあ、真実をバラすと誰かさんに粛清されちまうからさ――だから、小説にするわけョ。これは小説です、フィクションです、作中人物にぜんぜんモデルはいません、っってさ」

「でも読めば、わかる奴にはわかっちまうよ」

「それは、いいんだ。云われたら小説だョって云っておしとおしちまや、いいんだから」

何の、かんの、いわれて、やっぱりぼくが押しつけられちゃった。でも本当はちっとも気が進まないんだからな。このノートが、万一、ああなって、こうなって、ぼくらの身の破滅になったってぼくの知ったことじゃないからな。

もうじき、お正月だ。正月休みには、信もヤスヒコも国に帰っちまう。しかたないからぼくひとり冷たい下宿でしこしことノートを埋めて、ひまつぶしにしていようかと思っている。

だけど、これまで小説なんか書いたこともないから、ぼくにはどう書いていいのかもよくわからない。何からはじめればいいんだろう。自己紹介?

ぼく栗本薫。二十二歳、みずがめ座。某マンモス私大の三年生で、ロック・バンド『ポーの一族』のキーボードとボーカル担当。少し長髪、少し短足。まあ、その、カワユイ、と云ってくれる女の子もひとりふたりいたりして——いや、まてよ。これじゃ少女マンガだな。

まがりなりにも小説なんだからな。順をおって、何とかであった、って書いていくのが、ホントなのかもしれない。こういう具合いかな。

『——TV局の白い建物の前に、少女たちが群らがっていた。

年のころは十二、三から、大きいので十七、八、というところだろう。

きれいなの、あかぬけないの、肥ったの、痩せこけたの、セーラー服にカバン姿、ジーンズ、ミニのワンピース、と恰好も態度も何の統一もなかったが、ただひとつの点では、彼女たちはみな似通っていた。

何かを待ちこがれているような、ぎらぎらと熱っぽい目つき。広い門からすべりこんで来るタクシーや自家用車が、局に出入りする客や局の関係者をおろすたびに、いっせいに首をまわして見ては、また失望したように、玄関の方へ目をもどすこと、である。

「あい君、おそいなあ」

たまりかねたように、一人が云った』
うーん。こんな具合いだね。よし、決まった。じゃそれでいってみよう。それにしても、ほんとにどうなったって、ぼくは知らないんだからね。ぼくは要するに、ただの三流ピアノひきにすぎないんだからな。

1　ぼくらの発端

TV局の白い建物の前に、少女たちが群らがっていた。

年のころは十二、三から、大きいので十七、八、というところだろう。

きれいなの、あかぬけないの、肥ったの、瘦せこけたの、セーラー服にカバン姿、ジーンズ、ミニのワンピース、と恰好も態度も何の統一もなかったが、ただひとつの点では、彼女たちはみな似通っていた。

何かを待ちこがれているような、ぎらぎらと熱っぽい目つき。広い門からすべりこんで来るタクシーや自家用車が、局に出入りする客や局の関係者をおろすたびに、いっせいに首をまわして見ては、また失望したように、玄関の方へ目をもどすこと、である。

「あい君、おそいなあ」

たまりかねたように、一人が云った。さっき、ガラスの扉から、客にまぎれて内部に侵入をくわだて、あっさり門衛につまみ出されていた、ふとった娘である。

ひっつめのお下げにした髪と、指のマニキュアがそぐわない。そのような田舎くささは、多かれ少なかれ、そこに群れている三十人ばかりの娘たちのだれもが、どこかにのぞかせていた。真白な建物と、ガラスのドアから見える、蛍光灯にてらされた超モダンなフロア、そこを行き来しているあかぬけた、いかにも誇らしげな人びとと、そろそろ日のくれてきた街を背景にいつまでも物欲しげに佇んでいる少女たちとでは、まるで種族からして違っているようにさえ、見えた。

「どうしたの。たいそうな人だかりじゃないか」

黒塗りのハイヤーからおりた、五十がらみの男が、出迎えた品のいい男に彼女たちを顎で示した。

「ああ、あれ。いつものことですよ。誰かのファンなんです。車からおりてスタジオ入りするところを、ひと目でいいから見て、あわよくばサインとか、握手ってね。要するに豚娘どもですがね」

「もう暗いのに、帰らんのかな」

「とんでもない、スタジオ入りを見るとこんどは帰るところを狙って、毎日毎日、十一時すぎまでうろついてまさ。さすがに人数はだいぶ減りますがね。純情なもんというか、気狂い沙汰というか、まあ私らなんかは馴れっこになっちまってたいてい気がつきもしませんが」

「どういう家の子なんだろうね。ああいうのが、キャーとか、ワーとかやるわけだろう、ステージの下で。――誰を待ってるんだろうね」

「そうですな――」

彼はちょっと考えた。

「いまの時間なら、あい光彦か、関まさみでしょう。八時から『ドレミファ・ベストテン』の収録入ってますからね。あい光彦でしょう、きっと。このごろ急に人気が出てきましたからね」

「あい――ってあの、あいクンっていう、アタマにちりちりパーマかけて、気狂いみたいななりをしてる、男か女かわからんような――？」

「よくご存じですな」

「うちにも中三のがいるからね。部屋に写真なんかはっちまって、はがせというと喧嘩だ。私なんかもう年なんだろうね。どこがいいのかわからんし、あの頭、とっ捕まえてちょん切ってやりたいというとえらく怒って、パパなんかと話はできないっていうからね。毎晩同じような歌番組ばかり見せられるし、まったくかなわん世の中だよ」

「ご時世ですよ。まあ私らなんかそのもとを作ってるんで、お得意様にこんなこと云えやしませんが、しかしどこがいいのかと思いますからねえ。まったく」

「おや、きみでもそんな風に思うかね」

「いやもう、私なんかまったく年で。――これで、三回に二回は、歌手なんざ、あの連中をよけて裏からこっそり入っちまうんで、今日あたりももう入ってるでしょう。待ち呆けと思や、可哀想な気もしますけれども、しかし何ですなァ、我々があのころには、ああいうむすめは、いなかったですねえ」

二人は話しながら、エレベーターに入った。

エレベーターは玄関を入ってつきあたりに三基、並んでいる。ドアのしまる前に、ガラスのドアごしに、もうとっぷりと暮れてネオンのちらつきはじめている外に立ちつくす、むくむくとした少女たちの群像がシルエットになってかれらの目に入った。

「ああやって待って、ひと目見て、どうしようというんですかねえ」

TV局員はちょっと溜息まじりに云ったが、

「ところでこの企画なんですがね」

もう彼女たちのことは払いのけて向き直った。エレベーターが上昇してゆく、かるい浮揚感があり、ランプが次々に昇っていって、まもなく「七階」をつげた。

TV局の収録中のスタジオには、一種独特の熱気がみなぎっている。

そろそろ民放では少なくなりかけている、スタジオ制作の歌番組だった。この『ドレミファ・ベストテン』は数多いベストテン番組のはしりとして、しにせ極東テレビの売り物だったし、その中でもいちばん評判のいいのが、スタジオに入れたファンにボタンをおさせて、その支持率で決める「きょうのベストヒット」コーナーだったからである。

ひいきの歌手にベストヒットをとらせようと、ファンクラブや親衛隊の少女たちが、『ドレミファ・ベストテン』の整理券を奪いあいし、プレミアムまでついている、という評判だった。

「——はい、そこの赤いセーターの人、もっとつめて。いいですか、あまり押すとおっこちるよ」

トレーナーにジーパンのアシスタント・ディレクターが手をメガホンにして指図し

ている。伴奏のオーケストラの席はまだ半分がたあいていて、あちこちでチューニングに余念のない、いろいろな楽器の音が入りまじる。

ライトが順番にパッパッとついてゆき、またパッパッと消えてゆく。

「おい、あい君まだかァ。何やってんだ、あのガキ」

「桜サン、ホリゾントのところへ来てくれませんか」

あちこちにのびているコードをかいくぐって、スタッフがてんやわんやを演じている。

「じゃいいですね。もう一度練習してみましょう。あいクン、階段の上に立つ。ボクが腕まわす。ワー。あいクンがおりてくる。ライトがあたる、ここで拍手やめ。最初ですからね。司会のことばにかぶさらないようにして下さい。特にあいクンのファンの人、キャーッというの、ボクが手あげるまでおさえてね。はい、もいっぺん。あいクン出た。江島健サンの紹介、おわる。はい、ワー」

ＡＤの腕に指揮されて、おとなしく、ひな段を埋めた若者たちは手を叩いた。

「はい結構。それ忘れないようにしてね」

「真野さーん、あいクンやっと来ましたあ」

「来た？　やれやれ、遅いぞ。早くメーク行って。あといくらもないよ」

「FBSから直行だってさ」

顔をしかめて、若いADが云った。

「売れっ子にゃ勝てねェよ」

「あ——おい、こら」

席につこうとしたオーケストラのギター奏者が見とがめて怒鳴った。

「なんだお前、さわるな」

「すいません」

ひょいと首をさげてみせたのはぞろりと背の高い、とぼけた長髪の若者である。

「ギター見せてもらってたんですよォ」

「アルバイトか？　早く、あっち、行けよ。通れんじゃないか」

「どーも、どーも」

のっぽは、もて余してるみたいな長い脚を操ってカメラのうしろへ逃げこんだ。そこで、頭にアフロ・パーマをかけた中背痩せ型のと、ちょっと小柄で大きなパーカにくるまったのと、同じようなフーテンふうに何かぼそぼそ云って、三人でわあと笑ったので、ギター奏者が怒ってにらみつけた。

「せこいターギ使ってやがら」

「金ねえンだろ」

ひな段の連中がそっちへちょっと首をまわした。しかし、

「ちょっとあいクンのカメ・リハだけやりますから。そのあと十五分でラン・スルー、本番の順です。配置について下さい」

フロア・ディレクターの大声で、たちまちすべての目がそちらを向いた。

「あ、出てきた」

「あいつか。あい光彦」

例の三人組があげた声は、キャーッという少女たちの金切り声に消された。

「あいくーん」

「こっち、むいてえ」

「かわいいッ」

一段、高くなったステージに姿をみせたアイドル歌手は、大急ぎで着たらしい、シースルーのフリルつきブラウスに、ぴったりした黒のパンタロン、首に金のチョーカー、といういでたちだった。

ふたえ瞼、長い睫毛《まつげ》、ちょっととがらせた唇、細い首と撫《な》で肩、きゃしゃでフランス人形のような外見の少年だ。まだ十七、八で、デビューしてたちまち熱狂的な少女

ファンの支持をうけてスターにのしあがっている。

「あいクンッ」

「好きーッ」

「ちょっと、ちょっと、ちょっと」

ADがわめいた。

「ちょっと時間ないんだよ。静かにして、静かに。うるさくするとつまみ出すよッ。あッ、こら、そこの子、どこ行くの、どこへ！　カメ・リハがはじまるんだよ。動いちゃだめッ、そこのロングヘアのコ！」

云われた方はしぶしぶもとの席におさまる。名指しで怒鳴られたのは、ひな段の上から二番目の、左端に座っていた、白いワンピースで背中まである髪を真中からわけて垂らした十五、六の娘で、胸にあい光彦のLPを抱きしめて、思いつめたような顔でひな段からとびおりようとしたのだった。

「カメ・リハ、スタンバイOKですか？」

「いいですか」

大声がとびかって、まもなくどうやらスタジオのなかはしんとなった。

「では、続いて本番行きます」

ヘッドフォンをつけたフロア・ディレクターがふれてまわった。電灯が消え、ライトが点滅した。

「いいですね。さっき打ちあわせたように、司会おわってワー、パチパチ、です」

ＡＤが念を押した。

ひな段の若者たちは緊張した顔になった。みんなつてを頼んだり、何枚も何枚もはがきを書いて、やっとここに並ぶことができたのだ。かれらの大半はいつも、さっきの少女たちのように局の玄関やコンサートの楽屋口に立ちつくしてアイドルを待っている熱烈なファンたちである。かれらの顔はライトに照らされて、火照っていた。

クレーン・カメラがゆっくりとおりて来、1カメラがぐっと近づいて、『ＫＴＶ・ドレミファ・ベストテン』と描かれたバックの前の、司会者の江島健とマリ中山をモニター・テレビにうつし出した。

「5、4、3、2、1、キュー」

「――皆様こんばんは。あなたの歌、ぼくの歌、みんなの歌、ドレミファ・ベストテンの時間です。司会はオンチで有名な江島健」

「肉体美でなく骨体美のマリ中山でーす」

「ええ、マリちゃん。そろそろつゆの季節に入りますね。つゆとかけて何ととく？」

「ええと、じゃあ、江島さんのキライな、ミミズととく」

「ほう、そのココロは」

「ジメジメ、ムシムシで地面の虫。ダメ？」

「ハハハハ。と苦しいところで今夜もまず最初の曲、行ってみたいと思います。マリちゃん、きょうのドレミファ最初のお客様は？」

「はい、もうこの人しかいませんねえ。ええと、夏が大好きだけどつゆは大嫌いというさわやかボーイ、『恋とさよなら』がヒットチャート急上昇中の――」

「わかった。あい光彦クン」

云いかけた、司会の声が、わあっと起こった歓声に消されたので、セットわきでADがやっきになって手をふりまわした。それを合図とうけとって、いっせいに拍手がおこる。

「あいクーン」

「みつー」

「あいちゃーん」

金切り声と拍手に、ひな段の上の方でふいに起こった、小さな呻き声はまったく消されてしまった。
ＡＤが手をおろし、拍手がしずまる。かぶさるようにして、ヒット曲「恋とさよなら」の前奏がはじまる。いくぶん、甘たるい声で、あい光彦が歌いながらセットの真中へすすみ出る。
「あなたがいて　ぼくがいて
　ふたり出会った
愛しあい　求めあい
しあわせだった
だけどもうさよならさ
何もかもすてて
ア　ア　悪いのは
あなた　ぼく　それとも誰なの
……………」
鼻にかかった声と、ストリングス中心の伴奏とが、まるで切りはなされたテープのように、断ち消えた。
「な、何だ」

「ちょっと！　ちょっとどうしたんですかッ」

「ひな段から女の子が落ちた」

「え？　何がどうしたって？」

キャアッと、はりさけるような悲鳴がスタジオにひびきわたった。アイドルを迎えた歓声ではなく、恐怖にみちた叫びだった。

「何だッてば！」

「電気をつけろ、電気を」

闇の中で恐慌をおこしたスタッフと、われがちにひな段から逃げ出そうとする観客たちとで、あたりは大さわぎになった。

ひときわ高く、何かが割れる音がした。

「電気をつけろったら」

誰かがスイッチをひねった。

つけっ放しのライトと、天井の灯りに照らし出されて、セットの中は光にあふれた。

その床に、誰かが倒れている。長い髪、白いワンピース。さっきの、あい光彦にかけよろうとしてとめられた少女だ。

「どうしたんだ」

「要するに貧血かなんかでしょう。人さわがせな」

「まちがって落ちて頭打ったんじゃないかな」

がやがや、わいわい、騒いでいた連中が、近づいて、少女をかかえ起こしたときでである。

スタジオの中は、こんどこそ凍りついたようになりをひそめた。

少女を抱きおこしたフロア・ディレクターは、あっけにとられて自分の手を見つめていた。

「血だ」

困惑して、彼はいい、奇妙におずおずとした手つきで、そのぐったりした少女のからだをひっくりかえしてみた。

低い叫び声が彼の口から洩れた。

少女の背中の、まんなかあたり、背骨のすぐ左のあたりに、ふしぎなものが生えていた。

ナイフの、柄である。

「こりゃあ――」

呆れかえった、というように、フロア・ディレクターは口走った。他の連中は、誰ひとり、何も声もたてない。

「おい、山チャン！　きこえないのか、山チャン」

「あ……」

ヘッドフォンががなりたてた。フロア・ディレクターは気づいて、反射的に「お二階さん」サブ調整室の方を見上げながら、マイクを口にもっていった。

「一体何だっての。時間ないんだよ時間」

「それが、ですね――チーフ」

「一体、何があったんだ、何が。こっからじゃ、人の頭で、よく見えないんだよ」

「あの――あのう」

まるで、こんなことを口にして、笑われはしないか、とためらうように、おどおどしながらフロア・ディレクターの山崎は云った。

「殺人――じゃないかと思うんですが……」

「…………」

「もしもし。もしもし、チーフ」

サブ調整は、たっぷり三十秒ばかり、静まりかえっていた。

「あの――あのですね、チーフ」

「ああ――」

やっと、ヘッドフォンから、この番組のチーフである、プログラム・ディレクターの原田の答えがきこえてきた。

「何はともあれ生番組でなくてよかったなあ。いい時に殺してくれたよ」

その声はたしかにそうきこえた。


「――ええと、責任者の方は」

云いながら、物珍らしげに、城南署の山科警部補はあたりを見まわした。

「おそらく、私じゃないかと思うんですが」

「あなたは？」

「PDの原田といいます」

「ははあ、プロデューサーの方ですか」

「と、いいますか、プログラム・ディレクターなんですが」

「どう違うんです」

「名前が違うんじゃありませんか」

山科警部補は眉をしかめ、あいてがからかっているのかどうかとさぐるように、じろじろと彼を眺めた。

きちんとネクタイをしめ、細縞《ほそじま》のワイシャツの似合う、一見やさ男ふうである。痩せがただが、筋肉質らしく、なかなかすっきりした容姿をしていた。それが第一に山科警部補の気に入らなかった。

十台のモニター・テレビの画像が、大きく美人歌手の桜木洋子をうつし出し、わあっと拍手がマイクから流れる。収録中なのである。

たとえ神様が殺されようと、テレビ屋の神聖なスケジュールをはばむことはできない。あとの面倒は、あとのことだ。原田はオーディオ・ディレクターに手真似で指示を与えた。

「実にちょっと信じられんような話を耳にしたんですがねえ」

「何でしょう」

「つまりね。お宅が指図して、現場保存どころか、死体まで他にうつさせた、というんですが」

「そのとおりですよ」

原田はシナリオと画面とをしさいらしく見くらべた。

「あ。禁煙なんですがね」

「ああ。こりゃどうも」

山科警部補は叱られた犬のようにたばこをポケットにもどした。

「ヤマさん。ほら、ヨーコちゃんですよ。ここからよく見えますよ。ごらんなさい」

部長刑事の田村がガラス窓からのぞいて興奮した声を出した。

「見学に来たんじゃないんだぞ」

山科警部補は声を荒げる。

「シーッ」

オーディオ・ディレクターの岡が云った。

「どうも、やりにくいな。――原田さん、ちょっと出ていただけませんかね」

「どうせあと十分でおわるんですがね。いいでしょう。あと頼むよ、岡チャン」

原田と山科警部補、田村刑事はサブ調整室の外へ出た。

「ロビーに椅子があります。そこでいいでしょう」

「はあ、結構です」

しいんと静まりかえった、宇宙船の中みたいな廊下に足音がやけにひびいた。ロビーに出ると、そこには制服警官や、それを見にきた野次馬で、何となく緊張した空気が漂っていた。

山科警部補は、やっと安心した顔をした。どうも、いつもの事件とだいぶ様子がちがっていて、落着かなくてしかたがなかったのだ。

おっちょこちょいの田村刑事が、誰かが通るたびに、

「おッ、東美智子ですよ」

「わッ、飯島みゆきだ」

「あ、沢村浩二ですよ」

つつくので、山科警部補もついふりかえってしまう。

おまけに、報をうけて入ってくるなり、

「ああ、ご苦労さまです」

見覚えのある刑事づらに云われて、

「あッ、これは警部」

田村と二人で敬礼をし、あとでどこの署だったかつくづく考えると、KTVの人気番組『東京第三分署』で主役の警部をやっている俳優の佐久間道雄だった。

もっとも、彼を見るたびに、制服も、私服もあわてて敬礼しては首をひねっていたから、山科警部補だけがとんまに見えはしなかったが。

（しかしいまはこちらが責任者だからな）

山科警部補は咳払いし、こわい顔をつくって原田ディレクターをふりかえった。

「さて、伺いましょうかね」

「何でしたっけ」

「とぼけちゃ困ります。お宅の局は、『東京第三分署』なんていう刑事ドラマも作っているじゃないですか。でなくったって、現場保存なんて、現代人の常識ですよ。そうでしょう、いくら本番が迫ってるったって、殺人と番組とどっちが重大だと思います」

「番組——と云いたいところですがねえ。怒られそうですから殺人にしときましょう」

原田はたばこの煙を鼻から威勢よくふきあげた。

「まあ、まあ、警部さん。テレビ屋なんざあ、みんなこんなもんですよ。骨の髄まで視聴率と進行表とスポンサーの顔がしみこんでるんです。まあ、怒らんで下さいよ。私でわかることは、何でも協力しますから。まあ」

タイトルに名前の出る順序がどうのと、ごねるタレントを、なだめているような、お手のもののなあなあ声になる。

「何でも協力する人がどうして現場をですね――」

「さてね。まあ聞いて下さいよ。これでも私は四十男だ。それなりの分別もあるつもりですよ。私としてはむしろ、現場保存に協力したというんで、おほめのことばでも、いただけるかと思っていましたよ」

「どこに現場が保存してあるんです」

「ここですよ」

山科の皮肉な語調がこたえたようすもなく、原田は手をあげてロビーの奥を指さした。

すえつけられたテレビが、いま収録中の、『ドレミファ・ベストテン』の画面をうつしている。

「これほど現場保存に都合のいい場所、他にあるもんですか。現場がそっくりそのまんま、とった本番のテープにおさまってるんです。それだけじゃない。すぐ続行してそのまま収録しつづけているわけですからね。あのとき、あの場所にいた人間、全員が、まだあのスタジオにとじこめてあるわけですよ。警察が来るのを待つあいだに、時間どおり本番やったって、ちっともわるいことはないでしょう」

「そ――そりゃそうだが……しかし不謹慎てことだってあるでしょうが」

「そりゃ、警部さんはそうおっしゃるでしょ、そちらがご商売なんですから。しかし私どもの商売はこれですからね」

原田が指さした画面に、人形のように美しい、あい光彦の顔が大きくうつし出された。

「うへっ、何てかっこうだ」

田村が感心して大声をはりあげる。

「この餓鬼化粧してやがる」

間奏に入って、わあっと歓声がおきる。例によって、あいクンの大合唱だ。カメラが切りかわって、ひな段の下の方で、「恋とさよなら・あい光彦」と一字ずつ書きわけたカードを高々とかざして曲にあわせて左右にふっている娘たちが大写しになる。キャアと声をあげて友達のうしろに顔をかくすのもいる。

「GO、GO、GO、GO、I・LOVE・あいくん」

しかし伴奏が再び歌の入る前奏にうつると、少女たちはいっせいに紙をふりながら雀の子のように声をそろえた。またカメラが、シースルーのブラウスと胸にカトレアの、少年歌手をうつし出す。

「殺人があったというのはあのスタジオなんでしょう」

呆れて、山科警部補はきいた。

「そうですとも。あのひな段ですよ」

「何とも、思わないんですかね、当節の子どもたちは、そんなこと」

「さてね。テレビでさんざん見慣れてますからね、殺人なんか」

原田は面倒くさそうに答える。

「それにしたって……」

警部補は云いつのるのをやめた。目をまるくしてブラウン管にうつし出される少年を眺める。

「被害者はこの歌手のファンだったわけですね」

「らしいですな。ADの宮本君からきいたところでは、カメ・リハのとき、あい君のLPかざしてとびおりようとしたコだ、という話でしたからね。サインでももらおうと思ったんでしょうね」

「後援会か何か」

「さあ、そこまでは」

「ディレクターさん」

寄ってきた、年輩の刑事が苦々しげに口をはさんだ。

「この番組じゃどうやってああいう若いのを集めてくるんです？」

「ええと、沼口刑事です」

「あ、どうも——どうって。人集め係がいましてね。そっちに聞いて下さいよ、そっちに」

「どうも弱りましたね」

沼口が山科の耳に口を近づけてぼそぼそ云った。

「何にも、らしいもの持ってねェんですよ。バッグん中は、財布とハンカチはな紙にあの女おとこのプロマイドだけで、呆れましたね。定期ひとつ、手帳ひとつ持っちゃいない。身元、難航するかもしれませんよ」

「しかし一人じゃ来ないだろうからな。案外、中に友達でもいるかもしれない。とにかく番組が終わってからだな」

「なんて、変なときに、変なところで、やっつけたもんでしょうね」

「さてねえ。案外、一番やりやすいところだったかもしれんな。とにかく全員が、ステージに注目してたんだからな」

「四台のカメラのうち、一台は少なくともひな段をむいてたはずですからね」

原田が云いわけがましく云った。

「シナリオではここんとこは、あい君とファンの交互アップに指定してあるから。あんた方、安心してて下さいよ。こんな楽な事件、ありゃしませんよ。とにかく一部始終が、テープにおさめられてるんですからね」

「おおいに助かりますよ」

警部補はいやみを云った。

「こんな事件めったに出会えやしない」

「もしちょうどそのときを、カメラがうつしてなかったら、どうするんです」

真面目なたちらしい沼口がぶつぶつ云った。

「え？ そんなの、何も心配いらんでしょう。収録してるときに、出たり入ったりしようって人間は、いませんからね。収録してるかぎり、犯人も確実にあのスタジオの中にとじこめられてるってわけですよ」

原田は得意そうににんまりした。

「こんなシナリオ、まだ『第三分署』にもないんじゃないかな。ひな段の若い連中か、うちのスタッフか、バンドの奴らか、歌手のだれかか。いずれにせよ誰ひとり、逃げ出せない。テープにゃ、そいつの犯行をおこなうところがはっきりうつってる。要するに背中から刺されてるんだから、彼女のうしろにいた奴しかいないわけでね。

「犯人は」

「被害者はひな段のうしろから二列目の左端に座ってたんでしたね」

「そう、向って右ですがね」

口を出されて、名探偵を気取っていた原田は不満そうに、

「これがあわてて、現場保存とか云って全員追い出しちまってごらんなさいよ。どうやったって、逃げられちまう。TV局の廊下なんざおもて通りも同じですからね。しかし収録をつづけるのにひな段からとびおりるわけにもいかない。彼女を刺せたのは、一番上の段の奴ですからね。鮮かだって、警察のひとに、金一封くらい、もらえるんじゃないかと思ってた、あたしは」

山科に険悪ににらみつけられて、あわてて、

「冗談ですよ、冗談。しかし、面白いじゃありませんか——いま、ワーッとああして手、叩いてるが、あン中にひとり、気が気じゃないのがいるわけでね——いつになったら逃げ出せるかって。死体が密室ン中にあるってえのは、よくきくが、犯人が密室の中にいるってのは、古今東西、きかないと思いませんか——これで、犯人《ほし》があがらなけりゃ……」

舌なめずりをしそうに、山科や、沼口、田村らを眺めまわした。

「わかりましたよ。ご協力に感謝しますよ。だから、早くそのテープとやらを見せて下さいよ」

山科警部補はいやな顔をして云う。原田はすかさず云った。

「ねえ、警部さん。それなんですけどね、問題は。――ぼくとしちゃあ、すぐにでもお見せしたいですよ。しかしねえ、放送局にはいろいろと制約がありましてね……ジャーナリズムのたてまえってものがあるでしょう。ともかく、組合の手前もあるし、ぼくひとりじゃ、どうにもなんないんです。いま、重役をつかまえにやってますから、さ、そちらからちょっと――いいでしょう、どうせ、こういう性質の事件だから、お見せするのには問題はないと思いますからね。ただ、ねえ……」

「ただ、何です」

「ぼく――やあなたみたいな下っぱじゃあ、ちょっとまずいんじゃないのかな。いや失礼――しかし、そうでしょう。いかにただの殺人事件といっても、放送局が、そうですかといっておまわりさんを歓迎するってわけには、いかないもんでね」

「原田さん！　あんたねえ――」

「とにかく、もう少し、もう少し待ってて下さいよ。いま、えらい人が来ますよ、探してますからね、そうしたら――」

「どうも、マスコミ人種って奴あイヤだ」

山科警部補はぼやいた。

「まあまあ。でもたしかに、現場を目のあたり見られるなんざ、楽でいいヤマじゃないですか」

「ヤマ、なんていうなよ」

警部補は不機嫌な顔をする。

「われわれはTVドラマのいんちき刑事じゃないんだぞ。ガイシャ、だの、デカチョウだのいうな。まねしてるようで、みっともない」

「へえ。しかしあたしら、昔っから使ってますけどねえ」

田村はけげんそうに云う。鑑識の報告がおもわしくないので、ヤマさん、ご機嫌がわるいんだろう、と決めて、先に立って、すたすたスタジオに入っていった。

山科警部補は眉間にしわをよせてつづいて入る。空いている小スタジオのひとつに運びこまれた少女の遺体からは、身もとをあかすようなものも何ひとつ出なかったし、背なかにつき立った凶器のナイフの柄にも指紋はなかった。

あるわけはない。当節の犯人で、指紋をのこす人間などまずいないのだ。

（まったく、テレビって奴はひたすら世の中をややこしくしてくれる）

山科警部補はスタジオの入口近いところに立って、うさんくさげにじろじろと中を見まわした。

（張りぼてのセット。うしろはただのベニヤのホリゾント。ドーランとつけ睫毛の美男美女。人工の照明、人工のＰＡ《パブリック・アドレス》装置、何もかもニセモノばっかりじゃあないか）

「サブ調整室の六人は別にして、下にいたスタッフ十六人、バンド関係三十三人、ひな段の連中七十人で合計百十九人、以上ガイシャの女の子を除いてひとりも減ってませんよ、警部さん」

原田が満足げに報告にきた。

「そ、そんなにたくさんこのスタジオの中にいるんですか」

山科警部補はとたんにうんざりした顔になる。

「化粧室にいる、あのとき出てなかったスターや、その付人、マネージャー、大道具小道具、結髪係、衣装係、まで入れりゃあ二百人をこすでしょうよ。しかしいまは、あのときと同じ人間しかいませんよ。そのつもりで、あい君の再収録、さいごに持ってきたんですからね。しかし後楽園だのピカデリー・サーカスが現場だったケースのこと、考えてごらんなさいよ。TV局は大通りと同じだって、云ったけど、まだ楽な方だと思うんですがね――ああ、ケンちゃん。警部さん、こっちが司会の江島健と、アシスタントのマリ中山。ケンちゃん、あんたんとこのジャーマネは、向うにいたのよね？」

「そうなんです。うわあ、本物の警官――失礼、警部サンかあ。まだなんだか、『びっくりカメラ』にひっかけられてんじゃないかって気が、ぬけないんだけどな」

「ケンちゃんみたいなネームヴァリューのない人、狙わないよ、あの番組」

マリ中山が云った。からかう口調だが、ハーフらしい、目ばりを入れた目元のきついマリ中山がべらんめえで云うと毒があった。江島健が青ざめた。

「何だって」

「よしなよ、こんなとこで」

へらへらと原田がとめたが、心やすだてとも思えぬ険悪なものが一瞬漂ったのを、山科警部補はすばやく心にとめた。

「――あい君とマネージャーの飯島さん」

原田がいそいで二人を連れ去り、別口をつれて来る。警部補は興味をもって眺めた。

（これが、十九にもなろうって、男か）

うずまく髪、長いまつげ。もうシースルーの上からは上着をはおっているが、細くてすんなりのびた首をかしげて、心細そうにマネージャーのうしろによりそっている。

「殺されたのは、あなたのファンらしいって、ことなんですがねえ、あい君」

山科警部補が云いかけたとたん、

「あ、いや、待って下さいよ」

がっちりした小男の飯島が口を出した。年は三十五、六、髪は刈り上げ、サファリ・ジャケットにサングラス、みるからにマネージャー族然としたにやにやした男である。

「うちのあいは、何も知らんのですよ」

「もちろん、あい君が何か関係があるなどと思っているわけではないです」

「あるわけがない。あんな娘、見たこともないそうですよ。さっききいてみましたがね。毎日録画どりやステージの出入りまでかぎあてて追っかけてくるような熱狂的ファン——つまりグルーピーって奴は、何回も見てるうちに自然に顔なじみになるもんです。またそれが楽しみで通いつめるわけですしね。あの子は、一度も見たことのない顔ですよ。うちのがやってる時に刺されたなんて、何かの偶然にすぎませんよ」

「ねえ、飯島チャン、何あせってるのよあんた」

原田がまたニヤニヤと口をはさんだ。

「誰もあい君が容疑者だなんて云ってやしないよ。それどころか彼こそ潔白ナンバーワン、鉄壁のアリバイに守られた最大の人物じゃないの。あの瞬間三台のカメラが彼の一挙一動、クローズ・アップにしてたんだぜ。なおかつそれで彼が犯人だとしたら、ディクスン・カー以上の不可能トリックじゃない」

「探偵小説がお好きなようですな」

山科警部補が皮肉に云い、

「そんな、ひとごとだと思って。冗談にもよして下さい、このかよわい子が犯人だなんて」

飯島が口をとがらして云った。

あい光彦は何も云わずに、うつむいて唇をかんでいる。

山科警部補は、上着の衿《えり》をぎゅっと握っている細い指が、ピンクのマニキュアがほどこされていることと、そしてその指が白くなるまで力が入って、小きざみにふるえているのを、感心しながら目にとめていた。

「彼必死だね」

かれらが連れ去られるなり、もう願ってもない協力者のつもりの原田が評した。

「しかしそんなこと云いくるめて、関係なく見せようたって、ダメだ。おい、宮チャン、山チャン」

アシスタント・ディレクターの宮本と、フロア・ディレクターの山崎が、きょろきょろしながらやってきて、たしかにその少女があい光彦のLPをふりかざして、カメ・リハにあらわれたあい光彦に突進しようとしたことを証言した。

「どうしてわかったかっていうと――表紙が、真赤に真白で『AI』ってジャケット一杯にぬいてある奴で、ひとめで、あッ、あい君のサード・アルバムだってわかったのね、宮チャン」

「そうなんスよ。でもありゃ、後援会じゃなさそうだなァ」

「どうして」

「だって友達と来てんじゃないかと思って、あのあとすぐ顔馴染の、あい君のファンクラブの顔のコ、つかまえて聞いてみたっスよ。そしたら、見ない顔だって、云いましたもん」

「なるほど。そのファンクラブの人にも、あとで話、きけますか。どの人だか教えて下さい」

「そりゃ、もう」

アルバイトだというアシスタント・ディレクターは、なかなか頭が切れそうだ、と山科警部補はにらんだ。

そのあいだに、スタジオの中をごそごそしていた一個連隊が、指示をしおえて報告にきた。

「よろしい」

百人もの容疑者をつめこんだスタジオはざわざわしている。山科警部補はコード類をまたぎこえて、ステージの真中へ進み出た。

「皆さん」

声をはりあげたとたん、スポットライトが警部補を包んだ。警部補は真赤になった。クレーン・カメラがからかうように近づいてくる。

「ちょ、ちょっと待って下さい」

あわてふためいて、警部補は両手をふりまわした。

ひきとめられているひな段の連中は文句もいわず興味しんしんでようすを見守っている。ぶうぶう云っているのは主として、オーケストラ席の、「浅野弘とハニーメイツ」の面々である。

モニター・テレビにアップでうつった自分の顔を横目でみて、しどろもどろになりながら山科警部補は、すでにご承知のように殺人事件が発生したこと、大変ご迷惑をかけるがいま現場すなわちスタジオ内の見取り図をつくったので、事件発生当時自分のいた正しい位置にしるしをつけ、名前と、何かそれを証明するものを見せ、住所と連絡先を書いていただきたいこと、などをしゃべった。

だれかがピーッと指を口に入れて野次った。

しかし案外なほどに、騒ぎ出したり、不満をもらす声は少なかった。バンドの方から、きこえるような大声で、ラッパ《パツラ》を吹きながらスタジオの向うの殺しなんざできるかどうか、考えてみろ、ばかやろう、というのがきこえてきただけである。

「ですからもちろん、容疑者のどうのというんではないんで――便宜上のことです。あくまで便宜上」

云いながら山科警部補は顔をひょいと右にむけてひな段を見やり、そしてあっと云った。

「ちょっと、そこの人」

かけおりて、ひな段の前までゆき、一番上を指さした。

「はじめから、そこ、誰もいなかったんですか」

誰も何とも答えない。

「そこの黒いチョッキ着てる人。あなたはじめから、そこにいたんですか」

その男の子は夢中で首を横にふる。

「じゃ、どこに？」

「さあ……」

「さあってあんた、自分のいる場所もわかんないの？　その下の段の人は？　そう。そのすぐ下の黄色のワンピースの人、あんた被害者とのあいだ、そんなにあけて座ってたんですか」

少女もうつむいたきり答えない。二十人ぐらいずつ四段に並んだ、いずれも若い顔の男女を前にして、山科警部補は、学校の先生になったような気がしてきた。

「どうせ嘘をついたってテープをみればすぐわかるんだから……」

頑固な沈黙の壁にこみあげてきた腹立たしさを、あわてて山科警部補はのみこんだ。

（これは切り札《ジョーカー》だからな）

バンドマンがやじるように、各自の席で演奏していたバンドのメンバー、歌っていたあい光彦、段の下方に並んでいた連中とカメラを扱っていた連中にはひな段の上から二段目に座っている少女の背中からナイフを刺し、またもとに戻って作業をつづける、ということはできない。司会の江島健とマリ中山もひな段の一番下にすわっていたので除外だ。

「つまり、犯人は少女のうしろに座っていたか、横か、はす後ろか、の三方の誰か、さもなければ――」

「スタジオの中、自由に動いて、ひな段のうしろにまわることのできた人間ですねェ」

原田が嬉しそうに云う。

「テープは放送局の方で厳重に保管してますからご心配なく。関係者の了解さえとればすぐにお見せできるんですけど、早くってもあしたってことになりますねえ」

「原田さん。それじゃ話が――」

「まあ、まあ、もう遅いんだしどっちみち未成年いつまでも残しとくわけにいかないでしょ。早くその照合にかかった方がいい。確実に明日にゃ解決するんだから、いいじゃないですか」

山科警部補はうろんそうに原田をにらんだが、云うとおりにした。二枚つくった大きな紙の前には、長い行列ができた。

「ところで、ねェ、警部さん」

「あんたも、書いて下さいよ」

「やだなあ。——ぼくは『お二階さん』にいたんですよ。山崎君が、事件発生の瞬間にぼくの下からわめいた声、きいてますよ。サブ調にいた五人だっているし。そんなバカな話より、ねえ、警部さん。いまざッと、探してみたんだけど、どういうわけか、見あたらんようですよ」

「何が」

「あの、ガ、イ、シャ、がかざしてたという赤いLP」

「えッ?」

山科警部補は思わずあたりを見まわした。

「そのとおりです」

田村がちょろちょろ来て云った。

「そのかわりに、この三人が、ガイシャの身元を、どうも知ってるようなことを、隅でこそこそしゃべってましたんで、引っ張ってきましたが」

「そうか」

公衆の面前の身元不明死体にあたまを痛めていた警部補がよろこんで乗り出したが、田村刑事のうしろにかたまった三人は、仏頂面で警部補をねめつけた。

「おっさんの早合点だって、云ってんじゃねェかョ」

三人の中ののっぽが険悪な声で云った。

——それが、ぼくたち三人組がこの事件にまきこまれたそもそもの発端だったのである。

2　ぼくらのアリバイ

——てな具合いに、ここまでは小説ふうに三人称で書いてきたんだけど、どうなんだろう。ずっとこれで続けた方がいいのかな。

でもここでやっとぼくらが登場して、じぶんのこと、じぶんで描写する、ってのもおかしな話だしな。じゃこんどはちょっと一人称でやってみよう。その前に大急ぎで紹介しとくと、ぼく栗本薫、二十二歳、みずがめ座——ああ、これはもう書いたんだっけ。慣れないもんだから、なにを、どこまで書いたか、忘れちゃったよ。

「あんたたちは？」

まだ四十になるならず、という感じの、いかにもエリート然とした警部補が、ぼくたち三人を、見上げ、見下ろし、一瞬にしてイヤな表情になった。

ぼくたちはそんなの慣れっこだから、ちっともびっくりしない。信てやつは、なにしろせなかまで垂らした長髪、輪ゴムでくくって、おまけに山羊ヒゲを生やしてるし、ヤスヒコはあたり一面にふわふわのアフロ・ヘアをたなびかせている。ぼくがいちばんおとなしい方だけど、それでもそこらのセミロングヘアの女の子よりは長いもの。大人が、イヤな顔しなかったら、奇蹟だよ。

「あんたたちは？」

ぼくたちがニヤニヤしているのを、馬鹿にされた、ようにとったらしく、警部補は頬に血をのぼらせてくりかえした。

「――って、オレら、バイトなんだけど」

信が云う。

「あんたは、ＳＥ《サウンド・エフェクト》のアシスタントだったたね、そのポニーテールのコは」

ＰＤの原田さんは信のアタマで、信だけを覚えていたようだった。

「はあ」

「そっちの二人は何してたっけ」

「何って——はあ、いろいろと」

「うさんくさいな」

警部補が隣の、見るからに「チョウさん」然としたくたびれた刑事にささやいた。声をひそめたつもりだろうけど、よく聞こえる。

「別に変なもんじゃありませんよ」

「学生かね？」

「そうです」

「名前は？」

「石森信」

「加藤泰彦」

「栗本薫ですけど」

「学校は」

「三人とも相大の三年生です」

「相大？　名門じゃないか」

「なあに。昔日の夢ですよ」

「セキジツ……？」

突然山羊ヒゲポニーテールの信の口から、妙なことばがとび出してきたんで、エリート警部補は度肝をぬかれたように信の口を見つめた。

「ああ、そう、昔日——なるほど。学生証もってるかね」

「あ、オレもってない」

「オレもってる」

「質屋の貸札じゃいけませんか」

「ふん、なるほど——ほんとに相大生らしいね」

信の学生証をみて警部補はうなずいた。

「ちゃんとあとでそっちの二人も、身分、証明するもの、見せるの忘れないでね——ところで、被害者の身元を知ってるって？」

「知りませんてば」

「見たこともない」

「いや、さっきお前ら、かげの方でこそこそしゃべってたじゃないか」

田村刑事（例の「見るからチョウさん」タイプのやつ）が目を三角にして云った。

「なんて？」

「かわいそうにとか、これじゃあの娘《こ》も浮かばれないとか」

「そんなこと誰だって云うでしょう。別に知ってるから云ったってセリフでもない」

「それだけじゃない」

刑事は得意そうに胸をそらした。

「お前らは、たしかにこう云ってたじゃないか。『まず、ひとりか』ってな。ちゃんと聞いたんだぞ」

「ひでえ。立ち聞きは、卑怯だぞ」

「人権問題だ」

「告訴しますよ」

ぼくも云ってやった。刑事はぼくらをにらんだが、一番弱そうだと目をつけたんだろう、いきなりぼくのヨット・パーカの胸ぐらをつかんだ。

「わ。何するんだよ」

「聞いたふうなことを云うな。こんなアタマしやがって、あの娘はお前らがやっつけたんだろう。人権問題もヘチマもあるか」

「知らないよォ」

自慢じゃないけどぼくは骨ぼそできゃしゃにできてるんだ。こんな頑丈なおっさんにしめあげられたら、壊れちまう。

「よしなよ」

信が上からおっさんを見下ろして凄んだ。おっさんはのっぽでヒゲ面の信が何となく不気味らしく、案外すなおにぼくの服をはなした。

「あんまり、いいかげんなこと、云うなよな。お前らデカだろ。ちっとは、デカらしい推理をしなよ」

信が云った。

信はなにしろ一メーター八五ある。体重は六〇キロ以下だからひどい電信柱だけど、その高いところから、するどい目でじろりと見下ろされると、なんとなくいじけた気持になるらしく、ＰＤの原田さんも、ハンサムな警部補も、中肉小背の刑事も下をむいた。

「おれらが犯人だって、聞きずてならねェこと、いうじゃんかヨ。まずひとりかって、たしかに云ったヨ。な、云ったな、ヤスヒコ、薫」

「云うた云うた」

「云ったけど」

「けど、それがどうしたってんだョ。そのくらい、もののはずみで云ったたって、いいじゃないの。第一オレらあンときどこにいたと思ってんのョ」

「——係長、こっち、すみましたが」

私服のひとりがいっぱい書きこみをした紙をもってきた。

「あ、そこに置いて」

「バンドの連中が帰りたがってぶうぶう云ってるんですが。このあとまた、仕事のある奴がだいぶいるらしくて」

「名前と連絡先、ひかえたんだろう」

「はい」

「身体検査も」

「それももうじきすみます」

「そうだな。どう考えても、バンドのメンバーには犯行は不可能だなあ」

警部補は心細げに原田さんやぼくたちの顔を見くらべて、だれか何か助言してくれないか、と云いたそうだ。で、

「それはわかりませんよ」

ぼくが助言をしてやった。

「どうして」

「推理小説なら、不可能にみえたことほど可能なんだから。公衆の面前で、ボックス

席におさまって演奏しながら、ひと刺し殺すなんて、不可能興味の極致だねえ」

「そんなこと、できるかね」

警部補は当惑顔だ。よくあるやつだな。何ごとも、セオリーで処理できるあいだは、実に有能でスマートで手際がいいけど、ひとつ前例のないケースがおこったとなると、手もつけられんでオタオタするやつさ。判例ぜんぶ暗記してて、「小六法」を雑誌がわりに読んでるようなのに、よくいらあね。

「警部さん」

原田さんが口を出した。

「まあ、あらゆる事態、考えておくにこしたことはないんじゃないですか。でないと、せっかく、ぼくが現場にいた人間全員保存しといたのが、何にもならなくなっちまう」

「それじゃ——？」

「とにかく朝になればテープが見られますからね。それまでここに全員おいとくんですな」

「そ、そんなことをして、文句がでたら」

「なあに。本番がうまくいかなかったり、タレントのスケジュールで、カンテツなんての、連中なれっこですよ、ほんとは。それにあのお客さんたちは、好きな歌手とこんなに長いこと近くにいられるの喜んでますさ。自動販売機のカップラーメンでもあてがってね。それに、心配するといけないからって云って全員の書いた連絡先に電話すれば、それが本当かどうか、身元も自宅もたしかめられるじゃありませんか」

「しかしいいのかなァ。未成年も多いことだし……」

「気にしないでいきましょう。何たって、殺人事件なんじゃないですか。それにとにかくさっきの確認と、いま一人一人名前書かせたのと、百十九人。ぴたりあってるんだ。犯人はまだこの中にいるんですよ、警部」

「………」

警部補は頭をかかえた。が、

「どうしましょう、ヤマさん」

部下につつかれて、

「——とにかく、ひとまず別室で待ってもらっといてくれ」

心ぼそげに云った。

「こいつらがホシなら、あッというまに、スピード解決なんだがなあ」

文句ありげにぼくらを見まわしながら、田村刑事が云う。

「あ、そうだ」

警部補はぼくらを見かえった。

「話のつづきだったたね。事件発生当時、あんたたちはどこにいたって？」

「少なくとも、ひな段にゃいませんでしたよ」

「ぼく頼まれて1カメとこでカメラ・アシスタントのかわりしてましてん」

「オレ階段とこに座ってみてた」

「ぼくも信といっしょにいましたよ」

「証明できるかね」

「1カメの青田さんにきいてみて下さいよ」

「オレらは——と」

信とぼくは顔をみあわせた。

「一番うしろだから、誰もみてないなァ」

「見ろ、アリバイがたたんのじゃないか」

田村がどなる。みんながじろじろ、ぼくらを見ているんで、ぼくは恥ずかしかった。

「そんなことねえョ。テープで、ひな段とってあるんだろ」

信はヒゲのつけねをぼりぼりかいた。

「そんなら、うるせえこと云わねエで、さっさとそれ見たらどうなのョ。オレらがあのコ刺して、とびおりて逃げ出すとこがうつってたら、何でも云ってもらおうじゃないのョ」

「この……」

田村刑事はまっかになった。

「階段て、あそこかね」

警部補は、ひな段と反対側の、つまりステージからみて右側に並べられた四台のカメラのうしろの方から、サブ調整室にのぼっている、鉄のせまい階段に顎をしゃくった。

「そうョ。オレらバイトったって、アシスタント・ディレクターってほどのもんじゃない、いわば雑用係みたいなもんだからね。本番中はあんまり、することないのョ」

「ただ、ね」

ぼくはつけくわえた。

「あそこに座ってたの、だれも見てないかも、しれませんけどね。あそこからどんなこっそり行こうとしても、ひな段とこへ行こうとしたら、カメラんとこの五、六人が気がつくし、それにその横にだって、いろんな人、立ってましたからね。あい光彦のジャーマネとかね」

「ちょっと、待ちなさいよ。飯島マネージャーが、カメラの横に立ってたって？」

「そう、ひな段の左側にね」

「そ、それは被害者の座ってたすぐ横じゃないか」

「そうみたいね。それにね」

　ぼくはとびきり罪のない笑顔をつくって云った。

「ぼくたちなんかにきくより、あのジャーマネにきいた方がいいんじゃないですか、彼女の身元。だって、まだカメ・リハの前、あい光彦が来ないときね、先乗りしてきたあのジャーマネがね、ひな段のうしろの方で、あのコと話してるの、見ちゃったんだけどなぼく」

「そ、それはほんとかね」

　警部補はくいいるようにぼくをにらみつけ、それからスタジオの向う側にがやがやかたまっている連中のなかの飯島マネージャーをにらんだ。

「あいつは、あの娘なんか、一度も見たことのない顔だと云ったぞ」

「ほんとですか。おかしいなあ」

ぼくは首をかしげた。

「じゃ、ぼくの見まちがいだったのかしら。おまわりさん、あんまり自信ないから、それじゃいまの取り消しますよ。だってあんなに大勢いるわけだからね。他にあんな見かけのコがいて、話してたのそのコかもしれない。なんたって、通りすがりに見ただけなんだもの。ボインだからちょっと覚えてただけでね——とにかく、はっきり見たわけでもないんだし」

「きみ、はっきりしてくれよ」

山科警部補はしぶい顔をした。ウーンとうなり、腕組みをして、人の群を見つめる。

「他になにか覚えてないかね」

「そんなこと云ったたって、ムリですよ」

「階段とこに座ってたって云ったな」

原田さんがわりこんできた。

「云いましたよ」

「ぼくが、殺人ときいておりていったときにはもう、いなかったみたいだね」

「そりゃ決ってますよ。騒ぎがおこるやいなやソレッと見に行ったんだから」

ぼくは舌を出してやった。

「みんなそうでしょ。それとね」

「ああ」

「問題なのは犯行当時の居場所で、犯行後じゃないんでしょ」

「さあ、それはわからんな」

原田さんがにやにやする。ぼくと信は顔を見あわせた。こういう、やたら何でもわかってるみたいなおとなは苦手だ。「チョウさん」刑事のほうがよっぽど扱いやすいや。

「――とにかくあい光彦のマネージャーを呼んで来てくれ。それと、その図でみて、犯行可能と思える範囲の連中を別にしておいて、それからそうでない連中もひとりひとり、アリバイのウラをとれ。となりの席とか、向かいにいた連中にな」

「わかりました」

「アリバイか」

警部補が頭をかかえた。

「こんな、ヘンなアリバイははじめてだな。アリバイっていえば少なくとももう少し、汽車だの時刻表だの、範囲の大きいもんだと思っていたよ。犯行現場に百人もの人間がいて、そいつらがアリバイだなんて、こんなの、はじめてだ」

「アリバイってのを、『現場不在証明』だと思うからいけないんですよ、刑事さん」

ぼくは気の毒になって、また助言をしてやった。

「『非現場存在証明』だと思えばいいんですよ。《存在の証明》だあ」

「非現場存在証明——」

警部補は絶望的な呻き声をあげた。

「ロビーでコーヒー買ってきていいですか」

ぼくはていねいにきいた。

「いまかね」

「ええ。ついでにトイレもいきたいし」

「もう少し待ってなさい。あんたらはまだアリバイが立っとらんのだから」

「だってトイレ」

「がまんできるだろう」

「できませんよ」

「行かしてやれよ。人権問題だぞ」

「そやで、こんなに協力してんのに」

「どうします、係長」

「わかった。行かしてやれ。なんかおかしなことをすりゃ、自分で自分の首、絞めるようなもんだ」

「やだなあ。まだ、ぼくたちのこと、疑ってるんですか。ヘンなことなんか、しませんよ」

「わかったわかった」

許可をもらって、ぼくはヨット・パーカのカンガルー・ポケットに両手をつっこみながら外に出た。

広いスタジオだけれども、百人あまりの上に刑事たち、警官たちが出入りして、空気が濁っていたんだろう。外へ出るとすーっと胸がさわやかになった。

用を足し、自動販売機でコーヒーを買ってあついのを飲みながら見ると、そろそろ十時半だというのに、広い玄関口は人でざわざわしている。玄関にはパト・カーがとまっているし、受付の前には制服警官が立っている。

ロビーの赤電話には、許可をもらって連絡をとっている連中で長い列ができていた。

女の子ひとり殺されたくらいで、なんてまあ物々しい、と感心しながら、ぼくはコーヒーをもう二つ買って、また3スタにもどった。

「どうした。スーッとしたか、薫」

信がコーヒーをうけとりながらにやりとする。で、こっちもにやりとしてやった。

「ああ、したよ。ミルク、シュガー、入ったんで、よかったんだろ」

「いいさ。あ、うめえ」

羨ましげにチョウさん刑事がぼくらを見た。

みると、ちょうど刑事たちに囲まれて、ふとっちょの飯島マネージャーが、油を絞られているところである。

「なぜ、一度も見たことないなんて云ったんです？　あんたが、被害者と本番前に話をしてるのを見た、って人がいるんですよ。なぜ被害者と知りあいだってことを、隠したんです？」

「知らんものは、知らんのですよ」

あい光彦のマネージャーは、しぶとかった。

「一度も見たことがなかったら、話もしちゃいけませんかね？　きょうまで、一度も見たことがなくて、さっきひょっと話しかけられた、ってことだってあるでしょう」

「それでその娘がその一時間後に殺された？　そんなにつごうよく、偶然ばかり続きますかねえ、五十人も女の子がいるのに？」

「ちょっと気の利いたファンなら、私があいのマネージャーだってのは、知ってますよ。で、ファンなら、私と話したがってる連中なんざ、ひとりふたりじゃありませんとも」

「おや、さっきは、あの娘はあい君のファンでも何でもないとおっしゃったじゃや、ありませんか」

「それは——」

はじめて、マネージャーの額に汗がにじんだ。

縞《しま》もようのハンカチで、額をふきながら、さっき警部補がしたように向うを見やった。

ステージと、がらんとしたオーケストラ席をへだてて、私服刑事たちがせっせと百人以上の連中を、いくつかの群れにわけていた。

その中に、あい光彦が心ぼそげに立って、マネージャーの方をしきりに見ている。まわりに親衛隊の女のコが、大声あげたり、たかったりすると怒られるので、ひっそりと、しかし幸福そうにとりかこんで、事件のなりゆきになんか何の興味もない顔で崇拝するアイドルを見つめていた。

あのコたちは、あんなにしてあい光彦のまわりにいられるなら、殺人も夜明かしも家でめちゃくちゃに怒られるのも何とも思わないんだろう――そう、思ったら、ぼくはちょっと泣けてきた。

「なんだよ、薫」

「いや――さ。オレもうトシだなーと思って」

「ヘッ」

信はたまげたようにぼくを見る。ぼくは肩をすくめ、またパーカのポケットに手をつっこんだ。

「それは、あいは今絶大な支持を得てますからね。ここにきてる女の子なら、ファンでなくたって、あいに興味はないわけないんで」

「あの少女だったんですね、たしかに、話しかけたのは」

「そうです――と、思います」

「確認しますか」

「とんでもない。して、何になるんです？　名前も、なんにも知らない、さっきちょっと話しかけられただけなのに」

「何て話しかけられたんです」

「ええ——たしか、あいくんまだ来ないの、って。今夜あれが別の仕事でスタジオ入りがだいぶ遅れたもんですからね」

またマネージャーは汗を拭いた。

あの警部補はだいぶたよりない。気がつかないなら、応援してやろうかな、と思ったけど、原田PDがさっと目を輝かして首をのばしたので、やめにした。

「——ってことはさ、飯島チャン」

原田さんはしめたという顔で、

「悪いけどやっぱしあのコあいクンのファンじゃない、それも相当なさ。ねえ、山科さん。かなりなファンとか、内実に通じてる連中じゃなきゃ、あんたがあいクンのジャーマネだなんて知るもんか、あいクン来てねえのにさ」

「原田さん！」

飼主に苛められた熊みたいな顔になって、飯島が叫んだ。原田はかまわず、

「——少なくとも、別の——きょうなら、まさみクンとか、裕樹《ヒロキ》のファンで、それがちょっとあいクンにも興味あるなんてもんじゃないよ。第一あいクンのLP持ってたんだしさ」

「LP?」

初耳だったらしく飯島が目をむいた。

「LP? 何の?」

「あのあいクンの、サード・アルバムだっけ、『初恋はロックンロール』入ってるやつよ。ガイシャは、それ持ってたらしいのョ、ところがそれが見つからなくってさ——見つかったんですか、警部?」

「いや、まだ」

原田さんがわざとらしく、お世辞かイヤミかわからないが「補」をぬかして「警部」というたびに、警部補はなんともいえない微妙な顔をする。

それが面白くて眺めていると、気がついて、

「こらこら、何口あけて見てるんだ——お前らあっちへ行って、ちゃんといろといわれたところにいろよ。カメラんとこにいた奴はその左側の連中のとこ。その二人は右の方」

「チョウさん」刑事が怒鳴った。

「なんでエ、見るくらい、いいじゃんか、ケチ」

「警官横暴」

「なに」

チョウさん刑事は、怒りっぽいタイプらしい。

たちまち、ゆでた平家蟹《へいけがに》みたいに赤くなる。からかい甲斐があるったらない。

「何が横暴だ。人ひとり死んでるんだぞ、不謹慎な——大体、男のくせにそんな汚い頭しおって、大嫌いだ。お前らがオレの息子なら、つかまえて刈りとってやるところだ」

「はいはい、パパ」

「いつも、おやじに、云われてますよー、だ」

「疲れたでしょ。がんばって下さいよお」

ぼくらは笑いながらスタジオをよこぎった。

ステージのはじに腰かけて、見ていると、とても面白い。

「あれ、アリバイのあるなしで〝仕分け〟してんだぜ」

「あっちが、当確ね」

「真中が当落線上」

「右が、栄光の容疑者ってわけヨ」

左のグループは、あい光彦、出番を袖で待ってた五代美由紀とその付人、バンドの

「浅野弘とハニーメイツ」全員、こりゃわかるよな。とにかくステージよりこっちにいたやつは全員「非現場存在証明」完了ってわけだ。

それからひな段の最前列にいた司会のふたりにあい光彦親衛隊が五十人ほど。カメラ関係のスタッフ七、八人。フロア・ディレクターの山崎さん、ＡＤの宮本さんと落合さん。カメラのうしろで見てた小道具さんがひとり。

真中のグループはほとんどが、ひな段の二段目と、右半分の上段とその次の段に座ってた女の子と少しの男の子たち。これだってあやしいもんだとは思うけどね。

デュパンのエテ公じゃあるまいし、そんな腕のながい犯人がいてたまるもんか。凄いトリックが割れるか、何か重大な動機でも発見されればともかく、このグループもまず白だろう。

で、右にかたまってるのが、天下ごめんの犯行可能グループ。誰もそっちを見てなかったり、おまけにひな段のうしろをたまたまうろちょろしてたりって連中と、運わるく被害者の横やうしろ（真うしろの席は、いずれわかるんだしはじめからそうと決めつけているわけじゃないんだからと山科警部補が必死に宣伝したにもかかわらず、ついに名乗り出てこなかった。むりもないけどね）近くにかけてしまった四、五人の奴。

　これだって、しかしかなり怪しいもんだと思うよ。高い段にのせられてさ。いくら何でもカメラの真前で、歌手もバンドもひょっとしたはずみでそちらを見ないともかぎらないのに、堂々と人殺し、する奴がいるかね。

「ピカデリー・サーカスのまんなかが、一番安全ってのは、このことかもしれないな」

　ぼくは相棒たちに云った。

「呑気なこといって、オレらもあのグループなんだぜ」

「ばかばかしい」

　ぼくはにやりとしたが、そのとき肩に手をおかれて、とびあがった。ふりむくと、原田さんが、カウンセラーの先生みたいな笑い方をしながら立っていた。

「やあ」

「もう、すんだんですか、向こうは」

　原田さんはPDで、つまりこの『ドレミファ・ベストテン』でいちばん偉い人である。その原田さんに、バイトの下っぱが云うにしては、乱暴な口のききかただったかもしれないが、原田さんは気にもとめなかった。

「向こうは、向こうで、何とかやるだろう。やっと制作局長と番組デスクが来てくれたんでね。ぼくあたりはこれで用なしだよ」

原田さんはケントを出してくわえた。

「どうだい」

「あ、どうも」

「バイトって云ってたっけね」

「はあ」

「失礼だけど名前忘れちゃったよ。何だっけ、そのポニーテールのきみが」

「石森信」

「加藤泰彦」

「ぼく――」

「栗本――薫君だろ。なるほど」

ジッポで、ぼくらのにも火をつけてくれて、目を細め、ふう、とうまそうに煙を吐いた。

「相大生でと――何、やってるの」

「何って――文学部ですけど」

「そうじゃなくてさ。そのアタマからしてなんかやってるんでしょお宅たち？　それで音声の桜井《サク》さんがバイトでＰＡ頼んでんじゃないの」

「ええ、まあ」

「バンド？」

「まあ、そうです」

「ロックバンドでしょう」

「はあ」

「何ていうの」

「『ポーの一族』。オレがギターで」

「ぼくはキーボードで」

「ぼくベースですねん」

　京都は室町のしにせの呉服屋のぼん、加藤ヤスヒコが関西弁でしめた。

「これでもファンクラブいてますんやで」

「へええ。カッコいいね」

　原田さんはにこにことニヤニヤの中間ぐらいの笑みを満面にうかべた。

「知らんかったなァ。もっと早く云やァ、どっかに出したげたのにさ」

「本当《ほんま》でっか」

「本当《ほんま》も何も」

原田さんはネクタイの結び目に指をつっこんで少しゆるめた。

「むしてきたね、このスタジオ」

目もとに笑い皺が目立っている。油断大敵とぼくは二人に信号を送った。案の定、

「おもしろいね。こんな騒ぎめったにゃ立ちあえやしないよ。今日の客は運がいい
――で、きみたちどう思う？」

やんわりと、原田さんは探りを入れてきた。

「どうって――」

「そやなァ、えらいことや、思いますわ」

韜晦《とうかい》はヤスヒコの役目、と相場が決まっている。

「きみ、薫くんだっけ」

原田さんは正面からぼくをえらび出して見つめた。

「はあ」

「きみね――ほんとに、見たの。飯島チャンが彼女と話してるとこ」

「だからあんまし自信ない――」

「いや、それは、どうかなあ。きみ相当、目、よさそうじゃないの」

原田さんはニヤニヤ笑った。

「あの人たちは若いひとたちの考えてること、理解に苦しむだろうけどさ。ぼくはこんな番組持ってることでもあるし、少しは、わかってるつもりでいるよ、きみたちあたりの考えそうなことはね」

「なんや、よう、わかりまへんな」

「ぼくたちがどうかしたっていうんですか」

「いや、いや」

「あの飯島チャンてひともしぶといからねえ。否定すればするほど、立場わるくなるだろうな。さっききみの云ってた、何だっけ、非現場存在証明か、あれもないし、とにかく被害者があい光彦と結びつくってことしか、いまのところ手がかりがないし」

「でもテープみたらすぐにわかるんと違《ちゃ》いますのか」

「——どうだかね。あの警部補さんも、あまりそんなものあてにしない方がいいと思うんだけどな」

原田さんは自信たっぷりの、見るからにしたたかなテレビ屋、といった笑いをうかべつづけている。ぼくはちょいと気にさわったので、名探偵ですね、と云ってやった。

「何だって？　――とんでもない」

原田さんは目を大きくして、また笑う。よく笑うひとだ。

「えらい打撃だよ。いちばん、迷惑をこうむってるの、ぼくですよ。どうせまた局長だの次長だの、えらいさんがよってたかって、『局はじまって以来の不祥事』とか、『末端管理職の能力問題』とかいうんだから。責任とらされるの、ぼくだしね。もうわかってるから、やけですよ。だからもうえらいさんを呼びにいく前に独断でバンバン収録すすめちまったし――連中が来りゃ、ごちゃごちゃ云うばかりで何も進まなくなるし、といって、左遷されるにしたって次の週に放映しないわけにいかないんだからね。なら、とるだけとっちまった方がいいでしょう。まったく、迷惑なコだよね。殺されるにはそれこそいくらでも場所、あるのにね。よりによってこんなややこしいとこでね」

ぼくたちは何となくどきりとして原田さんの顔を見た。

原田さんは、短くなった洋モクの先を見つめながら、夢みるように云いついだ。

「でもいいさ。たまにゃ、変わったことでもなけりゃね。目がさめないよ。毎週毎週同じ手順でくそ面白くもないジャリの歌番組作って、お子様タレントの過密スケジュール、調整してさ。どうせこんどのことだって江崎プロがついてる限り、あい光彦に不利なようには運ばないに決まってる。いろんな持ちつ持たれつででき上ってる世の中だからね。プログラム・ディレクターだ、チーフ・ディレクターだ、云ったたって、ぼくあたりが少しは何かしてるような気分になれるのは、このくらいもありゃしないよ」

手の親指と人さし指を一センチほどに近づけてみせた。

「下からは無能のお飾りの、上からはスポンサーに視聴率、タレントはゴネる、トーシロは頭《ず》のぼせる。こんな突発事態でもなけりゃ、自分で何かさばいたような気にゃなれないからね。ちょいと、面白かったよ、それだけで、あとはどう転んでも、まあまあ、だろうな」

ぼくらはびっくりして原田さんを眺めていた。

この人は、なんでぼくらなんかにそんなことをぶちまけるのか、わからなかったのだ。

しかし、原田さんはたばこを金《かね》の灰皿にひねりつぶしてぼくを見た。その目は笑っていた。

「きみたちも、ファンクラブ持ちの、いいロックバンドで、いずれはポップスにまで進出して、案外人気者になること、あるかもしれないけどさ。みんなわりとルックスもいいみたいだし――でもそのときは覚えておきなさいよ。ここにあるものに、よっかかっちゃダメだよ。決して、どんなことがあっても」

ステージの上をぺこりと押してみせて、

「近頃の若い人って、ばかに悟り、ひらいてるかと思うと、やっぱり子供だったりするからね――このぴかぴかものは、みんな見せかけ。ひな段のうしろ側はむきだしの材木とベニヤ板。ホリゾントだって近くで見りゃ、ほこりだらけ。――考えてみれば、実に、ふさわしいかもしれないね。まがいものの、見せかけのステージで、殺人が起こっても、クーデターがおこっても、ひとが何ていうか知ってるかね。――しめた。スキャンダルになれば、視聴率が上がるぞ」

「まさか」

「いや。本当だよ。しかしぼくは考えたんだがね――」

原田さんは目をきらりと光らせた。ふいに、ほっそりして知的な、いかにも民放のディレクター、といった原田さんの、目もとの笑い皺が目立つ顔に、奇妙なぶきみな表情がうかんだ。

「現代の神殿、テレビ局のスタジオで起こった殺人事件。犯人をうつし出したのは本番のテープ――その、テープをいざ映してみてさ」

「……………」

「どうだろうな。誰もうつってない、それとも、ここにいる百十九人でない、別の人間がうつってたとしたら」

「えっ？」

「うわあ、いやや。勘忍して下さい。ぼくあきませんねん、そういう話」

「気味悪いだろうね」

信も口をすぼめた。原田さんの云い方に、妙な迫力があったからだ。

「そのときスタジオにいたのは百二十人。いまいるのも百十九人。被害者がひとり減って、しかし誰も減ってない。知ってるかね、こういう話？　十人のはずなのに、いつのまにか十一人いる。何度見ても、だあれも知らない顔がなく、いるはずのない顔もない。ひとりもおんなじ顔もない。それなのに何度数えても、十人のはずなのに、そこにいるのは十一人――」

「わ。『十一人いる！』でんな」

「え？」

原田さんはけげんな顔をした。

「萩尾望都《はぎおもと》のマンガですよ」

とぼく。

「宇宙船に十人のテスト生がのりこんで、みると十一人なんです。誰がニセモノなのかわからない……」

「マンガか」

原田さんはうすく笑った。

「いいね。いまの若い人は、何でもマンガで。——しかしぼくの云ったのはマンガじゃない。東北に伝わる民話だよ。座敷わらし——知らないかね」

「原田さん——東北ですか」

「いや。宮沢賢治にもあるし、いろいろな人が書いている」

原田さんは歌うように云った。

「こわい話だね。この話のこわいのは、座敷わらしのあらわれるのが、夜じゃあなく、日のあたってる座敷だから、なんだ。子供たちが、日なたぼっこしながら遊んでいて、突然気がつくんだよ。だあれも知らない顔もなく、いるはずのない顔もない。ひとつもおんなじ顔もない。それなのに何度数えても——テープにうつった奴が、あの直後にぼくと山崎君が手わけしてたしかめた百十九人のだれでもなく、ここにいるはずもなく、そして出ていきもしなかった人間だったら――」

「うわあ」

ぼくとヤスヒコは悲鳴をあげ、信でさえ少しくちびるを白くした。

「や――やめて下さい、その話」

「原田はんほんまにこの殺人座敷《ころし》わらしがしたんや云うてはりますのか、本気で」

「さあ」

原田は夢みるような目つきを、また、した。

「だが可能性はあるかもしれないよ。誰もあの子を知らないのに、どうしてあの子を殺すだろう。それにいくら考えてみても、少しも、あの子のうしろに座ってたの、どんな奴だったか、誰も、宮チャンもとなりのコも覚えてない。こんなことってあるのかな。いいじゃないの――世の中、少しぐらいはロマンがなくちゃ。片手でまがいものをさしだしてロマンを滅ぼしておいて、こんなこと云えないかもしれないけどさ。それに、もし現代の座敷わらしが棲むとすれば、もう現代には日なたぼっこできる座敷なんてないんだもの。案外、スポットライトとカメラに照らされた明るいスタジオこそ、ぴったりかもしれないよ。百十九引く百十九イコール、一ってわけだ、イコール0《ゼロ》でなく」

「イヤだなあ」

ぼくたちは知らず知らず、少し青ざめていたかもしれない。

「そんなこと、まさか信じてないんでしょ、まさか」

「どうかな」

原田さんは嬉しそうに、ほっそりした両手をこすりあわせた。

「それに、みんなどうして重要視してもっとさわがないのかわからんけれど、LPのことがある。ぼくはあのLPが気になってたまらんのだけどね」

「LP——あの、あい光彦のですか」

「そう。彼女が殺されたときのどさくさにまぎれたにしたって、この広いったってたかの知れた、スタジオの中からだけは絶対になくなるわけがないよ。あのあとすぐ、階段の前にはTD《テクニカル・ディレクター》の戸田君とサブの市川君が、スタジオの出口には山崎、宮本、ぼくと三人が、がっちり固めて、その上でいそいで人数たしかめたんだもの。それにその前は、スタジオの中が暗くなっていたから、ドアがあいたりすりゃ、光が入ってわかる。LPも犯人も、何ひとつ出ていかれたはずはない、消えるはずはないんだよ。だのに、LPは消えちまった。——当然、犯人も消えてるだろう、ってのが、根拠なんだよ。ぼくの、犯人座敷わらし説の」

「そんな……」

ぼくたちは顔を見あわせた。

「――というか」

原田さんはぼくたちの白くなった顔を見ていたが、にやりと笑って、

「ぼくはそう、期待してるのかもしれないけれどね。なにしろ、何年ぶりだったよ。きびきび事態をさばいて、オレがこの、オレがいなけりゃどこへ流れていっちまうかわからない遭難船の船長なんだ！　って充実感なんざ、味わったのは」

「原田さん――」

「――柄にもないこと、云ってると思うかもしれんけれどね。テレビ屋なんて、みんな口ではどんなハードボイルドなこと云って、ワルぶってたって、根はロマンチストの尻尾くっつけてるもんでね」

「そんなものですか」

「そんなものさ」

原田さんは顎をなでて、にやりと笑った。チェシャー猫みたいな人だ。この人が消えちまっても、ニヤニヤ笑いだけが空中に漂ってるかもしれない。

「原田さん」

少しあらたまって信が原田さんをねめつけた。

「なんで、オレらみたいなバイトの小僧に、そんな話――」

さすが三位一体、信もぼくと同じことを考えていたらしい。

「え？　そんな話って？」

原田さんが聞き返したとき、

「皆さん」

山科警部補がまたぼくらの方にきて、大声を出した。

「ちょっと聞いて下さい。ただいまこちらで、局の小見山制作局長と相談しまして、もう夜もふけたことでありますし、いつまでもこうやって皆さんを足止めしておくわけにも参りませんので、ともかくこのスタジオはあけていただき、別室でしかるべき質問にお答えいただいてから、事件とかかわりのないと思われる皆さんからお帰りいただくことにしました。たいへんご迷惑をおかけしましたがあと少しだけご協力下さい。それから――」

警部補は胸をはって、

「念のためにもう一度だけ皆さん全員にお訊ねします。被害者の少女をご存じ、もしくは心あたりのある、という方がいらしたら、どうか進んでおっしゃっていただきたいのですが。決して、そう云われたからといって、ただちに容疑と結びつけるほど、日本の警察は一方的ではありませんので、どうか事件解決にご協力下さい。——どうですか、どんなことでも結構なのですが」

スタジオの中はシーンとしていた。

満場、寂として声なし。

ぼくは、腹のなかでこっそり、強く生きるんだよ、と警部補に声援を送ってやった。

そのあとのことを、いちいち書いていたらきりがない。

だから、小説の特権でもって、あとでわかったことやわからなかったことを、ひと思いにまとめてここに書いておくことにしよう。

ぼくらが、やっと全員釈放されて局の外へ出たのは、もうそろそろ始発の電車が動き出そうという時刻だった。

刑事たちが手わけして、ぼくら全員にあれこれ箇条書きの質問をあびせたのだが、どうやら収穫はほとんどなかったようだ。

被害者を顔だけでも知っている、というものはなく、被害者のうしろの席に誰が、どんな年恰好の人間が座っていたか、男だったか、女だったかさえ、覚えている、といいだすものもいなかった。

あい光彦と飯島マネージャーは、警部補おん自らに別々にきゅうきゅう絞られたらしいが、結局何もかも知らぬ存ぜぬでおしとおしたようだ。

ディレクターの原田さんの云ったとおりに、スタジオから、いなくなっているものもなく、いないはずのものもなく、あるはずのないものも何もなかった。百十九人、誰かが必ず誰かの身元を保証した。TV局関係、バンド関係、歌手とスタッフ。客たちもたいていは友達と二人づれ、三人づれで来ていたからだ。

山科警部補は、特に席の近かったふたりの少女とふたりの少年、飯島マネージャー、アリバイの立たなかった五、六人のスタッフ（有難いことにぼくと信もその中に入っている）にだけ尾行をつけるよう命じて、ひとまず全員を解放した。

わりと警部補が気楽にかまえていたのは、たぶん、どのみちテープという切札があって朝になれば見ることができる、という安心感のためだったのだろう。

鑑識課員は例によって例の如く白衣でやってきて、（エラリイ・クイーンならドクター・プラウティがぶつくさ云いながら出てくるところだけど）正確なことは司法解剖の結果を待たなくてはわからないが、と前置きした上で、被害者は身長一六二センチ、体重五四キロ（ふとめだなァ）、推定年齢十五〜十七歳、死後およそ七、八時間、死因は左肋骨の間から心臓に達する深さ約十八センチの刺傷で、凶器は背中にささっていた刃渡り十九センチ、幅最大二センチの登山ナイフようの刃物に間違いなし、と報告した。

凶器の柄にはプラスチックをかぶせて、中に竜のような飾りがはめこんであり、ちょっと変わった意匠なので、刃物の出所は有力な手がかりになるだろう、とも報告した。凶器の柄にも刃にも、指紋などの痕跡はナシ。床と、凶器とについていた血はすべてA型で、被害者ひとりのものに間違いなし。

ひとつだけ、ちょっと捜査陣がひっかかったのは、傷の角度で、それは四〇度ばかりの仰角、すなわち斜め下、といってもそんなに真下でもない位置から突き上げたときにつく角度だ、ということだった。

これで、問題のひな段に警官をひとり座らせて、朝を待つ間に警部補たちが下からためしたり横からためしたり、ずいぶんひまつぶしになったらしいけど、念のために書いておくと、くだんのひな段の高さは、各段が約五二センチ。したがって被害者の座っていた三段目は五二×三で一五六センチ。被害者の座高を考えに入れて一八〇センチ内外、床から高くなってるとすると、一六〇から一七二、三ぐらいまでの身長で床に立ってる人間にならもっとも刺しごろになるだろう、ということだ。

反対にこれで、被害者の右に並んでた高二の女の子ふたり連れ、はす後ろの最上段に座っていた高一と高二の男の子の容疑はずっとうすくなったわけである。かわって最も有力な容疑は当然、被害者と何かのかかわりがあるかもしれず、にもかかわらず頑強に見たこともないと云いはった、あい光彦のマネージャーで、身長一六四センチ、収録のはじまったときひな段の左横、つまり被害者の左うしろにいたという（云ったのはぼくだがね）飯島保の上にかかってきた。

飯島の動きには特に厳重に注意するように、と指示されて、ふたりの私服がぴったりと尾行についたのを知ってか知らずか、飯島マネージャーは、徹夜のまんま次の仕事に出すわけにもいかない、うちの子は根がひよわなんだから、とか、すっかり予定が狂ったとか、たかがレコードのジャケットくらいでかんたんに結びつけられてえらい迷惑だ、だのとさかんにぼやきながら、あいかわらずきょとんとしている大事な歌手をつれてせかせかと帰っていった。

そうだ、それで思い出したから書いておくけれども、原田さんの云っていたように、被害者の持っていたというそのレコードのジャケットは、結局、スタジオとその周辺を捜査陣がくまなくさがしたけれども、出てはこなかった。

これで全部かな。いや、もうひとつある。これを書いておかなくちゃ、やっぱり、フェアじゃない、ってことになるかもしれないから、ほんとうはこれはもっとあとでわかったことだけど、ついでにいま書いておこう。

あんまり、書きたいようなことでもないんだけどね——つまりだ。被害者は、解剖の結果、バージンではなかった。というか、もっと正確にいうと、昔かたぎのお巡りさん達が憤慨したくらい、年恰好のわりに豊富な体験を持っていた。ただし妊娠の経験は、なし。まあ、いまどきの中学生高校生ってのは、進んでるからね。とりたてて珍しいってことでもないさ。

大体これが、あとでぼくの名づけた「ぼくらの時代の殺人事件」第一幕のあらまし、ということになる。「それはごく平凡に、一個の死体からはじまった」——TVならそれではここでお知らせをどうぞ、ってところだね。

3　ぼくらのダイイング・メッセージ

目の前で、ちかちかとモニター・テレビの画像がしだいに鮮明になっていった。そこへ目をくぎづけにしたまま、山科警部補は、ごくりと唾をのみこんだ。

いや、ちょっと待ってほしい。ぼくはいま、ちょっと考えこんでいるところだ。

このノートを書くのが、こんな大変なしごとだとは思わなかった。だけど気がるにはじめてみてやっとわかったんだけど、このノートは、書いているのはぼくで、だからぼくの一人称でずっと書くのがほんとうなんだろうけれど、でもそれだとちょっとまずいんだなあ。

というのは、つまり、一人称でずっと書いていくと、そのときはまだわかるはずのなかったことがわかっていたり、それから、ぼくのいない場所のことが書けなかったりするからだ。

だからといって、ずっとさいしょの調子、つまり三人称の小説調でやってゆくのも困る。だって現にこのノートを書いているのはぼくなんだし、そしてぼくはこれまでのところ、この事件の関係者のひとりにすぎないんだもの。

傍観者として書いてもうそになるし、上から見おろして何でもお見通し調で書くのもぼくの柄じゃない。だからいつもどおりの、こういう調子でずっとやっていこうと思ったけど、そうすると早い話が、山科警部補と田村部長刑事と捜査本部長の大矢警部、それにチーフ・ディレクターの原田さんと塩田番組デスク、放送担当重役の小見山制作局長、それに『ドレミファ・ベストテン』のスポンサー側から広告代理店の浦野部長が雁首をそろえて固唾《かたず》をのんでいる、あけて十七日の夕方のＫＴＶの第三編集室、なんて、逆立ちしたって書けなくなっちまう。

そこでぼく考えたのだけど、どうせぼくは小説家でも何でもないし、そう形式にこだわることはないね。書きやすいように、かつ、いちばん読むひとにわかりやすいように書いていけばいいんだ。

ぼくがいるときはぼくの目で見たまま。ぼくのいない場所は想像でおぎなって。それでいこう。それじゃ早速、冒頭のシーンにもどる。ビデオテープでもういちど——事件から丸二十四時間経過、ＫＴＶの四階にずらりと並んだ自動編集用の小部屋のひとつ、登場人物はさっき書いたとおり。宇宙船の操縦室みたいに、文字盤や計器のついた自動編集機に三方からかこまれて、アシスタントの南女史が立ちあがり、新しいテープをおもおもしくセットした。

「よろしいですか。ここからですよ。何か気がついたらすぐ合図して下さい、すぐにまきもどしますから」

原田ＣＤ《チーフ・ディレクター》が云った。

「いい、南チャン」

「はい、チーフ」

南女史が機械を操作する。文字盤の「81」に緑色の灯がつき、ゆれていた映像がしだいにはっきりしてきて、テープのアタマの、内容や順番を示すアドレスがうつし出された。

つづいて、画像が、第三スタジオの内部をうつし出す。バンドの指揮者の後ろ姿。司会者の江島健とマリ中山のクローズ・アップ。

南女史がボタンをおすと、テープはコマ落としで、ふるい無声映画の場面のようにパッパッと変わっていった。袖で出番を待っているあい光彦。少女たちのいっせいにあげた手。歌うあい光彦。江島健。ひな段をパンするカメラ。メガホンがわりの台本をふりまわしている、ヘッドフォンをつけたAD。

「あ」

原田が云った。

「ちょっと待って、そこ。いまのところ、ひな段のロング・ショットだ」

「戻しますか、チーフ」

「ああ。やってみて」

「この辺ですか」

「よし、とめて。そのまま――いや、行きすぎた。あ、よし、それだ」

画面がとまった。

「ちくしょう、もうちょっと近づけてうつせばいいのにな」

陽気に原田が云う。室のなかで、楽しそうにしているのは、原田だけだった。山科警部補は不安そうな顔をしているし、局のおえらがたと広告代理店は深刻な顔をしている。かれらは申しあわせたように目をほそめて、画面の方へ首をのばした。

「ちょうど真中からとってますんでね。両端は見えるか見えないか、微妙なところです。ガイシャはここに見えているこの髪の毛だと思うんだが、わかりますか」

原田が画面に長い指をつきつけた。

「見えんな」

「うしろの席はどうです。誰かいますか」

「よく見えないが、左うしろには明らかにさっき説明したように南川高校二年生の村戸和夫が座っていますね」

「少なくとも村戸少年は嘘をついていないわけだ」

「よくみて下さい。村戸少年、それから向かって左隣りの女子高校生柴田洋子は両手を膝において、何も持っていない。このときはまた柴田洋子の左腕のへんに被害者の髪のさきが見えていますから、たいへん近くに座っていたことがわかりますね」

「たしかに」

「これを覚えていて下さい。——南チャン、このテープは、事件発生のどのぐらい前？」

「ええと——約三分だと思います。あい光彦が歌いはじめて、一番がほとんどおわってから被害者が段からおちましたから」

台本に書きこんだ赤エンピツの注をみながら、アシスタントが答えた。

「オーケー、これもここだけだ。じゃ次をうつしてくれる」

「はい」

南敏子はテープをセットしながら、ちょっと気の毒そうに云った。

「もうあと五、六時間いただけたら、ちゃんとダビングして、ご覧になりたいところだけつないでお目にかけられるのですけど」

「いや、いいですよ、お嬢さん。気にしないで下さい」

次のテープがうつし出された。すぐ、

「あ、こりゃダメだ、もっとあとだ。これはとり直した方のだよ、放映する分だ」

原田が云った。南がテープをとりかえる。

単調で目のいたくなる作業がつづいた。山科警部補は何回もポケットのたばこをさぐっては、思い直して箱にもどし、画面を見つめた。

「あッ」

原田が低く云った。

「いまのとこ。ガイシャがセミロングで入ってる」

「よく、この早さで、見わけられますね」

田村が感心する。

「なあに、慣れですよ。南チャン、戻して」

「はい、チーフ」

「――ここ、ちょっと見て下さい」

原田は画面をさした。画面の右上に、真中からわけたロングヘア、白いへちま衿《えり》に胸のフリルが飾りについたワンピースを着た、大柄な少女がうつっていた。

「この子の胸を見て下さいよ」

少女は両手で両端を捧げもつようにして、三十センチ四方くらいの赤い紙を胸に持っている。大きく白ぬきで「ＡＩ」その下にすこし小さく、「あい光彦サード」とあるのが、よく見える。

「問題のＬＰだな」

「なくなった奴ですね」

「こうはっきりうつってれば、宮本くんの見まちがいってことはまずないわけだ」

「少し小さくありませんか」

「どうして？　レコードだから、みんなこの大きさでしょう」

「――なるほど、この子は後援会じゃないんだな。見てごらんなさい、持ってるものがちがう」

下の段に並んだ少女たちも胸に紙をかざしている。しかしそれは大きく切った画用紙で、一字ずつ字が書いてあり、つなげると「恋とさよなら・あい光彦」、「GO、GO、MITSUHIKO・AI」と読めた。

「これもしるしをしといて――ああ、ちょっと待った。このうしろ、見えますか。誰かいますかね」

「いや」

「――いないよう、ですな」

「ガイシャの真後ろは空席だったのかな」

「これが事件発生の五、六分前ですよ。さっきの三分前のにも、ガイシャの髪がうつってるだけで、うしろの席に座ってるらしいものは少しも見えなかった。そのあとでひな段によじのぼるってのは、まず無理でしょうね。並んでるこの子たちが全員、口をそろえて、そういうことはなかった、と云ってるのだから」

「すると村戸少年の、さいごまでその席はあいていた、という証言が正しいことになる」

「したがってホシはひな段ではなく床に立っていたか、ひな段のベニヤのうしろにいた、ということになります」

「まあ村戸がホシで、他の六十何人が全員グルで口をあわせてる、とでもいうなら、別ですがね。とにかく村戸はこの席にもどるにはただ腰をずらせばいいんだから。しかしそういうことはありえない」

「この子がもっとしゃんとしてればわけないんだが、あいにく村戸少年は次に出るはずだった五代美由紀の熱狂的ファンで、あい光彦なんか見ずに舞台の右袖ばかり見ていた、というんですね。たしかにこの画面で見ると村戸ははっきりとガイシャから反対の方へ顔をむけている。村戸はシロだな」

「するといよいよ飯島マネージャーの容疑濃厚、というわけですがね」

テープが何度もまきもどされ、同じ画面があらわれたり消えたりした。山科警部補の手もとのメモも厚くなっていった。

「殺人現場をストップモーションで見られる、というのは有難いが、しかし一秒に三十枚も絵があるとは思いませんでしたよ」

大矢警部がよわねを吐いた。

「一時間番組でよかったじゃないですか、まだ。これが映画かなんかだったらもう大変だ。何万フィートですからね」

そっけなく原田は云ったが、ふいに、

「あッ、とめて」

大声を出した。

「何です」

「ここですよ、皆さん」

「え」

「南くん、ゆっくりまわしてみて。――いいですか。あい光彦がお辞儀してるでしょう。クローズ・アップ、パンしてひな段、あいがマイクの前に出る、この先です。アクションと交互にひな段が出ますから――ほら、出た。わかりますか」

かれらは息をつめた。

テープにおさめられた殺人現場が、ゆるやかに姿をみせる。あい光彦の眉をよせた顔。さしのべた手に指輪が光る。ひな段に、ゆっくりと白いドレスが立ちあがる。

「あ！　立ち上った」

あい光彦が両手を気障にクロスさせてさっとひらく。ひな段で親衛隊のかかげた紙がいっせいに左右にうごく。

「畜生！　ガイシャをうつしてくれ」

「あ、ほら。落ちた」

万歳をするかたちに少女が両手をさしあげた。

そして、白い大きな鳥が舞い立つように、少女は飛んだ。

あい光彦のはッと首をひねる顔の大うつし。

「あっ、あれ！」

田村が大声を出した。

「見て下さい。あれを」

カメラの前に思わずとび出したのだろう。

きょとんとした顔で、視野をさえぎっているのは、まぎれもなく飯島マネージャーの小肥りの顔だった。

「南チャン！　それ何カメだ」

「はい、チーフ。2カメだと思います」

「あ痛た!」

原田はしまった、という顔をした。

「いけねえ。エイトマンじゃあるまいし、どんなすばやく動いたって、ひな段の横から2カメの前まで〇・一秒フラットじゃ行けねえぞ」

「飯島もシロか!」

「あっ、暗くなった」

「誰かがカメラの前に立っちまったんですよ。このあとはダメです、カメラマンも持場、はなれちまったから」

画面は、黒布をかぶせられたように薄暗くなったきり、激しく上下左右に揺れていた。

「原田さん」

山科警部補のするどい目に見すえられて、原田はすました顔をしようとしたが、うまくいかなかった。

「わかってますよ。話がちがう、とおっしゃりたいんでしょ」

「そうですよ」

警部補は声を大きくした。大体、はじめからこの変にうわてうわてと出るチーフ・ディレクターが気に入らなかったのだ。

「あなたの話じゃ、テープを見さえすれば、すべては明らかだ、という話だったから、わたしは安心して連中を帰らせたんですよ」

「わかってますって」

「わかってないじゃありませんか。そういう話だったから、あなたが現場をかってに動かしてしまったのも大目に見てですよ——」

「しかし現に、現場はごらんになったじゃないですか」

「見ましたよ。しかしあれじゃ何もわからない」

「それは、私に云われたって困りますねえ。ぼくは要するにお約束どおりの現場をお見せしたまでです。テープに何が写っていたか、まで事前にわかりゃしませんよ、ぼくだって——いくらモニターを見ていたって云ったって、あの騒ぎですからね」

「しかしそれじゃ——」

「まあ、まあ、山科君」

大矢警部がゆったりと割って入った。

「そうむりを云うものじゃないよ。こちらにはこちらの人の都合というものだってある。原田さんとしては、できる限りのことをして下さったんだから」

「そうですよ。それにテープをくわしく調べれば、きっと何かしら手がかりがつかめますよ」

田村も云った。

「それにあれでしょう、とにかく、消去法でずいぶんシロとわかったものが多いんじゃありませんか。あのときあそこにとめておいた人間は全員、居場所はわかってるのだから、街なかで起こった事件みたいに容疑者が不特定多数、というのにくらべれば、ずいぶんと楽だと思うんですがねえ」

「それに原田君だって、まさかこんなことまで予想して番組のチーフをやっているわけじゃありませんのでね。な、原田君」

小見山制作局長が原田の肩を叩いた。

原田はちょっと眉をしかめたが、

「まあそう云って責任のがれをする気はありませんよ。しかし犯人がうつっていなかった、というのは、必ずしもそいつが幸運だったというわけじゃないでしょう。よりによってTV局のスタジオのまん中を犯行現場に選んだ奴だ。カメラのことなんか、はじめから考えてたんでしょうね。云いわけじゃありませんがね。――ともかく、ひとこと云わせていただけば、ポイントはそっちへうつってきたと思いますよ。なぜ、よりによってこんな現場を選んだか、ですね。犯人はよくよく、スタジオの事情に通じていたか、さもなければ、ここでなければならんいわれが何かあったか――スタジオでしか、ガイシャと会えないとか、本人がスタジオにいつもいなくちゃならんとか、何か、ね」

「それは素人の方にご心配いただくまでもない」

山科警部補は憎らしげに口をはさんだ。

「テープにすべて写っている、と云われるから、ついそちらをあてにしていたわけですのでね。ちょっと現場は変わっているが、通常どおりの事件としてはじめから捜査しておれば――そちらは私どもの専門ですのでね」

山科警部補と原田は軽蔑したようににらみあった。

「まあ、これからですよ、捜査陣が本領を発揮するのは」

なだめ顔にまた大矢警部が云い、

「よかったら許可をもらって、君も少し休みなさいよ。ゆうべからろくに寝とらんのだろう」

小見山が原田に云った。

「それじゃそうさせていただきますかね」

原田は肩をすくめ、南アシスタントにうなずきかけた。

「南チャンももういいよ。そのテープ放送に間にあわしてくれな」

「はい、チーフ」

「何かおたずねになりたいことでもありましたら、連絡先、書いてありますから」

原田は目の下に隈の浮いた顔で、一同を見まわした。

「お叱りをいただいたところで、失礼しますよ。また明日から、次の収録のほうにかからなくちゃならんので」

なんとなく、捨台詞めいたひびきをのこして、編集室のドアがしまる。

山科警部補はそっと田村部長刑事の脇腹をつつき、親指で、尾《つ》けろと命じた。田村がすべるように出てゆく。

「いや――どうにも妙な事件で」

大矢警部が小見山に話しかけていた。

「こんな事件は、苦手ですわ」

「いやあ、私どもこそ青天の霹靂《へきれき》とはこのことで」

「無理もありません。驚かれたでしょうなあ」

「隣のスタジオだったら、なおややこしかったでしょうな。何しろ例の『第三分署』ですから」

「本物の死体、にせものの死体、本物の刑事、TVの刑事、入り乱れて大変だったでしょうな」

「お話の途中すみませんが」

山科警部補は苛々《いらいら》と口をはさんだ。

「あの原田という人について、少しお伺いしたいのですがね」

「何でしょうか」

「原田君ですか」

小見山は、塩田番組デスクをふりかえった。

「といいますと、つまり——？」

「ずいぶん、くだけたお人柄のようですがね、いつもああですか」

「くだけた——なるほど」

小見山は塩田と顔を見あわせて苦笑した。

「いつもはもっとべらんめえだし、ぽんぽん云っていますよ。ずいぶん元気のなかった方です。彼なりに、自分の番組であんな不祥事があって、ショックなんでしょう」

「ショックねえ」

あれで、と云いたいのを山科警部補はこらえた。

「なるほど、ご存じないかたには、ずいぶん不謹慎に思われるかもしれませんがね。テレビマンのものの感じ方というものは、また一種独特なところがあるんです。無常観、とでもいうか、開き直り、と云いますかね。かれらがとにかくあれだけ忙しくつくる番組は、つくる片端からオン・エアされて空中に消えていってしまい、あとに何ひとつ残らない。それでいて毎週、毎日、あとからあとから次の企画、次の仕事、と追いまくられて、馬車馬みたいに走らなけりゃ、いかんわけですからねえ」

「あれだけ沢山のテープが、ひとつも残らんのですか」

「残らんのです。全部おいておいたら、局は一年でパンクですよ。次から次、いままさに要り用なもののほかはどんどん、消しては次のを入れていってしまうのです。彼は歌番組ですからねえ、なおのことそういう考え方がつよいんでしょう。色即是空とでも云いますかね」

「色即是空ねえ」

山科は腕を拱《こまね》いた。

「ちょっと、伺いにくいことを伺うんですがね」

「どうぞ、何でも」

「こんどの事件、さっき不祥事といわれましたが、このことが何か、原田ディレクターの処遇に関係してくる、というようなことはありますか」

「さてね。それはむしろクライアントのご意向でね」

「いや、いや、とんでもない」

広告代理店の浦野はあわてたように手をふった。

「『ドレミファ・ベストテン』はもう長いことうちのやらせて貰ってる看板じゃないですか。生放送だったわけじゃなし、何も問題はないと思いますよ。原田さん個人の去就でしたら、これはまた私どもが口を出すすじあいじゃありませんしね」

「原田君の処置というようなことは、まだ考えてはおりませんがね」

小見山が云った。

「彼は有能ですしね。彼が持ってから、『ベストテン』はコンスタントにふたけたの視聴率を維持しておりますし」

「原田ディレクターは、有能だ、という定評は、あるわけですね」

「それはもう。本人としてはまあ、やるならドラマ班がディレクターの花だ、というようなひがみはあるかもしれませんがね。ご存じでしょう。五年ほど前の『お色気セブンセブン』という、あれで当ててから、原田君はうちの看板ディレクターのひとりですよ」

「敵もあるでしょうな」

山科はおだやかに云った。

小見山はちょっと笑った。

「というのは、つまり、こんどのことが、原田君を陥《おとしい》れようという敵の罠だとか、そういうことですか?」

「ちょっと、そういう考えが、浮かびましたもので」

「それは、ダメですよ」

くすくすと塩田が笑った。

「これがナマ番組で、放送をぶちこわした、というならそういうこともあるかもしれませんがね。なにも原田君にこんなこと予期できたはずもなし――原田君が殺した、とでもいうんなら別ですが、それも彼がサブ調整でどうしたんだと怒鳴ってたのは立証ずみだし、それにとにかく、歌番組ですからねえ。誤解されるかもしれませんが、この番組はかえってこの事件でもうけたくらいですよ。殺人だなんて、最大のニュースヴァリューですものねえ。マスコミはとびつくでしょう。大衆ってのは恐しいもんです。『グレート・ハンティング』って、ひとがほんとうにライオンに食われっちまった映画がバカ当たりしたの、覚えてらっしゃるでしょう。もしやまた殺人が——こんどは現場が見られやしないかって、『ドレミファ・ベストテン』の視聴率は確実に五割がたはねあがりますよ。——と云ったからって、まさかそれを狙っての、原田君のブレーンのヤラセってこともないでしょうけどね」

「…………」

山科警部補は、憮然として、顎をなでていた。

まったく、なんというところに迷いこんでしまったのだろう、と警部補は考えていたのである。

(気狂いばかりだ——まったく。ひとひとり、死んでるってのに、まあ、この連中の云うことときたら、スケジュール、スキャンダル、視聴率、ニュースヴァリューだのネームヴァリューだの——まるで気狂い病院だ、まるで)

ここでなら、どんなことでも起こるかもしれない、原田やこの塩田のような、骨のかわりにブラウン管、血のかわりに視聴率が流れているような男なら、どんなことでもやってのけるかもしれない、と考えた。

（ヤラセ——ニュースヴァリューで視聴率倍増をねらって）

原田のにやついた顔を思いうかべて、なんとなく山科警部補がぞくりとしたときだ。

「失礼します。——こちらですか、警部、係長」

あたふたと部下の沼口刑事が入ってきた。

「本部から連絡が入りました。どうやら被害者の身元が判明しそうです」

「そうか！」

だがおれはTVの刑事ドラマの刑事役でもなく、テレビ屋根性のしみついたスタッフでもない、と山科警部補は思った。死体は現実の死体だし、たとえどこで殺されようと、殺人は殺人でしかない。身元が割れればあとはいつもどおりの捜査だ。警部補は威勢よく、固い椅子から立ちあがった。

捜査本部の入口のところで、しょんぼりと、五十年輩の夫婦が立っていた。

「間違いありません、係長」

部下の斎藤刑事がかれらに気がねしながら、云った。

「ガイシャは佐藤尚美、十六歳、都立大野台高校一年生です」

「あちらは？」

「ご両親です。遺体を確認していただきました。間違いないそうです」

「お話を伺いたいから別室で待っていただくよう云ってくれ。それから、大矢警部に報告と」

「それは、もうしてあります」

斎藤は云った。

「ニュースをみて、名乗り出てきたんですがね。親は板金工場をやってると云ってましたが、どうもだいぶ乱れた家庭環境のようですね」

両親を応接室に連れて行ってから、斎藤は報告した。

「というと」

「親が忙しくて、放任主義、と云いますかね。上に姉がふたりで一人は嫁にいき、弟がひとり、すぐ上に兄、と五人兄妹なんですがね。みんな勝手に出たり入ったりしていたようで、お嬢さんはいつ最後に家を出たかときいても、両親とも、さあと首をひねってるんですよ」

「ほう。それに考えてみりゃ、てめえの娘がひと晩帰ってこないのに放っとくってのも、無責任な話だな」

「よく友達んところへ泊まりにいっちゃ、そのまんま学校へ行ってたから、そうなんだろうと思ってたと、いうんですがね」

「放任主義ね――」

山科警部補は、あい光彦のLPをかざして突進しようとした、そして白い大きな鳥のようにひな段から落ちていった、髪の長い少女を思いうかべながら云った。

「佐藤尚美、十六歳か」

ぱらりと大きな目鼻立ちや、肉置《ししお》きのゆたかさは、中三や、高一には見えなかった。しかしビデオの画面のなかで、あい光彦のLPを抱きしめ、歌にあわせて身体を揺らしていたいちずな表情は成熟したからだつきとはアンバランスに幼なかった、と思う。

「大野台高校ってのは、あんまり聞かんがどこにあるんだ」

「西町ですね」

東京じゅうの地理にはめっぽう詳しい田村がすぐ答えた。

「下町ですよ。ええと、何かできいた名だな」

「野球が強いんですよ。甲子園の東京予選で、毎年いいところまで行くんじゃなかったかな」

と斎藤。斎藤は野球が大好きだ。

「あんまり、ランクは高かない筈ですよ。ま、頭のいい子なら、はなっからあんな歌手なんかにキャーキャー云ったり、TV局まで追っかけたりはせんでしょうがね」

「ともかく親の話をきいてみよう。第一応接室に通したのか」

「はあ」

何度やっても、楽しい仕事でないのには、変わりはなかった。娘をなくしたばかりの両親に、あれこれ訊きほじるのである。山科警部補はドアの前で咳払いをして、謹厳なしかめ面をつくり、おもむろに入っていった。田村と斎藤が続く。

「このたびは――」

「どうもまことに――ご厄介をかけまして……」

佐藤尚美の父母は立ち上って頭を下げた。

両親とも、色が黒くて、風采があがらない。父親は頑固そうなぶこつな目鼻立ちをし、いかにも下町の小さな工場主、という感じだし、母親はあつぼったいくちびるから色のわるい歯茎がはみだしている。それでも、黒っぽいなりをきちんとととのえた夫婦のしおれた表情は、まだ二十にもならぬ娘にさきだたれた親の気持をいたましく伝えて、まだ小さいふたりの子持ちの山科警部補の胸に訴えた。

「お気持はお察しします。私どもも、お力落としのご両親に、こんなことは——何なのですが……」

「いえ、警部さん」

実直そうな父親は膝の上で両手を握りしめた。

「ばかな娘のために皆さんにご迷惑をおかけして——どうぞ、何でもお訊き下さい。さきほども、そちらのお若い刑事さんにそう申しあげたのですが」

「そうですか——まあ、少しでも早くお嬢さんをあんな目にあわせた犯人をとらえるために誠心誠意努力しますので……」

警部補は咳払いをした。

「早速ですが——お嬢さんは事件当日の朝は、いつもと変わらずに家を出られたんですね？」

「——さあ……」

父親と母親は目を見あわせた。

「と、思います……きのうは、学校があった筈ですから」

「と思う、といわれますと確認はなさってない？」

「はあ――私はいつも七時には飯をすまして工場の方へ出かけるのです」

「子供たちは、朝飯《はん》をいただかないものですから、たいてい八時ぎりぎりまで寝ておりますので――」

母親が詫びるように云った。

「わたくし、午前中は、工員さんたちのおひるを作るので手いっぱいだものですから、子供たちは、上の娘が弟のと自分のお弁当を作りまして、尚美とお兄ちゃんは給食だものので、みんなそれぞれで出かけますもんですから」

あついくちびるがおどおどと動いた。喋りはじめれば、いかにも口やかましそうな母親だった。

「もうみんな手がかかりませんので何でも自分でいたしますもので」

「それで学校に行かれて――」

「と思います。学校用の靴がございませんでしたから」

「鞄はどうでした」

「さあ――子供たちのへやをのぞくと、えらく怒りますですから、このごろは掃除もようしませんのです」

「で学校からそのままスタジオの方へ行かれたのでしょうか」

「さあ――」

「お嬢さんは白いワンピースとバッグでしたが、着かえに戻られたということは」

「さあ――」

母親は不安そうに目を伏せた。

「学校の帰りにどこかで着替えたんじゃないでしょうか。帰っては来なかったと思いますので」

「そういうことは、たびたびなさっていましたか」

「――はあ」

「学校から、そのまま着かえてどこかへ寄って、帰りがおそくなるとか、泊まってくる、ということは、よくあったんですか」

警部補は念をおした。

「あの……」

「はっきり云いなさい。娘を育てそこなったのはわたしらの責任で、そのおかげでいまこうして警察の方にまでご迷惑をかけているのだから」

佐藤がけわしく妻を叱った。

「は、はい」

母親はあわてたように、

「お恥かしいことですけれど——あの、私どもは山形からこちらに出てまいりまして、小さな、それこそ主人ひとりの工場からはじめたもんでございますから、何とかおちつくようになるまで、私も主人もぜんぜん子供をかまっているひまもございませんでしたのです。それこそがむしゃらに働いてまいりましたので、あの——」

「刑事さんは、そんなことをお訊きになってるんじゃないよ」

また、佐藤がとがめた。

「まあ、恥を申すようですが、私も学歴も何もありませんし、いつも、いつ食えなくなるかという不安ばかりで、子供五人、いちいちしつけもしてなかったのです。これも一緒に働いておったし——それで、どうやら、ことに下のふたりは育てそこなったと申すんでしょうな。私どもの手にはおえませんし、何か云やあ反抗しますんで、まあ勝手にさせとけば、時期が来ればわかるだろうと、したいようにさせておきました。それがいけなかったんでしょう」

日に灼けた顔は、風化した一枚岩のようにかたかった。

「上のは、少しは親の苦闘時代、といいますか困っていたころを知っとりますのでね。人間らしいことも云ってくれるのですが、下のふたりがもう——何が不満なんだか、親に学がないんで馬鹿にするんだか、私どもの云うことなどまるで聞きませんし、話もろくろくしようとせんですし――なんだかわからん歌手かなんかに血道をあげて、もう泊まろうが歌手を追っかけようが勝手にさせとけとこれに云っとりましたよ。どうせ私らの子ですから頭もいいことはないし、女ですからそう勉強さすこともないですし。それにとにかく親の云うことなど聞きゃせんですから」

「その歌手というのが――」

「あの、あい何とかという――」

「あい光彦ですか」

「はあ。へやじゅう、プロマイドを貼りちらかしまして、それののっとる雑誌ばかり買ってきて、いつも友達と電話でながながその男の話ばかりしとりましたわ。いいかげんにしろというとむきになって、ひとの電話をきくなんていやらしいの、へやをのぞいたら家出してやるの、まあ一度郡山までその歌手を追っかけて学校を無断で休んだのがわかって殴りつけましたら飛び出して友達のところへころがりこみましてな。もうそのあとは見切りをつけたちゅうか、あんな馬鹿娘にゃ、勝手にさしとけと――まあちょうど上の男の子が大学受験なこともありましたんで、放っぽらかして、好きにやらしてましたが――」

「それじゃ、要するに放任主義ということで――」

「だか、何だか、わかりませんけどな。とにかくもう、あんな小汚ない、男か女かわからんような歌手のどこがいいとでも云おうもんなら、もう二度と父さんとは口きかないの、あいくんのことなんか父さんに云われるとぞっとするの、すぐにむっとふくれて自分のへやにたてこもっちまって、同じ屋根の下にいて、下手すりゃ丸三日や四日、顔もあわせんことはしょっちゅうでした」

「あんた――」

そんなことまで、と母親が袖をひっぱる。

「こんなことになって、もう何もかくすことなどありゃせんじゃないか」

佐藤はつよく云った。

「親が朝から晩まで働いとればこそぐうたらと学校行って、皿洗いひとつ手伝わんでおれるのに、やれ父さんはデリカシーがないの母さんは教養がないから恥ずかしくてPTAに来ちゃイヤだの、まったく当節のご時世なのかもしれませんが、自分の娘といったってまるで他人以下ですわ。妙ちきりんな恰好ばかりしよって、何を考えてるのかなんざ、わかりゃしませんでしたよ。私らが育てそこなったのを、こんなこと、云えやしませんが」

膝の上で、拳がふるえた。

「どうせろくなものにはならんと思っていました。こんなことになったって驚きゃせんです。馬鹿が、あんなジャリの歌手なんぞ追っかけまわして――」

佐藤は拳で目をこすり、失礼、とあやまった。

田村はおおいに共鳴したようすで目をうるませている。中三と中一のふたりの子どもが、このごろ宇宙人にみえる、まだ赤ん坊の末っ子だけがかわいい、と常日ごろぼやいている田村だけに、まったく同感なのだろう。

一番上の子がまだやっと五つの山科警部補はあわただしく佐藤にうなずいて、

「ご尤《もっと》もです。――ところでお訊きしたいのですが、尚美さんの親しくしておられたお友達というと、おわかりになりますかね」

「は――勝手にコンサートなぞに行っては友達をつくって来ますので、全部はとてもとても、なにですけれども、同じ学校の、いつもお付合いいただいてるかたでしたら――」

「よく泊まりにいったり、電話であい光彦のことを話していたというのは」

「はあ――島田――恵子さんですとか、土屋光代さんですとか、今井――今井厚子さんとか……」

「あ、ちょっと待って下さい」

斎藤にメモをとるよう指示した。

「住所と電話もおわかりですか」

「さあ——それは家に戻って調べてみませんと——」

「そうですか。結構です。どのみち、もうじき、お宅の方にお送りさせていただきがてら、いろいろ拝見させていただきたいと思っておりますので——かまいませんか」

「それは——もう」

「何でもお役に立つんでしたら」

「いま云われた三人のひとのところには、よく行き来していたわけですね」

「はい。島田さんと土屋さんは同じクラスで——今井さんは中学がいっしょで……いまは有田高校に行ってらっしゃるようですけど——」

「それとですね、ちょっとこれを見ていただきたいのですが」

警部補は、事件現場にいた百十九人の名前のリストをとりだした。

「どうでしょう、この中で、ご存じの名前はありませんか。お嬢さんに電話があったとか——お嬢さんが名を云ったとか……」

「どれでしょう」

「これは、お前の役だ」

佐藤はつぶやいて、リストを見ようともしなかった。

「考えてみれば、おれはあの娘が誰と付合って、何を思っていたのかも、全然知らん」

立ち上がり、窓に寄って、こちらに背をむけた肩が、寂しそうに落ちていた。

「——さあ……」

不安そうに佐藤よし子はこまかい名前の列を眺めた。

「ございませんようですが」

「飯島保というのは、いかがですか。江崎プロの飯島、というんですが」

「きいたことがないようですけれど……」

「村戸和夫は？　柴田洋子は？　——それでは、栗本薫は？　石森信？　原田俊介というのはどうです？」

「さあ——心あたりがございませんのですが……」

「それなら、結構です」

山科警部補は溜息をついていった。どのみち、交友関係に詳しいのは、親よりも、友達だろう。親に云えぬことでも、友達にならば云える、という年頃があるものだ。

（おれは、どうだっただろう）

警部補は、二十数年前を思った。

こまかなことで、あれこれと聞いておきたいことがあった。

しかし、いちばんききたいのは、

(佐藤尚美は、どんな性格だったか――)

で、ある。

誰と付合い、何を愛し、何を考え、何を夢みていたか。それがわかれば、なぜ佐藤尚美が死なねばならなかったのか、もわかる。

「なるほど――尚美さんの部屋は、裏口を通って出入りすれば、居間や台所には関係なく行動できるわけですね」

「はい――どうしても、そうしてくれ、と娘が申しまして」

下町のごみごみした通りを、ほそい路地に入ったつきあたりに、佐藤尚美の家はあった。

両側が商店街になっている、広くもない通りを、バスや自動車がごうごうと通りすぎてゆく。ごたごたいろんなものの出しはなしになっている階段を上って、奥の、尚美の部屋のドアをあけたとたんに、刑事たちは同時に「ほう――」と云った。

いきなり、実物より巨大なあい光彦の微笑が、目にとびこんできたのである。

ソフト・フォーカスの光のなかで、うずまく髪を片手でおさえて、少女のような顔が笑っている。

「これは、たいへんだ」

一歩入って、山科警部補は唸った。そこは、あい光彦一色に埋めつくされていた。

「わたくしがちょっとさわりましても、気狂いのように怒りますんです」

「神殿、ですな、これは」

壁という壁にあい光彦のあらゆる表情と姿態が踊っている。ちゃちな学習机の上の、おきはなしの下じきにもはさんである。チャックつきのドレス・ケースをあけてみると、華やかな色彩があふれた。

机の上のカセット、額入りの、サインを刷りこんだあい光彦の写真。参考書。安っぽいプレーヤー。チェックのケースに入れて、壁にたてかけてあるガット・ギター、マンガ雑誌のひと山、きちんと整頓してあるベッド。

窓には小花もようのカーテンがぴったりとしめきられてあるし、ベッドの下には花もようのスリッパが揃えてあった。机の横に大きなスヌーピーと眠っている犬のぬいぐるみが、いかにも少女めいている。

「制服と鞄はないようですね。他に何かなくなっているものは」

「――あの、ですから、私、このごろはほとんど入っておりませんので――」

警部補と部下たちが、ごそごそ動きまわるのを見つめながら、母は途方にくれたように云った。

「お嬢さんは、日記はつけておられなかったですか」

「さあ――そんなこと、しそうな子じゃ、ございませんでしたけど」

「いいか。とにかく、住所や電話番号や、ひとの名前が書いてあるものは決して見逃すな」

「はい」

警部補は命じた。

「必ずどこかで誰かとつながってくるはずなんだ。あのときあそこにいた誰かと」

どこからみても、それはただのごく平凡な十六歳の女子高校生のやさしい部屋であり、そのあるじのささやかなありふれた歴史をしか、教えてはいない。

しかし、どこかに何かがあるはずだった。殺されたのが、佐藤尚美であるための何か。殺されなかった百十九人と、殺されたひとりの少女をはっきりとへだてる何か。

――山科警部補は、佐藤尚美の死が、不幸なまちがい、それとも恐しい無差別殺人、誰かの身代わり、といった可能性については、まだ考えぬことにしようと思った。それは、もっとあとだ。いまはまだ、佐藤尚美じしんともっとよく、知りあいたいのである。

「たいへん、訊きにくいことを伺うのですが」

警部補は低い声で云った。

「解剖の結果を、おききになられたですか？」

「は？　あの——」

「つまり、その——お嬢さんは、つまり——つまり、異性をですね、知っておられたようだという……」

「は……」

母親はどす黒く首筋をそめてうつむいてしまった。

「お心あたりはおありですか」

「わかりません。あの子の学校は、共学ですから——でも」

母は、うつむいたまま、つと手をのばして、机の横から大きなスヌーピーをとった。

「親なんて馬鹿なもんですねえ——さっきお父さんがああ云いましたけれど、私だって、娘のことなんか、何も知っちゃいなかったんですね。なんだか——なんだか、ここに住んで、いっしょに暮らしてたのは、わたしらのちいちゃなナオちゃんでも何でもない、どこかからいつのまにか入りこんできた、見たこともないむすめのようで——もう、何もかも、わからなくなっちまいました」

「奥さん——」

山科警部補は目をそらし、まぎらすように部下があけたレコード・ケースのなかみを一枚一枚手にとった。

「ほう、あい光彦ばかりですな——」

云いかけた、手が、突然とまる。

「なんです、ヤマさん」

「なんか、見つかりましたか」

沼口と田村が顔をあげた。が、ふりかえって山科警部補の持っているものを見るなり、小さな声をあげた。

「そ、そりゃあのレコードじゃありませんか」

「しかしそれはあのスタジオに……」

赤いジャケットにはっきりと白ぬきで、「ＡＩ——あい光彦サード」とある。

「誰かが、持ち出して、ここにもどしたんだ」

警部補の声がかすれた。

「しかし一体どうやってあの密閉したスタジオからですよ――」

「わからん」

警部補は気味わるいものでも見るように、そのLPをみつめた。

「しかし――どうやらこれで、犯人はやはり被害者を知っていて、はっきりと計画して犯行を実行したんだと断定していいようですね」

「そうだ、それに、犯人があのときあそこにいた人間だってのも確かだ。でなけりゃ、そのレコードを持ち出して、ガイシャの部屋にもどしたりできないですからね」

「しかし――しかし、少しでも犯行可能な人間には全部、尾行がつけてあるのに」

斎藤がどもった。

「まかれたという報告もないのに……」

「いや、待て。早合点するな」

警部補は声をつよくした。

「これは鑑識まわしだ。同じレコードは何枚でもあるんだ。血痕でもあればまさしくあのLPだが、そうでなけりゃ――」

「しかし何だってガイシャが同じレコード二枚も持ってる必要があるんです？　第一それじゃあのレコードはどこへ行ったんです」

「血痕がついたとだって限らないし」

「しかしそれなら、なんでこのレコードにそんなにこだわるんだ……なんで危険を侵して、どうやって持ち出したんだ？　なんで、ここに戻さなけりゃいけないんだ？」

「ここならいいがあそこで見つかっちゃ、まずいことでもあったのかな」

「犯人《ホシ》が割れちまうとか？　それじゃまるで、ほれ――『死に際の伝言《ダイイング・メッセージ》』だ」

「ダイイング・メッセージ……」

警部補は頭をかかえた。鮮血に濡れたように赤いジャケットが、目の中でひろがった。

「こんな事件は嫌いだ」

警部補は憤慨して呻いた。

4　ぼくらの連続殺人

TV局は、現代の神殿である。

それとも、むしろ、黒《ブラック》ミサの祭壇、というべきだろうか。

ひとびとは、白く屹立《きつりつ》するその建物と、その上にそびえるTV塔を見あげて、そこで行われている数々の秘儀を漠然と思いうかべるだろう。

まばゆい光。光のなかの巫女と祭司たち。あやしげな呪文と手つづき、そして魔法のからくり。

その祭壇で何がおこるのかは、すべてのひとびとが息をつめて夜ごと見守っている。しかし、祭壇の向う側、ブラウン管のうつさぬ裏側、祭祀の準備をととのえる黒子たちのことを思ってみるものはいない。

ひとつには、それは冒瀆の畏怖を誘うのだ。見えぬ部分をあえてあばくことは、みずから見える部分の輝かしさを踏みにじることに等しい。

ひとびとは、夢みていたいのだ。スポットライトに照らし出されるスターたちの世界は、マリファナより、ＬＳＤより、手軽な麻薬である。それはひとびとに、《選ばれた者》の華やかな虚像を見せる。それはひとびとに、自分もほんの少しだけチャンスがあれば、という夢と同時に、光の重さ、ひとより多くを望むことのきびしさを教え、それでひとびとはチャンネルをひねってからふっと自分をとりまく日々の穏やかさを満足げに味わってみるのだ。

「あいくん」

「あいくーん」

神殿の前で、忠実な信徒たちの喚声がきこえていた。

黒いベンツのドアがあく。濃い大きなサングラスに顔を隠した少年歌手に殺到しようとする少女たちに先んじて、いくつものカメラのフラッシュが走った。

あ、と小さな声をあげて、あい光彦がマネージャーの肩のうしろに顔をかくす。

「あい君、大変でしたってね」

「あい君。どうですか。目の前でファンの殺人現場を目撃した感想は」

「きょうまた同じ『ドレミファ・ベストテン』の録画でしょう。また——って、不安なんか、ない?」

「殺された女の子の部屋いちめんにきみの写真があったそうだけど」

「きみを憧れるあまりにファンどうしの喧嘩が殺しあいに発展したんだって説、どう思う?」

「あい君。ひとこと。ひとこと、何か」

「ちょっと!」

飯島が真赤に顔をそめて、怒鳴った。

「いい加減にして下さいよ! あいは何も関係ありませんよ。あいのファンなんか何万人といるんだ。中には人殺しの犠牲者になる人もいるかもしれない。だけどそれがあいと何のかかわりがあるんです!」

「あ、ちょうどいい。どうです、マネージャーとして、ひとこと」

「江崎プロは、公式に記者会見してくれという要望をけりましたね。どうしてですか」

「関係ないからですよ! ノーコメント!」

飯島はわめいた。アイドル歌手のきゃしゃな肩に両手をまわして、記者たちの攻勢から守ろうというように、短軀をはって立ちはだかる。

サングラスの下であい光彦の顔は蒼白になっていた。ジーンズの上下に、チェックのウエスタン・シャツを着こんだ、ほっそりした長身が、おしよせる記者とカメラマンのあいだで立ち往生した。

「あいクンを苛めないでッ!」

「マスコミなんか何さ。ウソばっかし書いて、あいクンを泣かせて!」

「あいクーン、あんなの気にしないで」

ファンの少女たちが憤慨して叫び出し、あたりは騒然となった。

「やれやれ、なんてさわぎだ」

ききつけて、門衛とスタッフ、それにあい光彦の付人たちが救い出しにかけつけるまで、あい光彦とマネージャーは人波のただなかでもまれていた。

「はげたかとハイエナの獲物争いだとよ」

三階のロビーからは、玄関前のさわぎなど、蟻の戦争ほどにしか見えない。両手をポケットにつっこんで、唇の端にハイライトをくわえたまま寸評を加えたのは、信だった。

「気を利かして、裏から地下駐車場にまわって、こっそり入ってくればいいのにヨ」

「何のかんの、云ったたって、けっこう騒がれりゃ宣伝になるってのが、ホンネじゃないの」

とぼく。リハの用意はすませてしまったし、はじまるにはいくらか間がある。ぼくと信とヤスヒコの三人、うまく逃げ出して、おそめのティータイムとしゃれこんでいるところだった。

「しかし原やんもあこぎだなあ。あの騒ぎのあとで、張本人のあい光彦を連続で使うなんてヨ。そりゃ話題にはなるけどさ、本人だって気持悪かろうにね」

「そこが、原やんの腕きたるのゆえんじゃないの。第一張本人て、なにもあい君が殺《や》った、てんじゃなしさ」

いい天気だった。

ロビーのガラスごしに、夏ちかい青空がいっぱいにひろがっている。もう梅雨あけだ。

ひとびとのおもわくなどかかわりなく、日は流れてゆく。殺人がおころうが、あい光彦が貧血をおこそうが、次の週がくればTVは次の番組を流さなければならないし、ひとびとはもう、あれだけ喜んで、事件のことを書きたてた新聞や雑誌やTVにとびついたのも忘れて、次の椿事を口をあけて待ちうける。

ぼくたちだってそうだ。木曜になればせっせとバイトに出かけてきて、大道具を手伝い、PAを設置し、バンドの譜面立てを数えている。

「なべて世はこともなし、ヨ、薫ちゃん」

引用好きの信が云うとおり、どうってことは、ありゃしないんだ。

でも、大道具サンに頼まれて、ひな段を運んだときは、さすがにいい気持はしなかった。

「あの、これ、こないだのままですか？」

「だろうな。そう、よぶんはねェよ」

大道具のあんちゃんはにやりと笑ったものだ。

「血、ついてるかい」

「やだなあ。何にもないですよ、ほら」

「お前さん容疑者だったんだってな、坊や」

「よして下さいよォ」

「この辺だろ。ガイシャが座ってたの」

あんちゃんが指さした板のところを、ぼくはどぎまぎしながら見つめた。板、つまり背もたれにあたる、次の段のたての部分と、腰をおろす、下の段の横板とのさかいめに、角材でもぶつけたような傷がうっすら残っている。

「またおんなし3スタでよ。気、つけなよ、こんどの犠牲者、お前さんかも知れねえからな」

「冗談じゃないスよ」

しかし、正直いって、そのいやあな気持は、みなの心の底に払いのけても払いのけてもわいて来ていたのだ。

そこへもってきて、「あこぎの原やん」こと原田ディレクターが、しっかりとゲストにあい光彦を呼ぶどころか、うそ発見機をひっぱってきて、司会の江島さんにあい光彦にいろいろきかせる、というんだからな。

「『春木忍ショー』の『ニュースドキュメント』コーナーでも奴をひっぱり出して、事件再現て、やったろ。あれも原やんのアイデアだったっていうからな。やることが、あくどいや」

「仕方ねえヨ、それがテレビだ。ちょいと前に歌手の藤見まもるが愛人殺して車のトランクに詰めたじゃないのヨ、あンときどンだけ再現だインタビューだドキュメントだって、のきなみさわいだヨ。覚えてるだろ」

「弱肉強食やな。KTVがやらにゃ、よそがやるんやから」

「えげつねえ。実話の極東テレビ、ってわけか」

「まあ、そう軽蔑しないでよ。これで、辛い立場なんだよ」

返事が突然うしろからきこえてきたので、ぼくたちはあやうく椅子からころがりおちるところだった。

「原——原田さん」

「失敬、立ちぎきなんざ、してたわけじゃないんだけど、きみたちを捜してたら、つい聞こえちゃって」

「あの——すんまへん」

「いいから、いいから」

原田さんは、今日は、にやにやよりは、にこにこに近い笑いをうかべていた。

「ちょっと、いい？　まだ、時間あるだろう、リハまで」

「へえ、どうぞ」

「あ、どうも。お邪魔するよ」

原田さんはぼくらの座っていた丸いソファの一角に尻を割りこませ、たばこをさぐった。すかさずヤスヒコがライターの火をさしだした。原やんの、あくどいの、えげつないのって、しっかり聞かれたもんな。

「おれら捜してはったんですて」

ヤスヒコが右、代表できいた。

「そう。コーヒーのんでたの？　いいね。こんな天気のいい日は、仕事なんざやめちまって、のんびり外苑でも歩きたいよ、まったく」

「また事件起るんじゃないかって、さんざん、みんなに云われたでしょ」

ぼくはきいた。原田さんはうなずいた。

「うるせえ奴が多いね。しかし、観客はあれだけど、スタッフ、ぼく、あんた達、それに飯島にあい光彦、バンドは浅野弘とハニーメイツ、とぜんぶ役者が揃ったものね。第二幕のはじまりじゃないかって、こりゃ、横溝正史ファンじゃなくったって、期待するよ。するなって方がおかしいさ」

目もとを、くしゃっとさせて、ぼくを見た。

「面白えことになったね」

「面白いですかね」

学校からバイト先まで刑事に尾けまわされてみなさいよ、とぼくは口をとがらせた。原田さんはいいよ。サブ調整から高見の見物だったんだから。だけどぼくと信にゃ、アリバイがないんだ。動機が見あたらんから助かってるんだぜ、と信が云ってたっけ。

「面白くないの？」

凄く意外そうに原田さんは云った。

「やっぱり、昔の人は偉いよね。事実は小説より奇なりって、すげえ真実じゃない。ファクトの迫力だよ。いくら『東京第三分署』いや、『刑事コロンボ』が頑張っても、ダメよ、痛感したね、こんどのことじゃ、つくづく、虚構のはかなさをさ」

また、はじまった、とぼくたちは顔を見あわせた。この人の考えることはどうもわからない。ついていけないよ、ってやつだな。

「ぼくはこんどのことで、てめえが歌番のしがねえお守り役でよかったたっとはじめて思ったよ。もしぼくがドラマ班だったら、きっと絶望してもうTVドラマなんかやめちまうね。さもなきゃアメリカでやったろ、TVん中でほんとの殺人起こすほうに走るとかさ。やばい、やばい」

「まさかそんな」

「いや、ホントよ」

原田さんは首をふった。ついでにぐるぐる、前後左右に動かして、首の体操をしていたが、ふっと息をついて、

「しかしそんな話、しようと思ってさがしてたんじゃないのよ——どうなの、きみた

ちは、覚えてるかね、こないだの話」

「と云いますと？」

「もっと早く云や、出したげたのにって、話さ。何たっけ、バンドの名前」

「ポーの一族ですか」

「それ、それ。どうなの、きみら、要するにロック・バンドなわけ——ぜんぜん、TVの番組で、ポップス歌手といっしょにやるなんて、興味ない？」

「原田はん」

ヤスヒコが目をむいた。むいても、あんまり、大きくはならない。

「それ、ほんまの話だっか」

「本当《ほんま》も何も」

原田さんは気障なしぐさで手をひろげた。

「頼まれてたんだよ。そら、ご存じの飯島マネージャーにさ。沢村浩二の、堂上正行バンドとか、北条裕樹の吉野バンドみたいに、あいクンのバックで演《や》る、あんまりルックスもわるくはない、ロックもやれて腕のいいバンド、知らないかってさ。飯島さんは、ほら、ロック・シーンなんかにゃ、縁、なかったというんでね」

「あい光彦のバック——」

ぼくたちは思わず声もなく顔を見あわせた。

「いやかね。ムリにとは云わないがね」

「待っとくなはれ」

ヤスヒコがあわてて云った。

「そない、急に云われても――考えさせて貰えまへんか」

「いいよ、いくらでも考えて下さい」

相変らず、本気ともふざけともつかぬ目つきで見ながら、原田さんが云った。

「特に急いでるって話とちがうしさ」

「けど、ぼくらの腕もたしかめんと、そない云わはって、構いまへんのか」

「その――石森くんか、かれ、たいへん腕のいいミキサーだってね。桜井さんにきいたよ」

原田さんは信を眺めた。

「あっちこっちのコンサートやなんかで、ミキサーでいい顔だっていうじゃない。あれだけ、メカとサウンドに詳しくて、まんざら腕のわるいわけはないって、云ってたよ、サクさん」

「へへへ」

信が何ともつかぬ唸り声を出した。

「まあ、そのうちにいっぺんきかせてもらおうと思ってるけど――どうなの。きみらも歌謡曲なんざ、音楽じゃねェってくちかい」

「そんなこと、ないけど」

「この道で食ってくつもりは、ないの」

「そりゃもう、できれば――」

「やる気は、あるわけね」

原田さんはたしかめた。

「どうなの――きみらは、いま、どっかで演奏の場なんか、持ってるの」

「はァ――一応」

「大学の近くの、地下のちっぽけな、ライヴ・スポットでっけど、まあひと月に三、四回出さしてもろてま」

「なるほど――いっぺん、きかして貰っといた方がいいな」

原田さんは思慮深げに云った。

「練習は？」

「それはもう――しっかりしてまっさかい」

「貸スタジオとか、大学の、いくつかの同好会が共同で使ってる部室かりたりしてます」

「なるほどね。大変だね」

原田さんはうなずいて、立ち上がった。

「もう、そろそろリハだね。でもそれ、考えといて下さい。——ぼくはねえ、きみたちに、なにかと興味あってさ」

「長髪《アタマ》が目ざわりなんと違いますか」

原田さんは、はははは、と声をたてて笑った。

「いいと思ってしてるんでしょう」

灰皿にたばこをひねりつぶして、

「なら、いいじゃないの——いまどき、長髪とジーンズに拒否反応おこしてたら、なんにもできないよ」

ぼくの肩をぽんと叩いたが、

「きみたちってみんないやになるほどかぼそいんだね」

もう二、三度叩いてみて、

「きみは痩せすぎだよ。もっと食って、肉つけた方がいいよ。ロックだって、さいごは体力だろう」

「はあ——まあ」

「この話まだあんまり口外しないで下さい」

何度もうなずきかけて、忙しげにエレベーターの方へ歩いていった。

エレベーターが原田さんをのみこんで閉じてから、ぼく、信、それにヤスヒコ、は憮然《ぶぜん》とした顔を見あわせた。

「飯島マネだとョ」

と信。

「あい光彦のバックバンド『ポーの一族』!」

とぼく。

「歌謡曲やて」

とヤスヒコ。

「なんのこった、これは」

「けどチャンスかもしれまへんな」

「ばかやろ、なにがチャンスなんだよ」

ぼくは怒鳴った。

「こんなことってあるかい」

「ええやんか、ゼニになるで」

「榎本はどうすンだよォ」

「そら、聞いてみんことにゃ、わからへんがな」

「榎本だけがドラムじゃねえョ」

「それにあいつは『ポーの一族』のオリジナル・メンバーじゃない。林と黒田のぬけたあとのピンチヒッターやろ」

「あいつは絶対、承知せんだろうな」

「ロックンローラーの恥さらしや！　云うわな」

「けどそいつはまああとの話だ」

信が山羊ヒゲを引っぱった。

「オレらに興味がある、と云やがったな、あいつ……」

「ああ」

「何、考えてんだ。あいつは」

「知るかいおれが」

「ようわからん人やな」

ヤスヒコは肩をすくめた。

「けどかまわんやないの。誰から来たってチャンスはチャンス」

「そんなこと云うけどさ、ヤス」

ぼくたちは、ぼおっとして、ちょっとぼんやりしてたのに違いない。

「こら！　バイト学生」

いきなり、丸めたシナリオで頭をぶっ叩かれて、とびあがった。

AD《アシスタント》の宮本さんが怖い顔をしていた。

「何、してんだ。リハはじまってるぞ。桜井AD《オーディオ・ディレクター》が捜してんだぞ、おまえら」

「あ。えらい済んまへん」

「手間、かけんなよ。給料さっぴくぞ」

「いま、行きます」

ロビーのガラス越しに、ひんやりと日がかげりはじめていた。

ぼくたちはあたふたと3スタまで走って、重いドアをあけて、もぐりこんだ。なんのことはない、おどかされたんだ。まだ、はじまってやしない。バンドがブーブー、音合わせにかしましい。

「SEの奴、サブへ行ってくれ。あとのふたり、ちょっとそこの置き道具動かしてくれよ」

「へーい」

ホリゾントの黒いカーテンのうしろにまわって、嘘発見機用のでかい椅子に手をかけたところへ、ホリゾントのうしろにつんだ角材だの、キャタツだの、ライトのクレーンだのをまたぎこえて、飯島マネージャーがあわてたようすでやってきた。

「どうしたんです、飯島さん」

ぼくは声をかけてやった。飯島はけげんそうにぼくたちをみて、うんちょっととか何とかつぶやき、ドアをあけて、スタジオを出ていった。

「もうはじまるのに」

ぼくは云った。

「何か用だろ」

宮本さんは気にもとめず、椅子をステージの左にセットするよう指示した。

「いい？　いいね。じゃ行きますよ。カメ・リハ行きますよ」

フロア・ディレクターの山崎さんが、大きな声でふれてまわった。

「四時か」

ぼくはなんとなく時計に目をやってつぶやいた。何だ、ときさかえした宮本さんが、怒ったようにシーッと指を口にあてた。

ぼくたちはみんな、再びなにかが起こるのを——ありていに云えば、またもや収録の途中で女の子の悲鳴が上がって、死体がころがり出てくるのを、どうも期待していたきらいがある。

「呪われた第三スタジオ！　またもあい光彦の面前で恐怖の殺人！」

「立ちすくむあい君の両手が血に濡れて——!!」

「霊能女優は語る『私は見た！　あい光彦の背後には血まみれの少女の怨念が！』本誌完全独占！」

ってやつさ。

それはなにもぼくたちだけじゃなく、あとできけば原田さんだってしっかりと、何かあったらすぐありったけのカメラをまわせ、と申しわたしていたんだ。

しかしつねにそういうものだが、録画はこともなく終わった。椿事といえば、嘘発見機に座らされたあい光彦が、矢つぎばやにあれこれ聞かれて泣き出しちまったぐらいで、生首もころげ出さず、ファンが貧血をおこしもしなかった。

「お疲れさまあ」

「お先に」

「あ、どうもお疲れさま」

電気がついて、スタジオの中がいっぺんにざわざわする。ぼくが後片づけにステージへ出ていったら、トリで歌ったあい光彦が妙な顔をして立ってるので、ウインクして云ってやった。

「よう、あいちゃん、何も起こんなかったじゃん」

「え」

あい光彦はきょとんとしてぼくを見た。呆れたね、毎週二回は必ず顔、あわせてるくせに、下っぱのバイト学生の顔なんか、覚えてもいないんだ。

丸い目がちょいと犬を思わせた。近くでみると、あつく塗ったドーランの下に面皰《にきび》のあとがでこぼこ見えた。

「どったの、何もなかったからがっかりしてんじゃねェの」

「え——あの」

あい光彦は不安そうにくちびるを震わせた。

「あの——飯島さん、どこでしょう」

「飯島マネ?」

ぼくはマイクのコードをまきとりながら、まわりを見まわした。

「そういや、いねえな。化粧室だろきっと」

「飯島さん」

あい光彦はおどおどしながらステージをはなれて歩き出した。そこへ、

「あいクン」

「握手してえ」

「サイン下さい」

何かうまい話にありつこうと待っていた少女たちが殺到した。

「飯島さーん」

あい光彦は泣き声をたてながら、じぶんよりずっとよく肥って元気のいい、少女たちの群に囲まれている。おもしろいんで、誰も助けに行ってやらなかった。

「やれやれ。マネがいなくちゃ、ひとりで歩きもできねェんだよ」

宮本さんがくすくす笑った。

「お前らとひとつふたつっか、違わんようにゃ、見えねェな」

「どうせ、ぼくらヒネてますよ」

「まったくどこがいいんかねあんなモヤシガキの」

「へへっ、そりゃひがみですよ」

「この野郎」

飯島があたふた駆けつけてきて、大事なスターを救い出した。なんだかすごく怒った顔をしていた。あい光彦は飯島の肩にしがみつくようにして化粧室へ消えた。

「あいつの、バックかョ」

信がうしろに来ていて、ヘッヘッと笑いながら云う。

「かなわねエな」

「面白いじゃないの」

「スケはひっかかるかも知れねエな」

「ダーメ、ダメ。あい君あい君で、見むきもするもんかい」

「ほんとにあいつのバックでやるのかよオ」

「知らんよ、ぼくは」

あい光彦なんざ、死ぬほどバカなんだろうな、とぼくは考えた。本もよむまい。新聞に目を通すひまもなかろう。なんにも、知らんで、きれいに塗りたくって、カメラが向くと自動的にニッコリ笑う、歌うロボット。おとなの作るスケジュールどおり、あの局、この局、コンサート、写真撮影、不健康できらびやかでうつろで。

だがぼくは奴をそう嫌いじゃない。そういうのは、嫌いじゃない。バカだし、男のカマトトなんざぞっとするし、犬みたいな奴だとも思うけれども、それが悪いことだ、てんじゃない。

　奴は踊らされてるだけだが、それでも一生懸命なんだ。女の子にキャーキャーいわれて、一年さき、五年さき、十年さきのことなんか、きれいにパーマをかけた頭から必死にしめだして、いまだけ、いつでもいまだけ――作って、売るほうは、うしろを向いて舌を出してりゃすむさ。でもきれいに塗られて売られるほうだって、可哀想じゃないの。

　いつもマネが目、光らせて、友達だっていないんだろう。ぼくはあい光彦は嫌いになれないが、飯島マネージャーは大嫌いだ。奴はおとななんだからね。売れりゃ、子どもをどう扱ったっていいってもんじゃないだろう。

　あい光彦のバック・バンドになるのも面白いかもしれないな、とぼくはせっせと片付けながら考えた。友達になってやりたい、なんてアホなことを考えてたわけじゃない。ただ女の子があいつにキャーキャーいうわけも、なんとなくわかるような気がするんだ。自分の考えなんかないみたいなところが、放っておけないんだろう。

「なに、考えこんでんのよ、薫ちゃん」

信に髪の毛をひっぱられた。

「あい光彦のことさ」

「ヘッ、あのオカマ」

「『あい光彦とポーの一族！』になるかもしれないんだぜ」

「オエ。ヤダヤダ」

「そう云うなって」

ぼくはなんだか、しんみりした気持になっていた。

「ガキだってことはさ、何もあいつの罪じゃないし——なあ、信」

「ああ？」

「それに哀しいよな。ガキだってのは、哀しいよ。こういう時代だもンな」

「——オレらだってさ」

信が肩をすくめた。

「オレらだって、ガキなんだよ。あいつらから見れば、こーんなアタマして、いきがってさ」

見あげた視線のさきに、サブ調整の窓があって、こちらをのぞきこんでいる原田さんや音声の桜井さんの顔がみえた。そうだ、とぼくは思った。どういうつもりなんだか知らないが、チャンスをくれたのだって、おとなの原田さんだ。かれらは世のなかのしくみってものを手に握っている。かれらにとっては、ひとりの平凡な、ミーハーの、成績もよくない女の子の死なんて、『事実は小説より奇なり』ぐらいのものなんだ。

ぼくは、ＴＶ局に来るたびに玄関さきにむらがっているのを見かける、肥ったり痩せたり、のっぽだったりちびだったり、ロングヘアだったりショートカットだったり、目が細かったり足がふとかったりするたくさんの女のコのことを考えていた。あのコたちは成績も顔もスタイルも家も、「中流の下」か自称「中流の上」ってやつなんだ。だから、あのコたちには何もないからこそ、あのコたちはいつもじっとスターを待っている。おとなはイヤだ。あのコたちを笑う。えらいおとなはもっとイヤだ。

なんだか哀しくなってしまった。シラケ世代ともあろうものが、こんなセンチになっちゃ先生がたに申しわけないや。ぼくはサブ調整からこちらを見おろしている原田さんの方向へ、にやりとクールな笑顔をみせてやった。

さわぎがおこったのは、その翌日である。

残念ながらぼくたちはその日はライヴ・スポット『シャンブロウ』に出演の日だったから、ひるまっからスタジオで練習していて、現場には居あわせそこねた。だけど佐藤尚美の事件を見たから、おおよその見当はつく。ただし、こんどは、スタジオじゃあなかった。

どこのTV局にも、『裏通り』というものがある。裏通り、倉庫、道具置き場、局によって呼び名や形式はちがうけれども、要するに進行中の番組が、使っている大道具を置いておくところで、たいていは下はコンクリートで、シャッターをあげさげして、直接下請けの外部業者のトラックが運びこむことができるようになっている。

ぼくたちが『ドレミファ・ベストテン』と札のはってある一画から、ひな段だの、ステージだのを運ぶのもここからだ。真中に立って見まわすと、あちらには墓石の山、こちらにはジャングルみたいに植木鉢がいっぱい、そちらには会社のセット用のデスクと椅子がひと山、という具合いで、一日いても、飽きない。

灯がうす暗く、コンクリだから夏でもひんやりして、ものを云うとわんわんと反響する。ちょっとした、お化け屋敷の楽屋裏みたいだ。

ひとつの番組の区画が、すっかり入れかえられるのは、云うまでもなく、その番組の終了したときである。だから、ある番組のはじめの方で使われた大道具が、それきり使われる機会がなく、だんだん奥の方へ押しこまれて埃にまみれたりする。

「浦やんも気まぐれだからなあ」

薄暗い天井に話し声を反響させて、ランニングに作業ズボンの、大道具の若い谷がぼやいた。

「云い出したらきかないですからね」

アルバイトの加藤が答える。こちらも、作業服に長靴すがたで、威勢よく腕まくりしている。

「いいじゃねえか、なあ、何もちょっとペンキ吹きかけときゃすむことをさ」

谷は大声で云った。

「だれが、そんなとこまで詳しく見ててくれっかョ、ってことさ」

「しかしけっこううるさいのがいますよ。目、こーんなにして見てて、アラ見つけちゃ、喜んで投書してくるのが。河原の岩が第一回と違う、なあんてね」

「ばかばかしい、そんなとこまで覚えてられっかい。たかがTVの帯ドラだぜ。映画の巨匠様じゃあるまいし、凝るな、つうんだよ」

「しかしペンキ代よりゃ、おれらの人件費の方が安上がりかもしれませんからね」

「おおきにそうだろうよ。ほい、その墓石みんなどけないとダメだな」

ふたりは、鉢植えの竹藪と、発泡スチロールの墓石の山を見上げて、溜息をついた。

「欠いちまうと、やばいからね。ちょっと中入ってひとつつつ、渡すから、そっと積んどいてくれよ」

手をふれさえしなければ、それはどう見てもほんものの古びた墓石だろう。『南無妙法蓮華経』と字の浮き出しているのがある。『先祖代々之墓』とあるのがある。隅の方には、卒塔婆がひと束、くくってたてかけてある。

「いっぺんとにかく隣に積んどかして貰ってさ――『第三分署』か、当分ねェだろ、収録」

「ここらへんでいいですか」

「オッケー」

人通りもなくしずまりかえった『裏通り』に、ふたりの声だけがひびいた。壁ひとつ向こうはいくつも並んだスタジオだ。光にあふれたそこは、ここは違う世界のようだろう。

「おい、そっと積めよな。すぐ白いとこが出るんだから」

「待って下さいよ。場所、つくるから」

加藤はごそごそと、人気番組『東京第三分署』の大道具を整理しにかかった。

「チェ、こっちは、ほんものばっかりだあ。ね、谷さん」

重い机をひっぱりながらぶつぶつ云った。

「リアル・タッチが売り物だからな。第一看板番組だぜ。よくて視聴率四・六パーセントの、『大江戸六花撰』たあ、扱いがちがうのさ」

谷がスチロールの墓石をおろしながら答える。

「傷、つけちゃダメだぞ。『第三分署』のCDの志賀さん、死ぬほどうるせェから」

「わかってますよ」

窓の外にひろがる大東京のビル街のバックを、そろそろと引っぱりながら加藤は云ったが、

「わあっ」

いきなり叫んでとびのいた。

「な、なんだよ。でけえ声、出すな。いきなり」

「び、びっくりした。――やだな、いきなり転げ出すんだもの。ほんものかと思った」

バックの後ろから、支えを失って、ゆるやかにころげ出た、大きな人形のようなものは、横倒しになったきりじっとしていた。

「悪趣味だあ。こんなリアル・タッチのダミー使って、いくら『第三分署』リアリズムだからって」

「おい、待てよ。死体なら、置き道具じゃねェだろ。ち、しようがねえな、いい加減に放り込みやがって」

「またすぐ、使うんでしょ」

「うーん、たしかめるとまたうるさいしな。いいよ、そこ置いとけよ」

「やだなあ。これすごくリアルなんだもの。なんだか気味がわるい。さわりたくない」

「何をつまらんことを——」

舌打ちして、谷は中仕切りからとびおりた。

「しかしよく出来てるなあ」

加藤はこわごわ、のぞきこむ。真中でわけた長い髪、閉じたまぶた。十五、六の少女、という年恰好である。

スリムのジーンズに、黒いブラウスを着ている。手首にほそい銀の鎖が光る。

「谷さん」

加藤の声がふるえた。

「これ——これ……ほんものだったらど——どうします」

「馬鹿野郎、妙なこと云うな」

谷は声を荒げた。

あたりは静まり返っている。谷の声がほのかなワーンという反響をひいて消えたあとは、いっそう静かなうす闇がふたりを包んだ。

「冗談じゃねえ、いくら志賀さんが凝り性だたって、本物のホトケなんか——」

「だ、だってこないだのあの騒ぎが——」

「あんなことが、ドラマじゃあるまいしそうちょくちょく起こってたまるかい」

「だってこんな死体の人形『分署』で使ったことない——」

「よせってのに。びくびく、してっからだよォ」

谷は運び出そうと手をのばした。

「さわっちゃダメですよッ！」

「うるさいな——」

眉をよせて、少女の頬にそっと手をふれてみる。無抵抗に揺れる頭から髪の毛がすべりおちて、ぱっくりと割れた後頭部の傷口がふたりの前にあらわれた。

「加藤」

谷の手が、がくがくふるえだした。

「ほ――本物だ」

「谷さん――」

「死んでる……」

加藤と谷は、立ちすくんだ。

が、やにわに加藤が悲鳴をあげてかけだした。谷も急に死体が起きあがって、追いかけて来る、とでも恐れているように、足をもつらせて、走った。

「ま、待ってくれ」

「人殺しだ」

「大変だ――また女の子が……」

かれらの叫び声はコンクリートの床と高い天井に反響して、いっそうかれらの足を恐怖にもつらせた。悪夢のなかのように緩慢な足どりで、かれらは重い鉄のドアをあけて、スタジオの裏手にころがり出た。明るい光が、かれらを包んだ。スタジオは、からっぽだった。

「誰か来て下さい」

「人が死んでるんです」

「誰か来てくれませんか」

声は防音壁にのまれて消えた。

ふたりはドアをあけて、となりのスタジオから、廊下に出た。

「なんだね、静かにしてくれよ」

誰かが、とがめた。

「人が死んでるんです。その中で」

「そう？」

のっぺらぼうの話はこわい。

（大変だ。そこでのっぺらぼうに会ったんです）

（ああ、そう？　それは――）

ゆっくりとあげた顔。

（こんな顔だったかね！）

「人が死んでたの？」

「そうです、女の子がそこで――」

「殺されて？」

「そうです。早く――」

云いかけて、谷は顔をあげて、あいてを見た。

「原、原田さん」

冷たい水をせなかにあびせられたような顔を、彼はした。声がのどにつまった。原田はうすく笑った。

「毎度のことじゃないの。落ちつきなさいよ」

肩をすくめて、原田は云った。ドアのいくつも並ぶ廊下も、やっぱり静かだった。ドアから、ようすを見に首を出すものもない。

まるで、誰に話しかけてものっぺらぼうの顔がつるりとあらわれる恐しい悪夢にさまよいこんでしまったように、原田の穏やかな微笑をうかべた顔を見すえながら、谷と加藤は茫然と立ちすくんでいた。

演奏の出来は、上々だった。

前に喧嘩っぱやい信が大げんかをやらかして、結成以来のメンバーがま二つに分裂し、リード・ボーカルの奴がギターとドラムを連れて出て行っちまってから、手をつくして探しているのだが、手ごろなボーカルがいない。

ドラムもいないのだけど、これは榎本正男という、青陵大三年生でわりといい腕の奴が必要なときは助っ人についてくれる。やつがメンバーに加わってくれりゃいいんだが、同じ大学なかまと、別にひとつグループを作っているんで、ダメなんだ。

サイド・ギターはなくてもすむ。で、困るのはボーカリストで、どうしようもないときはぼくでも信でも歌うんだが、これは評判がよくないと認めざるを得ない。だって信なんて、機嫌のわるいときのオスカー・ピーターソンみたいな声をしてるのだもの。

この晩は、相大かいわいじゃちょっと名の売れてるセミプロ・バンドのボーカリストを前もって頼んでおいたので、受けはよくって、ゴキゲンな演奏《プレイ》ができた。

そのまんま、気分のいいところで飲んじまい、ボーカルの奴と榎本は帰り、三人でまた飲んだくれて信の部屋へころがりこみ、酔いつぶれて寝たのが朝の六時だ。

目がさめたら、ヤスヒコが頭まで毛布をかぶって眠っていて、もうあたりは暗くなっていた。

「よう」

ごそごそとギターをいじっていた信がにやりとした。本物《モノホン》のレスポールだぜ。

「お早よ——いま何時」

「そろそろ七時半」

「うへ——十三時間も寝たのかよ。また一んち、無駄にしたなあ。——おまえずっとそうやってたの」

「ああ。三時ごろ、腹へって、目さめて」

「ヘッドフォンつけて弾いてたの？　好きなんだなあ」

「腹へってんだろ」

「ん——ああ、ちょっと」

「何もねェのョ。何か、食いに出るか」

「ああ。よく寝たなあ」

「大分酔ってたからな。けどやっぱし、いいボーカルで演《や》ると気分、いいな」

「面《つら》はそうよかないんだけどな、あいつ」

「客の乗せ方は知ってるヨ、奴はプロだからな。——お前きのう一生懸命、奴の持ってきた歌、おそわってたじゃないの」

「何だっけ。——忘れちゃった」

「『それはスポットライトではない』ョ、ロッド・スチュアートの歌ってるやつ」

「あ、そうか。気に入ったんだよ、あれ。『ポー』のテーマにするか」

「よしとくれ、あんな不景気な歌」

「――ああ、あ。また講義、出なかったな」

「いつものことョ」

「腹、へってるな、やっぱし」

「食いに行こうや」

「いいんだけど、ヤスがさ――」

「しようがねェな。よ、起きな、ヤス。もう夜だぞォ」

ヤスヒコはううんと云ってまた毛布をかぶり、ぼくたちに背中をむけた。

「しようがねえなあ、まったく。まあ、ヤスはあとにして、顔洗ってきなよ、薫、ほれ、タオル」

「ああ。サンキュ」

口の中に、酒の味がのこっていて、歯みがきの匂いとまざるとちょいとむかついた。

「それにしても腹、へったな。だんだん、猛烈にへってきた」

云いながら、ぼくが雑魚寝《ざこね》の六畳に戻ってくると、信の奴、TVをつけていた。

「なんだ、出かけるんじゃないの？」

「シッ。ちょっと、きけよ」

「なにこれ」

「『地方ニュース』ョ」

眠りすぎで目がシバシバし、腹はぐうぐう文句を云った。ぼくは信のとなりに何とか場所をみつけて、毛布をおしのけて座り、たばこをさがしたが、きこえてきたアナウンサーのさいしょのひとことで、はっとひきつけられた。

「先月の十六日に番組を収録中に殺人事件がおこる、という椿事に見舞われたばかりのＫＴＶ、極東テレビ放送局で、またもや事件が発生しました」

見なれた、見るたんびに禿げが進行してくるアナウンサーは云っていた。

「信」

「静かにしな。聞きなよ」

「――十六日に起こった事件は、同局の第三スタジオで歌番組を収録中に、ファンの少女がなにものかに刺殺された、というものです。捜査当局は怨恨または痴情による謀殺事件とみて城南署に捜査本部を設け、捜査にあたっておりましたが、難航しているうちに、再び殺人事件が起こったものです。殺されたのは、都立大野台高校一年れています。

生、島田恵子さん十六歳で、頭を石ようの鈍器でつよく撲られて死亡したものと見られています。

殺された恵子さんは、捜査の結果、さきの事件の被害者である同高校一年、佐藤尚美さん十六歳と同級の親しい友人であることがわかりました。捜査当局はこのつながりを重視し、このふたつの殺人はおそらく同一犯人によるものとみて、TV局女子高校生刺殺事件捜査本部の名称を、女子高校生連続殺人事件捜査本部とあらため、捜査をつづけることにしています。

なお、当局の調べによりますと恵子さんは先月の十六日前後、すなわち尚美さんの殺される事件の発生した直前ごろから友達に会うという書き置きを残して家を出たきり行方がわからず、家族から捜索願いが出ていました。当局では、恵子さんの失踪を尚美さんの事件に何らかのかかわりをもつものとみて内密に捜査していましたが、恵子さんも死体で見つかるという意外なことのなりゆきにとまどっています。

では、次のニュースです。今年もまた不況の風はきびしく、統計によりますと六月いっぱいまでで今年上半期の中小企業の倒産件数はついに昨年、一昨年の上半期の倒産件数を二十パーセントもうわまわりました——」

信が、長い脚をのばして、ぷつりとスイッチを切った。

「どうだい」

「ほー」

「ほーって、なんなのョ」

「面白えなあ」

「原やんみたいなこと、云わんでョ」

「ふたりめ——か。やっぱし、またやったな」

「まだ、続くかな」

「さあね。二度あることは三度というからね」

「原田さん、どうするだろうな」

「どうもせえへんやろ」

突然、ヤスヒコがむくりと起きあがって云った。

「もう馴れっこや、ぐらい云うて、へらへら笑《わろ》とるんと違《ちゃ》うか。そういうひとや」

「あれ、お前起きてたの、ヤス」

「やかましいて、寝てられへん」

「よく云う。十三時間も寝て、目がくさるョ」

「——だから、オレ云ったろ。こいつはきっとまたやるぞ、ってな」

「わかったョ、お前に霊感があンのは。けどお前あんなとこで云うからさ、ポリコにうるさく云われるじゃないか」

「だって、こりゃ続くな、って気がしたんだもん。正史だって、乱歩だって、殺人おこると必ず連続殺人、とこう来なきゃ話になんないだろ」

「どや、一丁、名探偵登場と行ってこましたろか」

「オレたちがあ？」

「おもろいやんか。グループ名探偵いうの、あったか、これまで？」

「さてね。二人組はあるね。トミーとタペンス、ジョニーとサム、なんとか夫妻ってのもふたつみっつ、あったな。あとは集団だろ、『87分署』とかさ。三人組てのはあったかな」

「ま、どっちでもええけど、しかし三位一体と云うくらいなもんやからね」

「三人よれば文珠の知恵」

「あれは、三人よれば北家《ペーチャ》が足りない、というのョ」

「知情意とか、心技体とかさ。けっこう揃てるやないの。アタマはオレ。薫はいろいろもの知ってるし目や耳が早いし。信はおどしがきくし体力でカバーでさ」

「おい、それじゃオレいちばんアホな役じゃん」

信はヒゲをひっぱった。

「アホくさ。やめとけよ。オレらにゃ関係ねェんだからヨ、つまらんこと」

「けど折角、現場にも入れるし、ヒマもあるし、アタマもええのやからね。オレらとして、そうするんが、天の声よ」

「やめとけ、云っとんのに、あんまし首つっこむとオレらも一ぴき二ひき、殺されちまうかもしれないョ」

信はイヤな顔をしてみせた。

「さわらぬ神でもご存じあるめェ、てなもんョ。死にたい奴にゃ、死なしとけョ。オレらが探偵役なんざ、似合わんわョ。もうすぐ『学生バンド・コンテスト』〆切じゃないのヨ。そっちがオレらの本職ョ。関係ない、関係ない。女高生何万人死んだって関係ない」

信は云って、飯だ飯だ、と立ち上がった。

しかし、関係なくはなかったンだ。翌日になって刑事がぞろぞろぼくたちのところにやってきた。女の子は死後半日。ということは、またもぼくらは本番中で現場にいたのである。

5　ぼくらの目撃者

「ヤマさん」

入ってきた斎藤刑事は、何やらコピーした紙の束を両腕にかかえていた。

「見取り図と、前の奴の照合表ですけど」

「できたか。じゃそれ配ってくれ。そろそろ、はじめよう」

四角く並べた机のまわりに、捜査員たちが席について待っていた。大矢警部が立ちあがり、それではこれから捜査会議をはじめる、と云った。

「山科君。きみから、説明してくれ」

「わかりました」

山科警部補は、斎藤が紙をくばり終えたのを見て、立ち上がり、用意の黒板の前に行った。

「いま手元に配りましたのは、第一の事件と第二の事件の現場の見取り図、及び両方の事件の発生した際に現場付近に居あわせた人間の一覧表であります。

第一の事件すなわち佐藤尚美殺しについてはすでに何回か捜査会議の席上で説明し

ておりますのでくり返しません。

第二の事件の現場について補足しておきます。ごらんの通り島田恵子が死後約十二、三時間の撲殺死体で発見されました道具置場、いわゆる『裏通り』は第一の事件のありました第三スタジオの裏側にあります。ただし第三スタジオの裏側のドアは階段から二階の楽屋へ出演者が出入りするためのもので、直接には裏通りに面しておりません。それから、裏通りに大道具や生花木関係のトラックが出入りするためのシャッターがありますが、ここの開閉は門衛の控えにすべて記入されることになっています。第一、第二スタジオのドアを使っての出入り、という点についてはおいおいに説明します。

第一の事件は閉ざされたスタジオの内部で起こり、ただちに通報されたわけですが、第二の事件はほとんど朝と夜おそくを除いては人が大勢出入りすることのない現場なので、誰にも気づかれませんでした。ここでつけ加えておきたいのですが、死体の発見された区画に置かれていた『東京第三分署』という番組の大道具類は捜査課の室内のセットで（笑い声）実際の撮影は約八割がロケ、つまりどこかへ出かけて撮影、という形でおこなわれ、しかも室内の部分はある程度撮りだめをするために、七月五日に撮影のためにそのセットを使用したあと、約半月以上、使用する予定はなか

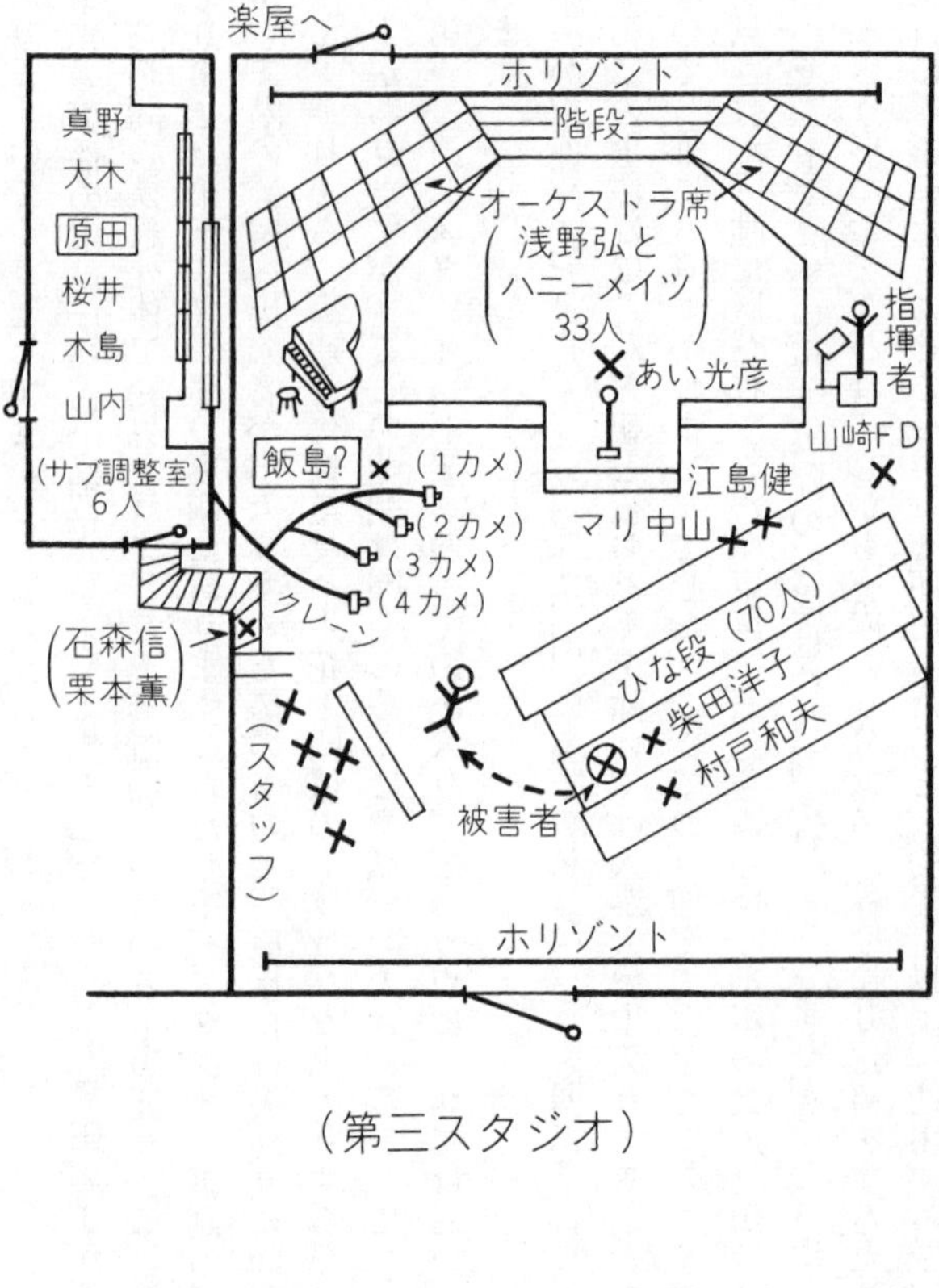

(第三スタジオ)

(第一の事件—佐藤尚美殺し)

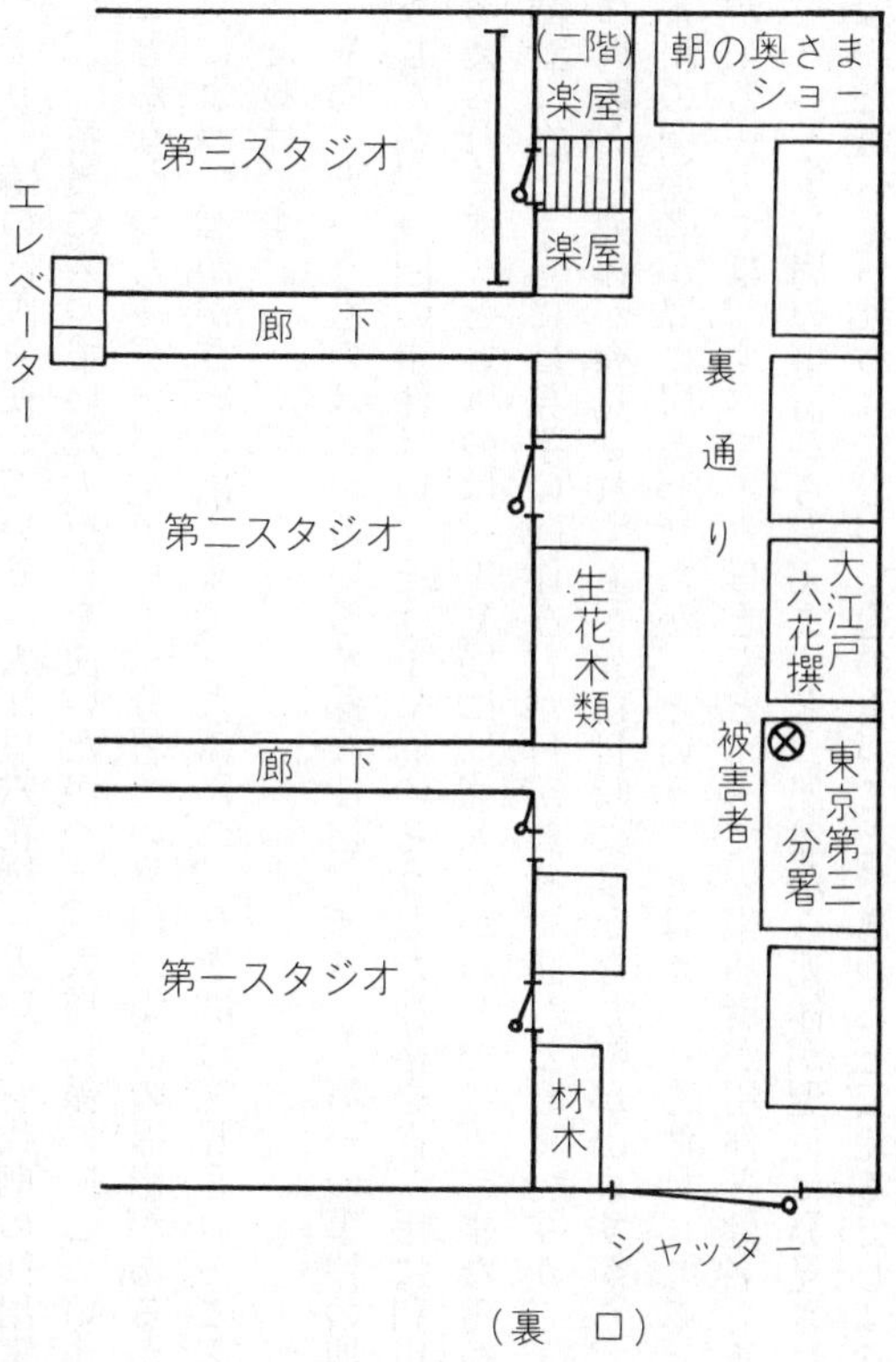

(第二の事件─島田恵子殺し)

った、ということです。

つまり、隣の区画を使っている『大江戸六花撰』という時代劇の演出家が、翌日偶然に、一番奥に入っていた大道具を使いたがって、大道具係に探しにいかせた、ということがなかったら、再び『東京第三分署』の室内の場面の撮影があるか、あるいは腐臭によって誰かがさわぎ出すまで、たぶん二、三週間は発見されることはありえなかったわけです。

TV局、というものは、いろいろ特殊な性格がある、と第一の事件の捜査会議で申しましたが、今回の事件はいっそうTV局のそうした性格をさか手に利用している、と考えられます。というのは、TV局には、入れかわりでさまざまな番組の関係者、出演者、客、さらには見学の団体などが日がわりで訪れるわけですから、二、三週間後に腐敗した死体が発見されても、死亡日時にはかなり幅が出ますから、そのときどの番組の関係者が局に居あわせたか、ということはたいへん微妙になる。さまざまな人が来る一方では、すべて——ほとんどすべての来訪者が用件と姓名をチェックされる、というTV局の事情から考えますと、偶然から死体が翌日に発見された、というのは、たいへんわれわれにとって運のよいことであったと云えるでしょう」

山科警部補は一休みして息をついだ。

「そこで、一時間以内の誤差で、かなり正確な死亡時刻を割り出すことが可能であったわけですが、その時間、すなわち七月七日の夜七時から八時のあいだにKTV本局に居あわせた人間ののべ人数は千二百人をかるく越えます」

並んだ刑事たちの口から、うんざりしたような声がもれた。山科警部補はなだめるように、

「と云いましても、事実上は、アリバイが必要ということもない、完全に無関係とみてもまず差し支えあるまい、というものが千人以上はおりますから——これについてもおいおい説明していきますが、つまりここで、第一の事件との関連の問題になってくるわけです」

「山科君の云うのは」

大矢警部が云った。

「第一の佐藤尚美殺し、第二の島田恵子殺し、が同一犯人の犯行とみてよいならば、当然島田恵子殺しの容疑者は佐藤尚美殺しの可能であった人間に限られてくるだろう、という意味だ」

「そのとおりです」

山科は警部に会釈してみせた。

「そしてこれは動機の段階でふれたいと思いますが、同じ建物内で起こった、互いに親友どうしであった同じ学校の生徒の殺人を、たがいに偶然の結果とみるのはあまりに無理な見方でしょう。一致点はもうひとつあります」

山科は声を大きくした。

「すなわち、佐藤尚美殺しは云うまでもないが、島田恵子の殺されたときもやはり、同じ第三スタジオで、『ドレミファ・ベストテン』なる歌番組の収録中だったのだ、という事実です。これはもはや決して偶然でも単なる共通点でもない。この事実がまさに二つの殺人のキー・ポイントになっているものと、私は考えます」

得意そうに胸をそらせて、警部補は、しんと聞き入っている刑事たちを見まわした。

「佐藤尚美殺しはいわば密室の中での事件であり、従ってこのとき同じ局の建物内に居あわせたといっても企画、営業、BCCすなわちブロードキャスティング・コントロールセンター、資料室、その他ほかの番組関係者などいっさいが対象からはずされます。それに対して、『ドレミファ・ベストテン』の関係者は、同じ理由で第二の殺人の関係者ともなりうるわけです。一覧表をみて下さい」

刑事たちは紙をいっせいにがさごそ云わせた。

「ちょっと読みあげてみます。第一の殺人の現場に居あわせ、かつ第二の殺人の発生当時第三スタジオで『ドレミファ・ベストテン』の収録をしていたものは——原田プログラム・ディレクター、真野テクニカル・ディレクター、桜井オーディオ・ディレクター、大木ライト・ディレクター、桜井のアシスタントの木島、大木のアシスタントの山内、以上がお二階さんと呼ばれるサブ調整室。

つぎにスタッフ。山崎フロア・ディレクター、牧田サブ・ディレクター、アシスタントの宮本、飯田、松井。カメラ関係が斎木、田島、宮田、青田。そのアシスタントとして、石森、栗本、加藤、横田、山田、この五人はアルバイト学生です。それからオーケストラで、『浅野弘とハニーメイツ』のメンバー三十三人。ただし島田恵子殺しの際は二人へって三十一人でした。出演者で、三週連続で出演している歌手のあい光彦とそのマネージャーの飯島保。桜木洋子とマネージャーの堀正浩。あと毎週『今月の新人コーナー』で歌っている新人のみやまゆりという歌手とマネージャーの村田久夫。あとは六月十六日分が五代美由紀、北条裕樹、関まさみ、七月七日分が田口二郎、山中アキラ、ザ・チェリーズ、でダブっているものはおりません。

あと司会者の江島健とマリ中山。アシスタントの松村昭二というアナウンサーがいるのですがこれは四階の『コンピューター室』という別のセットで『データ・コーナ

――』という五、六分を担当するだけですから除外してよろしいでしょう。

以上が第一、第二の殺人どちらの日も第三スタジオに居あわせた人間です。注意しておきますが毎回ハガキに当たって、観客として『ひな段』に並ぶ人間はまったくの素人で、一回ごとに違います。なかには後援会関係で毎回見にくる常連もいますが、そちらはいま沼口君が番組用の人あつめを専門にやっている下請会社から資料をもらって第一回の観客七十人と照合ちゅうです。しかしたぶんその必要はないでしょう。というのは、ごく一部のつてを使うもののほかは、人気番組で観覧希望者がたいへん多いのであくまで無作為抽出であり、下請会社に何らかのかたちで犯人がかかわってでもいる、といった事情でもなければ、二回つづけて犯人が入場券を手に入れることはきわめて難しいだろう、と関係者は云っているからです」

「質問」

本庁の吉本警部補が手をあげた。

「ひとから貰いうけて入場券を手に入れることは不可能ですか」

「ハガキが当選したものをたまたま発見すれば、できないことはないでしょう」

山科警部補は答えた。

「しかしどちらにしてもそれは問題ではないのです。というのは――ここからが私たちの考えねばならんところなのですが……困ったことに、第一の事件で犯行可能だった人間で、第二の事件で第三スタジオに居あわせた人間すべて——第二の事件でだけ居あわせたものもふくめて、第三スタジオの人間すべてに、島田恵子殺しは不可能なのです」

刑事たちがざわめいた。山科警部補はあわてて手をふった。

「説明します。——というのは、つまり、アリバイの問題です。七月七日、第三スタジオでは、四時にリハーサルがはじまり、六時半から三十分休憩、そのあと七時から九時までかけて収録をしました。収録中はほぼスタジオ内は出入り禁止の状態になります。つまり、佐藤尚美殺しでは、現実的には演奏していたり、はなれたところにいたりと、一見不可能に見えるというものも含めて、犯行が可能である第一の条件は、第三スタジオ内にいた百十九人の内に入っていることでした。ところが、島田恵子殺しでは——犯行が可能である条件は、第三スタジオ内にいた人間ではないこと、になってしまうのです。これは、パラドックスであります。第一の事件と第二の事件が無関係ということはありえない。しかるに第一の事件の関係者は第二の事件を行い得ず、第二の事件を犯行可能なものは第一の殺人の関係者たりえない。

第一の事件の有力な容疑者であった村戸和夫、柴田洋子はスタジオに来てさえおりませんし、アリバイのはっきりしなかったバイト学生の石森信、栗本薫、スタッフの松井寿夫といった、動機が見あたらなかったため容疑者にならなかった連中は、四時前から後片づけのすむ十時すぎまで一分一秒ごとに百人近いスタッフ、観客、関係者のだれかに居場所を確認されております。

第一の事件で最有力とみられていたあい光彦のマネージャーもスタジオから一歩も出ておらぬ、と断言しました」

「山科警部補。それが、犯人の攪乱の目的であって、実際にはふたり以上の共犯者がいるのだ、ということは考えられませんか」

「もちろん、ありえます。ただし、それでもやはり、ふたつの殺人が無関係、ということはありえないわけですから、少なくとも、ふたりの殺された動機はひとつ、と考えていいはずです。となれば、共犯者であるためには、何らかの形で利害関係を共にしたものでなければならない。このとき第三スタジオの外部にいあわせた顔ぶれというのは、少なくとも外面的には、第一の事件の関係者と密接なつながりのある、というものはほとんどいないのです。もちろん、隠しておればわかりませんがね。とにかくTV局というのは半分表通り、半分は厳密な組織なのでして、あらゆる人間がうろついているかわり、身もとのわからん、あるいはいるはずのない人間、というのはそもそも玄関を通れないのです」

　山科はハンカチで額の汗をふいた。

「それに私としましては、何かトリックがあるのだ、と信じますね。あんまり、共犯とか、別の犯人というには、パラドックスのつじつまがあいすぎている。第三スタジオの中で、衆人環視の中で殺人をやってのけ、手がかりになったのかもしれないレコードを隠しおおせ、あれだけの捜査陣とフィルムの目をかいくぐって逃げのびた犯人です。第三スタジオ、というところになにかひっかけがある、と思うのですがね。はじめはスタジオの中でなければならず、次がスタジオの外でなければならない、なんて、いかにも人を小馬鹿にしていますよ。それに、犯人はおそらくTV局についてきわめて詳しいのです。いつどんな収録があり、いつからどのセットはつかわなくなり、どういう場所には人が何人くらい通るか、といったことまで、知りつくした上で計算しているように思えてなりません」

「山科警部補の云われるのは」

　吉本が云った。

「犯人は原田ディレクターではないか、ということですか」

「そこまではっきりは云いません」

山科は手をふった。目の裏に、ハンサムでスマートな、いつも何となくひとをばかにした笑いをうかべているような原田俊介のほっそりした顔が浮かんでくる。

「ただ、出演者なりスタッフには、わからないことでも、ディレクターなら、まっさきにわかるわけですから。それとあい光彦を呼ぶという企画も原田が出すわけです。私としては、サブ調整室、というのは何かの盲点になっていはしないか、と思うのですがね」

「しかし二回とも原田はサブ調整室を一歩も出ていないのでしょう。たしか他の五人がそう証言していますね」

「しています」

「五人全部が共犯、というのは少し無理なんじゃありませんか」

「だから、何か、ですよ。サブ調整というのは、この図でおわかりの通り、第三スタジオに階段で通じていると同時に廊下へ出るドアもついている。第三スタジオの厳密な内部でも、外部でもないわけですよ。何かトリックがあって――」

「それよりは、共犯者がひとりいると考えた方が自然なのではありませんか」

「しかし――」

云いかけて、山科は口をつぐんだ。ここは馴染みぶかい彼の世界だった。ほこりっぽい古い会議室。薄い番茶、黒板、午後の陽、捜査員たちの陽に灼けた顔。足はしっかりと床を踏み、頭には経験と現実のおもみがつまっているかれら。

あの白と灰色の、足音のやけに反響する、にせものと一種独特の論理でこねあげられた建物の中に直接、右往左往しなかった本庁の連中には、原田のニヤニヤ笑いや、その視聴率信仰や、奇妙な無関心のおそろしさをどう伝えようもない。

「もちろん、共犯者の線をすてたわけではありません」

山科警部補は云い直した。

「それはあとで協議していただく項目のひとつとして、その前にもう少し報告をつづけます。島田恵子殺しについてですが。

鑑識からの報告では、それもお手元に書式になっていると思いますが死因は比較的大きな、四角いもの、つまり石か重い箱かそういったものによる撲殺。この凶器とおぼしいものは、『裏通り』を隅々まで調べたのですが見つかりませんでした。

ただし、この『裏通り』にはきわめてさまざまなものが置いてありますから、その中のどれかを使用し、あとはルミノール反応でバレぬよう捨てたり他のものととりかえるなり、ということはかんたんにできます。

『裏通り』を使用したもののリストは一応局のほうに作成してもらいました。それによると七月七日には『春木忍ショー』の事件再現というコーナーで、セットを使用するために朝六時ごろ大道具係がとりに入り、それがすんだあと午後三時ごろ戻しました。このときはまったく異常なし。それから、これは重要なのですが、第三スタジオで使ったセットを、録画終了後、宮本AD、バイトの栗本青年、横田青年がここに戻しに入っています。これは午後十時半で、すでに島田恵子は死体となって『東京第三分署』のセットのうしろへ運びこまれていました」

「ちょっと待って下さい。殺人現場から、死体は移動されているわけですか？」

「の、ようです。というのは発見された第二現場の周辺には、頭が叩きつぶされる、というような痕跡にふさわしいほど多量の反応は出ていないからです。ただし、移動されたにしても、死亡時刻にかわりはありませんから、第三スタジオのアリバイには関係はありません。なお、死体は右肩の骨が砕けておりまして、推定したところ正面から殴りかかられ、うしろをむいて逃げようとしたところを後頭部を叩きつぶされた、といった情況が想定されます。

これは、すでにお話してあることですが、被害者は私たちが第一の佐藤尚美殺しで、佐藤尚美の話をきくために家をたずねたとき、すでに捜索願いが出てから十時間がたっておりました。島田恵子は、宮本ADなどの話では、佐藤尚美殺しのときに居あわせた七十人の中には絶対入っていない、ということで、身元照合の結果も七十人の身元は明らかなので、島田恵子が佐藤尚美殺しに関係している、という可能性はまず消えたわけですが、島田恵子が家を出てから死体で発見されるまで三週間あまり、そのあいだどこで何をしていたかの足跡《そくせき》はまったく不明のままです。

不明といえば、佐藤尚美はちゃんと抽選にあたって入場しているのですが、島田恵子がどうやってスタジオに入りこんだのかも不明のままで、団体にまぎれこんだか、それとも誰か内部に手引きするものがあったのか、それもわかりません。

発見されたとき、島田恵子は、ジーパンにスニーカー、黒いシャツブラウス、銀ラメ入りのひもベルト、鎖のブレスレット、AIという文字を図案化したペンダントをつけ、何も持っておりませんでした」

云って、ふと山科警部補は口をつぐんだ。

（AI――また、あい光彦だぞ）

レコード・ジャケットの真紅が目にやきついていた。

別に、ふしぎはない。尚美と恵子はあい光彦のファンどうし、ということで、仲がよかったのだから。

だが、何かが、警部補の心にひっかかった。

(あい光彦のレコードを持って殺された佐藤尚美。あい光彦のペンダントをさげて殺された島田恵子)

「係長」

「ヤマさん。どうか、しましたか」

「あ、いや」

だがそれは、口に出すにはあまりにも漠然としていた。とにかく、ファンはファンなのだから。山科は首をふった。

「私の報告は、以上です」

云って、山科警部補は着席した。

「ご苦労さん。——これで、大体第二の事件の輪郭ものみこんでもらえたと思う。では次にひとつひとつ疑問点をあげて討議してもらう」

大矢警部が云いかけたとき、

「待って下さい」

斎藤が立ちあがった。

「補足しておきたいことがあります」

「何だね。云ってみたまえ」

斎藤は、山科警部補の部下の中でも、いちばん若い。一見銀行員ふうの、おとなしそうな二枚目だ。しかし頭はいい。

「云う必要があるのかどうか、ずいぶん迷ったのですが」

斎藤は云った。

「やはり報告しておきます。実は、第一の事件が起こったときですが——私はやはり佐藤尚美と親友であるという、クラスメートの土屋光代の方へまわりまして」

大勢の先輩の前で話すのがおもはゆそうに、彼はつづけた。

「土屋光代は動転——といいますかショックをうけたようすで、泣き出してしまい、何をきいてもはかばかしく答えてくれないままでお母さんに帰ってくれるよう云われてしまったのですが——どうも、申しわけありません」

「いいから、つづけて」

「そ、その時にですね——いま考えますと彼女が、泣きながら、たしかに、こんどは私の番なんだわ、私も殺されなくちゃいけないんだわ、と云っていた——ような気がするんであります」

「なんだって」

大矢警部と山科警部補が同時に椅子からとびあがった。

「なんだってそんな重大なことをもっと早く——」

「そ、それが、なにぶんかすかにで、はたしてそうはっきり云ったのかどうか自信がなかったものでありますから」

「自信なんかどうでもいいんだ」

山科警部補がわめいた。

「誰か西町署に電話して、こちらが急行するまで土屋光代を保護しとくように云え。彼女は何か知ってるんだ。順序が狂って島田恵子になったのかもしれない——何かわかるぞ、彼女を問いつめれば。早くしろ」

「は、はい」

斎藤と田村がどたばたととび出して行った。

しかし、遅すぎたのである。五分とはたたずに、斎藤がしおしおと会議室に戻ってきた。

「やられました」

しょげ返って、斎藤は云った。

「土屋光代は行方不明です。きのう学校に行ったきり帰らんそうで——昨晩から、西町署に捜索願が出てたのですが……」

「何だって」

大矢警部の顔がまっかになった。

「なんてばかだ。西町署は、そんなことをこの本部に連絡するだけの気もきかなかったのか」

「TV局連続殺人の少女と友達だとは、まったく知らなかったそうです」

田村がなだめ顔に云った。

「しまった、とあわててましたよ」

「しまったが聞いて呆れるよ」

大矢は怒鳴った。

「捜査会議は延期だ。すぐKTVに行ってくれ。何があっても、『ドレミファ・ベストテン』の収録はするな、と云え。必要なら原田ディレクターを押えろ。あい光彦を出演させるな。三人目の犠牲者を出しちゃいかん」

「了解」

「KTVに行ってきます」

山科警部補は部下を呼んでとび出した。

(殺人だなんて、最大のニュースヴァリューですものねえ)

ＫＴＶの塩田のくすくす笑いに、原田のチェシャー猫めいたニヤニヤ笑いが気味わるくかぶさって警部補のまぶたに浮かんできた。

パトカーのサイレンが玄関さきでとまっても、もう誰も驚かなくなっているようだった。

「城南署の山科です。原田ディレクターをお願いします」

受付で息を弾ませている山科警部補を、おもしろそうに、ロビーにうろうろしていた連中が見た。

「なんかあったのかな」

「殺人だろ」

「またかよ、おい」

「二度あることは三度っていうからな」

何が起こってもすぐ馴れっこになってしまうＴＶ人種が、ささやきあうのが、山科警部補の耳によくきこえた。

「原田はただいま参りますので、まっすぐお進み下さって、一階の喫茶部でお待ちいただけないかとのことです」

受付が事務的な微笑をうかべて云った。

警部補は、沼口と本庁の落合部長刑事をロビーに残しておき、田村と斎藤をつれて喫茶部の一隅に座をしめた。

苛々した指のあいだで、ハイライトが一本灰になったころに、原田が入ってきた。

「やあ」

「原やん、大変だってねえ」

「いやあもう、参っちゃいましてね」

テーブルのあいだをぬって、こちらに来ながら、あちこちの席に挨拶と微笑をまきちらしている。斎藤と田村はきょろきょろ、それを目で追った。

「あ。あそこでお茶のんでるの、細井道夫ですよ、新人座の」

「あそこにいるのは田島まさとだぞ、歌手の。そんなもん、ちっとも珍しくない」

「ちぇ——そりゃチョウさんは何回も来てんだから」

「よせ」

山科警部補はぴりぴりして云った。あわてて斎藤が黙る。事態を、思い出したのだろう。

(じぶんの頓馬から、こんなことをやらかしておいてケロッとして)

おとなしげでも、刑事でも、所詮今出来の若い者はこれだから、と眉をよせた。原田が近づいてきて、

「やあ。どうもその節は」

晴ればれと笑った。

「ああ、お忙しいところをどうも」

原田の目もとに笑い皺が寄るたびに、山科警部補のほうはだんだん仏頂面がひどくなる。

「どうしました。また殺人ですかね」

「原田さん」

警部補は苦い顔をした。

「殺人は冗談ごとじゃありませんよ」

「おやおや。しょっぱなから、お小言ですかね——それじゃ、ぼくの鉄壁のアリバイに、穴でも見つかりましたかね」

ぎくりとして、警部補はあいてを睨んだ。

斎藤が目をまるくしている。警部補はそれ以上原田のひやかしに乗るのはやめて、ひとことで、次の収録はいつです、ときいた。

「次——って、毎週木曜と金曜、ってことに、なってますがね、一応」

「木曜——もう、出演者は決まってるんですか」

「そりゃもう、ずっと前に決まってます」

「あい光彦は出るんですか」

「あい——どうだったかな」

原田はケントをひっぱり出してくわえながら、考えこむふりをした。

「出ても、ま、ふしぎはないな。いま『恋とさよなら』は、有線でベスト2《ツー》、ミュージック・リサーチでも四位まで上がってきてますからね」

「出るんですね？」

この男の、考えそうなことだ、と山科警部補は思った。

利用できるかぎり、話題になっているかぎり、飽きられるまでとことんしゃぶってやろうという精神が見えすくのは、いっそあっぱれなくらいだ。これであい光彦は、佐藤尚美殺し以来四週連続『ドレミファ・ベストテン』出演、ということである。

「それを、ですね。見あわせていただくわけには、いきませんかね」

「へえ」

原田は平気な顔で煙を田村に吹きつけた。

「どうして？　あい君がやっぱり真犯人とわかって、逮捕のだんどり、というんでしたらね、ぜひ録画中に警官隊乱入でやって下さいよ。秘密は守りますよ」

「原田さん」

怒っては、乗せられる、と知りつつまた山科警部補の声は荒くなった。他の席の客たちがふりかえる。

「冗談ですってば——まじめだなあ、山科さんは」

「どうしてあい光彦が犯人だと思うんです」

「いや。別に誰だってぼくの知ったこっちゃ、ないですけどね。これで誰か探偵役、出して、推理劇コーナー作ろうかって、云ってるとこで」

「推理劇ですって？」

田村が呆れ声を出した。

「いやまあ、そういう話もあるってことで——しかしまあ、どうしてあい光彦を出したらいけないんだか、聞かして下さいよ。またひとり殺すぞ——って、脅迫状でも来たんですかね」

「いや——」

もしかしたら犯人かもしれぬこの男に、どこまでぶちまけてもかまわぬだろうか、とちょっと山科警部補は迷ったが、肚をきめて、手みじかに、そのおそれが充分ある事態が発生したので、とだけ云った。

「ははあ」

原田は、嬉しそうに笑っている。

「こないだ死んだ女の子の友達で、あい光彦のファンの女の子が行方不明にでもなったんですか」

「原、原田さん！」

田村がわめいた。

「なんであんたそれを――！」

「当たりましたか」

原田はぱちりと指を鳴らした。

「そんな、びっくりしないで下さいよ。当てずっぽ――ですってば。だって、この前、二番目の子がやられたときニュースで云ってましたよ。前の子の友達で失踪して捜索願いが出ていた――って。ぼくは、根が、パターン人間でしてね。やくざ映画とか、アリバイくずしのミステリーとか、ああいうパターン・ドラマってやつが、大好きなんです。そこへ、あなたがたが、『ベストテン』へ、あい光彦の出演は見あわせろ——なんて、云ってくるんだから、おや、また同じ模様ができあがりつつあるのかな、と思いますよ。——大体連続殺人事件で、ふたつで終わったケースは、ないですからね。それに対して、ミステリーの名作で、殺人が三つ、というのは、きわめて多いのです。『獄門島』の三姉妹、ね。『悪魔の手毬唄』の三人の美少女、ね。そら、『ABC』とか、『X・Y・Z』とか、語呂もいいんだ。四番目の事件は、犯人の見つかるときか、犯人自身の死、ですよ。パターンを意識した古式ゆたかな犯人なら、当然、こうしたなりゆきも意識するでしょう。刺殺、撲殺——こんどは、サブ調あたりで絞殺、かな」

「原田さん」

田村が憤慨して云った。

「小説の話じゃないんですよ」

「失礼。ついまた——ぼくは、大学で、ミステリー・クラブをやっていたものですからね。どうも、ロマンのしっぽをくっつけていてね」

「とにかく」

原田の軽口は無視して山科警部補は云った。

「あい光彦の出演は見あわせていただけるでしょうな」

「困りましたね、どうも」

原田はのらくらとした調子で、あごをかいた。

「もう決まっちまってることなんで――奴さん自身はともかく、あのかわい子ちゃんのうしろにゃ、怖い人がついてますんでね。急におろせ、なんて、ぼくは暗殺されちまう。シナリオもできてるしスケジュールだってひと月も前から組んでましてねえ。別に、ぼくがそんなに節操がなくて、話題のつづくかぎりあの坊やをムシってやろう、なんて気で、毎回レギュラーに放りこんでるわけじゃないのですよ、どうお思いになってるか知りませんけどね」

「しかしことは人命にかかわってるのですから」

「おや。案外に警察の方がロマンの残党のぼくよりもっとパターン主義者なんだな」

原田は調子よく云った。

「そんな無理難題をもちこんで、ぼくをいたぶらんで下さいよ。ぼくなんざ、単なるかよわい無力なディレクターふぜいじゃないですかね――あわれな末端管理職ですよ。それを云うなら、ぼくなんかよりまず、江崎プロから説得にかかって下さいよ。あの飯島って大将もおっかない人ですがね――ぼくのような平和主義者にゃ、耐えられないことに、江崎プロってところには、こわいうしろだてがある、という話でして

——内証ですがね。江崎プロの社長のデューク江崎って旦那は、立川組の二代目と肝胆相照らすの、フンケイの友のってひそひそ囁かれてる人でして。そんな人あいてに、何があろうと、弓引くような勇士じゃないです、ぼくは。心優しきインテリゲンツィアだから」

「立川組？」

山科は鋭く云った。

「そう、広域暴力団——まあ、珍しくもないことじゃありませんか。お互いきれいな世界しか知らねェわけじゃあるまいし」

原田はニヒルな口ぶりで云ってから、ちょいと鼻をうごめかした。

まともにつかまえようとしていたら、うなぎと同じで、きりがない、と悟りはじめた山科警部補は、にこりともせずに、

「いいです。じゃあ江崎プロが了承すれば、あい光彦は出演させなくてもかまわん、と思っていいのでしょうな」

きびしく云った。

「組関係なら私どもの方が扱いには馴れています。そちらの方からひっこめると云ってくれれば、原田さんとしては異存はないわけですね」

「ちょ、ちょっと待って下さいよ」

原田は苦笑いをうかべた。

「困るなあ。どうしてです？　そんなの、関係ないじゃないですか——二つの事件のあいだにだって、二回ばかり、収録して、あい光彦も出ましたけど、何も起こらなかったですよ。かまわんじゃないですか。よかったら、どーぞ、私服でもお遊びに来て下さいよ。よかったら歌、うたっていただいたっていいです。実はほんものりさん総出演！　今週のスペシャル・ゲスト、歌う警官！　ははッ、こいつは、うけますよ——あ、失礼」

刑事たちの顔つきを見てあわてて、

「だからまあ、何もそんな——姑息《こそく》な予防措置を講ずるよりは、もっと積極的にね、どうですか——スタジオに立ちあう、ということで」

「そしていきなりハプニングとかいって、マイクをつきつけて、捜査の状況をきいたりするわけでしょう。その手には、のりませんよ」

「イヤだなあ。ぼくがそこまで、あさましい人間にみえますか」

「見えますね。失礼だが」

「まあ——多少、そういう計画も、いいと思ったのは、事実だけど」

原田はへらへら笑った。

「しかしですよ。だから、協力する、ことにはもう、絶対異論はないんで――ですから、ね、勘弁してくださいよ。あい光彦はジョーカーですよ。出ると出ないじゃ、まず十パーセント、視聴率がちがうでしょう。あのあと最初の放送で、事件再現をやらせたわけですよ。次に嘘発見機にかけて、そしたら第二の事件だ。この次は、また事件再現でいくか、それともスタジオに神主《かんぬし》や霊能者呼んできてお祓《はら》いしたり透視や口よせやるか、どっちが先がいいか考えてるんですよ。そこであいが抜けた日にゃ――九仭《じん》の何とやらもぶちこわしだ。ね、どうですか。かまわんじゃありませんか。向こうだってね、口じゃ何といっても、宣伝だ。出たいんだ。承知しやしませんよ、おりろ、なんて」

「それが、本音ですかね」

山科は決めつけた。

「まったく――あんたたちは、宣伝と視聴率のことしか考えないんですかね」

「あ痛た」

原田は肩をすぼめる。

「かたぎのおかたのおっしゃることは、身にしみますが――持ったが病で」

「原田さん」

山科警部補はぶきみな穏やかさで云った。

「いつまでもそういう態度をとられると、公務執行妨害で来ていただくことになりますよ」

原田は一瞬黙った。が、すぐに、嬉しそうに笑った。

「カッコいい台詞だ。恐れ入りました。じゃ、もうあっさりギブ・アップしちまいましょう。大体ぼくは根がかたぶつなんだから――あのね、警部さん」

「何です」

まだ怒っている山科はぶっきらぼうにきき返した。

「怒らんで下さいよ。ぎりぎりまで、クライマックスをひきのばすのが、コンテづくりの習性になっちまってるんですよ――実はね。さっき、警部さんにお電話しようと思ってたところだったんですよ」

「わたしに？」

「そうなんです。実は、たいへんな新事実があらわれましてね」

「新事実？」

山科警部補は憤慨も忘れて身をのりだした。

「何です、それは」

「飯島マネージャーのアリバイなんです」

原田は満足げに、たばこに火をつけて、刑事たちを焦らした。

「しかし、いいのかな。ひと一人、この手で地獄につきおとすかと思うと――まして友達ですから、心がいたむなあ」

「原田さん」

「云います、云います。あのね、飯島マネは、こないだの――そら、第二の殺人のとき、ずっとスタジオからはなれなかった、と申し立ててるのでしょう」

「そうです。あい光彦と、付人の三輪という青年がそれを確認しましたよ」

「そんなもの――いわば子分の云いぐさですよ」

原田は鼻から煙を吐き、山科、田村、斎藤、の緊張した顔を見まわした。

「飯島チャンは、どうやら、スタジオ入りしてないんです。リハの前あたりまではたしかにいたし、収録のすんだあとはあい君にまとわりついてるの、大勢に見られてます。しかしそのあいだがね――誰も見てない。だけじゃない」

原田は効果をはかって、ことばを切った。

「全然関係ない局のものがね。飯島が、髪の長い、スリムのジーンズに黒いシャツ姿の女の子と、裏通りに通じてる廊下へこそこそ入っていくのを見た、というんです。それが——ひどく二人とも興奮してるようで、激しく云い争っているようだった、というのですがね」

「原田さん！」

山科警部補はとびあがった。

「それが本当なら——」

「本当ですとも。こんな重大なことで、ガセネタなんか流しませんよ」

原田は無邪気そのもの、といった微笑みをうかべてみせた。

「実を云いますとね、これはぼくの仕入れた情報じゃないのです。どうやら役者が揃って、名探偵登場となったようですよ、レストレード警部——ちょいと、数が多すぎて、ザ・シャーロックス、ってとこですがね。ほら——ご存じの、バイトの三人組、長髪の、ロック・バンドやってる坊やたち、ぼくの後輩らしいんですがね——かれらが、けさ、ひょこっとやってきて、自分たちの容疑もはらさにゃならんことだし、と云って、ちょっといろいろ調べてみたら目撃者が見つかった、というんですね。話をきけば、お会いになりたいんじゃないかと思って、まだ上に残らせてありますが——しかしね、警部」

罪のない微笑が、いつもの、人をばかにしたニヤニヤ笑いにくずれた。原田は満悦でもみ手をした。

「あんな若い連中にだけまかせとくって手はないです。これはぼくの事件みたいなもんですからね。ぼくだって名探偵に立候補しますよ。名探偵が多すぎるってことに、なるかもしれませんけどね」

山科は憮然《ぶぜん》としてあごのヒゲをまさぐっていた。


「——また、お前たちか」

二階のロビーで、たむろしていた三人組をみて、山科警部補は、ちょっとイヤな顔をした。田村はむろん、もっと露骨に眉をしかめている。

三人とも、長い髪が、アフロヘアや、例によってうしろでくくったポニーテールになって、ふわふわとデニムのウェスタン・シャツやミッキーマウスのTシャツや、オーバーオールの上でたなびいている。

「またお前たちかはないでしょ」

「ルンペンみたいに云わんでョ」

「似たようなもんじゃないか。うす汚いアタマして」

田村が気にくわなくて、どうにもならぬ、というように云った。

「ヘッ、服装の自由だ」

「ステロタイプだぞ、アナクロおまわり」

「おい、おい、きみたち」

原田がくすくす笑う。

「そんな楽しんでるひまないのよ。さっきの話を、もう一度してあげて下さいよ」

「話ったって、さ」

「そやから、ぼくらちょい興味おこしていろいろ聞いてみましてん。ほたら資料室の清水さんいう人がね」

「知らんかったな。オレらも、あんなひとが資料室にいるの」

「資料室とこは上半分がガラスになっててまっさかいな。廊下通って、裏通りいくとき、あこ抜けんと行かれんのですわ。で清水さんいう人が、テープとりに行ってひょっと見たら飯島はんが、ま、そん時はあい光彦のジャーマネやて知らなんだ云うてましたけど、とにかく肥って小さい人が背ェの高いロングヘアの女の子と話しながら行くところやった、いうんですわ」

「なんか飯島さんがちょっと興奮してしゃべってたって話だったじゃない」

「やかて、声は、ガラスで、聞けしまへんので、何、云うてたか、そこまでは責任もてんが、なんぞぐつ悪いこと、云われてるみたいに、なんやら云い返してるように見えた、いうことです」

「まあ、そのへんは、直接清水さんからきいて下さいよ。警察に同じこと云えますか、と云ったら、誰にだって云うよ、と云ってましたからね。それで清水さん、そろそろテープ持って帰らないとまずいと思って時間みたら、七時十分前だった、ということですからね」

「七時十分前？」

「そう。それにもうひとつあったんですよ——な、薫」

「ええ。それが、ぼくらあの日、裏通りから早めにセット運んで、サボってたらADの宮本さんが呼びにきて、てまかけるなって怒られて——で手伝おうとしたときね、わきを飯島さんが急いで出ていこうとしたんです。で、どこ行くんですかって云ったんですが、ちょっと、といっただけで——これは、宮本さんにもきいて下さいよ。それから収録すんだとき、ぼく、マイクかたづけに行ったら、あい光彦が、飯島さんがいないって、泣きそうな顔してんです。で、化粧室の方で待ってんだろって、云ってやったんですけど」

「でもすぐ来たのな、あれは」

「そや、それがすごい勢いであい光彦んとこへかけてったんで、オレつきとばされそうになってん」

「だから、あとで、あい君が、飯島さんずっとスタジオにいた、と証言したというのをきいて、あれッと思ったんですよ。あいつ、保護者が見あたらねェもんだから、ファンの子にかこまれて立往生して、飯島さーんてベソかいてたくせにさ。これも、誰にきいてくれても、かまいませんよ」

「なるほど」

山科警部補はうなり、斎藤に、資料室の清水という男をみつけてつれてこい、と命じた。

原田はいかにもおもしろくてたまらぬ、という顔つきで、舌なめずりをせんばかりに、情勢を見守りながらたばこをふかしている。

「君たちはその日もバイトだったんだね？」

山科警部補は少しやさしい声になって聞いた。

「そうです」

「このバイト、はじめてどのくらい？」

「さあ——オレ三月くらいかな」

「ぼくらがそれより二、三回少ないくらいで」

「どういうつてではじめたわけ？」

「それは、アシスタント・オーディオ・ディレクターの木島サンが、もともとはオレらのクラブにいた人でしてね」

「クラブ？」

「相大ロックユニオンって、七つ八つのちっぽけなロック・バンドが共通で部室かりるために組織になってて」

「その先輩のつてで——じゃ、飯島やあい光彦とは全然面識はなかったわけだ」

「そんなもん、ありまっかいな、気色わるい」

「——飯島のアリバイを疑いだした動機っていうのは？」

「別に、飯島さんだけ疑ってたわけじゃありませんよ」

「何たってオレら容疑者らしかったからね。でも何か妙でしょう。さいしょの事件の容疑者になってる奴、ひとりも、こんどの事件でアリバイ成立しない奴いないのね」

「で何かヘンだ、てんでいろいろ話しあって——誰がどこにいたとか、そしたら飯島さんのいた場所、だれも覚えてなくて」

「それに何か、二回とも、あい光彦がからんでるし」

「それと何より、飯島さんいうひとは、なんかヤクザっぽくてあきませんねん。人、殺すのなんか、何とも思ってない感じで——それにさいしょの奴で、あの人、アリバイ立ってまへんのやろ」

「生憎だがね、立っちまってるんだ。偶然ね」

山科はカメラのことを説明した。三人は顔をみあわせた。

「そりゃつまらんな」

「何かトリックがあるのョ、トリックが」

「そやな、偶然うつった、なんて、なんやイカサマくさいな」

「きみらも、そう思うかね」

山科警部補は、だんだん機嫌がよくなってきて、云った。

「原田さんはどうです。さっき、名探偵とか、ミステリー・クラブだとか、云ってたじゃありませんか。飯島が犯人だと思いますかね」

「さて、ね」

原田は悠然とかまえた。

「諸君がどうも、合議制フェアプレイ、読者への挑戦つきの名探偵を目指してるみたいだから、ぼくは沈思黙考型でいくことにしますよ。名探偵ってのは、たいてい、次の事件ふせげないことになってるから、あまりいろいろ口に出すと恥、かくからね。しかし、ぼくがいま思ってること、ひとつだけ云うんなら、ぼくはこの連続殺人のポイントはアリバイくずしなんかじゃないと信じていたんだけどなあ。やっぱり、ぼく如きの頭にゃ、事実は小説より奇なり、ですかね」

ふふん、と山科が、それ見たことか、と云いたげに鼻を鳴らした。

「まあ、せいぜい皆さんでミステリー合戦をして下さいよ。私は、それが職業ですからね——原田さん。集めてきた観覧希望者をスタジオ前でチェックすることはできますね、いま考えたんですがね」

「できます」

「そのときに土屋光代が入場するのをさまたげて貰えれば、あい光彦にこだわる必要もないかもしれないですな」

「そりゃ有難い」

山科は大急ぎで調達してきた写真を、いずれコピーして渡すと云いながら、原田にさしだした。三人組ものぞきこんだ。

「へえ」

原田が口笛をふいた。

「美少女、だ。こりゃ」

斎藤が目撃者の清水を従えて戻ってきた。

6　ぼくらの名探偵

「飯島さん」

山科警部補は、攻撃の隙をうかがう剣豪、といったようすで、目をほそくして、飯島の顔色を観察しながら、猫撫で声を出した。

捜査本部にあてられている、城南署の一室である。

「きょうおいでいただいたのは、ですね——少々、あらためておたずねしたい点がありましてね」

「はあ」

飯島は、ちょっと見には、いかにも傲然とかまえている、ように見えた。

赤茶色のシャツ。ななめ織りの幅広のタイ。グレイのズボン——その上に、白っぽいサファリ・ジャケットを着こんだところが、いかにも芸能プロのマネージャーである。

　血色のよい顔はあせばんでいたが、そろそろ暑くなる季節だったから、それが彼の不安なり動揺を示すものだとは、云えなかった。

　小さな目は、油断なく光っているが、顔はほとんど無表情のままだ。江崎プロきってのきけもので、ことに新人発掘の天才だ、というこの男を、山科警部補はよくよく観察した。

　警察に呼び出され、捜査員にかこまれて、糞落ち着きに落ちついている顔には、何かしらかたぎでないもの、かくしても匂いでわかってしまうやくざ稼業の翳り、が感じられる。

　しかし、それは、警部補たちにとっては、目新らしいものではない。少なくとも、山科警部補は、原田みたいな瓢箪《ひょうたん》鯰《なまず》をあいてにするより、よほど、気が楽だった。

「何でしょう」

「実は——七月七日のあなたの行動について、もう一度確認させていただきたく、思いまして」

「ああ、そうですか——たばこを、吸わせてもらって、かまいませんか」

「どうぞ、どうぞ。——ええと、お忙しいでしょうから早速はじめたいと思うのですが、その前にお訊ねさせていただきます。あなたは、前の二つの事件のとき、被害者の佐藤尚美、島田恵子、どちらにも面識はない、と証言されましたね」

「はあ」

「佐藤尚美とことばをかわしたのは、あの日がはじめてだったのですね」

「その通りです」

「確かに」

「その通りです」

怒りもせずに、飯島はくり返した。強敵だぞ、と山科警部補は心をひきしめる。

「では伺いますが――あなたの申し立てによると、第一の事件、すなわち佐藤尚美殺しの際、あなたはあなたの手がけている歌手あい光彦の新曲の、アクションの効果をみるために、はじめひな段の左下に、つまりステージのほぼ正面にまわって見ていたが、歌い出して二、三小節たったところでカメラのアングルから見ようと思いカメラのブームをくぐって一カメラのそばまで行った。そうですね？」

「そうです」

「そこへ突然悲鳴がおこり、さっきまであなたのいた場所よりもう少しステージ近くへ被害者がころげおちた。そうでしたね」

「あなたはおどろいて立っていた。被害者には、近よらなかった」

「この前申しあげたとおり、すぐあいのところへ行って、落ちつかせようとしました。デリケートな子ですんで、取り乱すと思いましたのでね」

「たまたま、一カメラの方をむいていた二カメラが、あなたのその姿をおさめていたため、あなたがどう早く動いても、犯行後いろいろな道具をとびこえ、スタッフの目にもとまらずに二カメラのそばまで戻ることはできない、と立証されて、あなたのアリバイは成立したわけですね」

「お蔭様で」

「で、第二の殺人ですが――このときは、四時にカメラ・リハーサル――ラン・スルーですか、それを開始して、六時半から三十分休憩、七時から本番で九時すぎに収録がおわるまで、あなたは一歩もスタジオを出なかった、そうですか」

「その通りです」

「まちがいはありませんか」

「それは、少しは――便所に行ったり、あいにコーヒーをもっていってやったり、それから化粧室にもどって片付けをしたりと、他の人の目にふれていなかった時間もあったとは思いますがね。おおむね、その通りだと云ってかまわんでしょう」

勘づいたのか、と山科警部補は思った。

(予防線を張っているな)

だが、確証をつかんでいる、という安心感が、山科警部補を、余裕たっぷりにさせていた。

「化粧室もいわば第三スタジオの付属物、として考えれば、一歩もやはりスタジオの外部へは出ていない、というわけですね、飯島さん」

「と、云っていいでしょう」

「つまりあなたには、島田恵子を殺すことはできなかった、というわけですね」

「もちろんです」

「あなたは」

山科警部補は、机にひじをつき、ゆっくりと身をのり出して、云った。

「嘘をついているでしょう。飯島さん」

飯島はちょっと眉をしかめ、目ばたきをしただけで、何も云わなかった。ただ、無表情に警部補をみていた。

「そうじゃないですか」

警部補はかさねて云った。飯島は、土俵に上ろうとする力士が、おもむろに肩の肉をほぐすように、ちょっと肩を上下させた。

「どうして、そう思われるのですか」

彼は静かにきいた。

「あなたは、スタジオに、ずっとはいなかったのじゃないですかね。そう思える理由があるのですが」

「その理由を、教えてもらうわけにはいかんですか」

「——ひとつには、まず、あなたが、いた、ということを覚えているものが少ないのですね」

山科警部補は手もとのファイルをちらりと見た。

「あのときはたしかにいた、このときどこで何をしていた、といった、いわば点を構成する証言はいくつかあるのですがね。それが、ずっといた、とは必ずしも云いがたいと思うのですよ」

「しかしそんなことは何もわたし一人ではないでしょう」

「それが、そうでもないのです」

警部補はファイルをくった。

「バンドのメンバー、スタッフ、歌手、といった連中は、今回は必ず、誰かが誰かを見ていない一瞬、というのがないのですよ。ひな段の観客たちは、調査のけっか一人も前の観客の顔ぶれとダブっていないことが確認されましたから、除外、ということにしましょう。それともうひとつ、あなたが化粧室をかたづけていた、コーヒーを自動販売機で買っていた、という、点状の証言ですね――それも、本番のはじまった七時すぎから、ぱたりとなくなってしまうのです。あと具体的に証言であなたの申し立てが確認されるのは、本番後の九時すぎになるのですがね。この約二時間近い空白を、どう説明なさいますかね」

「本番がはじまれば誰もがステージに注意を集中するのは、あたりまえのことじゃないですか」

憤然として、あるいはそれをよそおって、飯島は云った。

「警察はそんなことでひとを疑うのですか」

「疑う、疑わないの段階ではない。説明していただければ、それで結構なのですがね」

「そう云われたって、いたものはいたんだと、云うほかはないでしょう。誰も見ていないからって、いたと云うだけですよ。大体、ファンは歌手を見に来ているのだし、出演するのは歌手ですからね。誰だって、私みたいな裏方にいちいち目をとめたりはしませんよ」

「しかしはじめのお話では、大体ずっとあい君のそばにいたり、付人の三輪君が近くにいたりして、そういうあいまいな点はまったくないような印象を受けたのですがね」

「そういう印象をお持ちになったなら、私の云い方にもまずいところがあったんでしょう、きっと」

飯島は敗けていなかった。

「しかしどういう印象をお持ちになろうとご自由ですがね、私はスタジオであいの出番を見ていましたよ。何なら、歌手の出た順番をひとつひとつ、云ってみせますか」

「いや。どうせ、シナリオもお持ちなのだし、そのあとでビデオをご覧にならなかった、という保証はありませんからな」

そろそろ、よかろう、と警部補は思い、はじめるぞ、という目くばせを、飯島の両うしろに立っている斎藤と沼口に送った。

「それよりも、お聞きしたいことがあるのですがね、飯島さん」

「…………」

「あなたがそのように、ずっとスタジオをはなれなかった、と申したてておられる、まさにその時間帯にですね。あなたがたしかに被害者の少女と連れだって、それも何か口論ふうに興奮ぎみで話しながら、現場である大道具置き場に通ずる廊下へ入っていった、と申したてている目撃者が、いるのですけれどもね」

飯島は、押し黙った。

光る目が、すばやく、頭の中で何か計算しているように動いていた。やがて、くちびるをなめて、彼はそんなことを云うのは誰です、ときいた。

「それは、あなたにちゃんと納得のいく説明をいただいてから、ということにしましょう。しかし念のために云っておきますが、きわめて信頼できる人ですよ。それから、今回の事件に関してはまったくの局外者で、なんの利害関係も、事件関係者とのむすびつきもない人で、本当に偶然にあなたと被害者を目撃したのですよ」

「何時ごろですって」

「七時十分前。そういう情報が入りましたのでね、少しその周辺を調べたのですよ。そうしたら、どうやらあなたはリハーサルのはじまる直前に姿を消し、リハーサルのおわりごろにはいろいろな証言がありますから戻っていたようですが、そのあと本番前にあい光彦にコーヒーを持っていってやってからまた抜け出し、そのままスタジオに戻っていない。戻ってきたのは本番終了後で、片づけのどさくさにまぎれてすべりこんで、ずっといたようなふりを装った」

飯島は黙っていた。

まず、相手の手の内を全部知っておこう、としているようにも見える。山科警部補はひそかに、これが原田でなくてよかったと思った。原田だったらこのぐらいなら何を云われてもニヤニヤしながら、へえ、ぼくそっくりの男がもうひとりいるらしいですね、ぐらいのことしか云わないだろう。

「どうして、島田恵子を殺したんだ、飯島」

いきなり、警部補は声を大きくした。

飯島はむっと顔をこわばらせた。

「冗談じゃない。それだけのことで犯人扱いされちゃたまらない」

「それだけのこと？——第一と、第二の事件で、どちらも犯行可能だったのは、あんただけだ。あとの者は、佐藤尚美殺しのできる奴は島田恵子殺しができないし、島田恵子を殺せる奴は佐藤尚美が殺せないんだ」

「そんなのはただの可能性の問題ですよ」

「あんたは佐藤尚美とも彼女が死ぬ前に話をしている。それにまるで、そういう事態が起こるのを予期したように、佐藤尚美の死ぬ直前になって、現場を避けて移動している」

「偶然だ」

「島田恵子の死体があった『東京第三分署』の区画は撮影がすんで、当分使われないはずの道具がおいてあった。『大江戸六花撰』のスタッフが偶然見つけなかったら、半月から、長ければひと月はあのままだったはずだ。それだけの時間がたてば死亡時刻なども、何月何日の何時から何時までとこまかく割り出すことは非常にむずかしくなる。ことにあの道具置き場はコンクリートで洞窟のようになっていて、ほかと少し条件がかわってくるからね。それとあわせて、あんたは、ひと月後に死体が発見されても、おそらく死亡時刻には誤差が大きくなっていて、あんたがスタジオに出たり入ったりしていたことなど、みな忘れてもいるし、問題にならなくなっているだろうと考えてこの殺しをやったんだ」

「ちがう。とんでもない」

飯島は顔をまっかにし、唇をかみしめた。

「おれは殺したりしない」

「なら、被害者と話していたのは、どう説明する」

「あれは……」

飯島は汗を拳でぬぐった。

「被害者と面識があったのは、認めるな？」

「いや――」

「目撃者と対決したいかね」

「いや――」

飯島は何かをこらえているように歯を食いしばっていたが、

「説明しましょう。信じてもらえないかもしれないが」

「それが本当のことなら信じるさ」

「だが本当に、信じられないようなばかな話なんだ」

「云ってみなさい。それはこちらで判断する」

「――あの日、たしかに私はスタジオにいなかったんだが」

「筆記してるか」

腰を折って、警部補はきいた。

「はい」

「よかろう。先を」

「実はあの日玄関前でマスコミにつかまって、ほうほうの体でリハ前にスタジオにすべりこんだんだが、それでひどい目にあったと化粧室でひと息入れていたら、若い子が呼びに来て、飯島マネージャーにご面会の人が来ていますというんだ」

「待った。その若い子ってのは」

「見たことのない顔だった。どうせあの辺はバイトや歌手の付人がしょっちゅう入れかわってるからね。おれの顔を知ってるのだから、別にふしぎにも思わずに有難うと云って二階フロアまで出てみた。しかし、誰もらしいものはいなかった。これは、二階フロアの受付にきいて貰っていい。誰か、来なかったかときいて、誰も、と返事したのを覚えてるはずだ。私はおかしいなと思いながら、ちょっとあちこちまわってみた。というのは、私はいつもいろいろ面会の約束があって、それが急にかわったりすることが珍しくないんで——念のために玄関の受付も行ってみたが、誰も待っているものはいなかったので、まちがいだろう、別のだれかのマネージャーだったんだろうと思って、化粧室へ帰った。そのまま、ラン・スルーがおわる前までスタジオにいた。それは立証できます」

「それから」

「ラン・スルーの終わったのが七時ちょっと前で、続けて本番、いうことだったので、私は光彦に髪を直させようと思って付人にクシを取ってこいと云った。三輪が化粧室へ行ってから、戻ってきて、机の上にこんなメモがあったといって渡すんだ。それが、KTVの局名入りのメモ用紙に走り書きで、飯島マネージャー、二階フロアでお約束の方がお待ちです、とあった。

そろそろ本番だったから、メッセンジャーが遠慮して楽屋に置いていったのかなと思って、すぐに私はそっと外へ出た——何も人目を忍んだわけじゃありませんよ。本番用意の秒読みがはじまるところだったからだ。二階フロアに行ったが——誰もいなかった。さっきと同じことのくりかえしで……それで、だいぶ腹をたてながら戻ってきたら、もうそろそろ本番が終わってたんですよ」

「飯島さん」

山科警部補は苦笑をうかべた。

「収録は、途中でとり直しがあったり、マイクの不調で調整しなおしたりして、二時間もかかってるのですよ。それをあんたは、人を捜して二時間もぶらぶらしていたと云う気かね」

「ばかな話にきこえるだろうと云ったはずですよ」

飯島はむっつりと答えた。

「私にも説明できないんだから。しかしスタジオは収録がはじまっていたから、あまりどたばたと出入りするわけにもいかない。三階に行って、化粧室から入ってそっとおりてゆけばよかったんだが、どこの誰がこんな悪戯をしたんだと頭に来ていたもので、頭に血がのぼったのを、しずめようと思って、タバコを吸ったり、便所に行ったりして——」

「二時間も、かね」

山科警部補はばかにしたように云った。

「それをわれわれに信じてくれ、と云うのかね」

「本当だからしかたがない」

「なら、目撃者のみたことについては、どう説明しますかね。それは幻影だったんだ、とでも」

「私はそんな女の子になんか会っていない。口論なんかしてない。ましてそんな小娘を、殺すいわれもない」

「よくそこまで、しらじらしい口がきけるな、飯島」

警部補は机を叩いた。

「目撃者ははっきりとあんたと被害者が口論しているのを、見てるんだぞ」

「…………」

「呼び出しがあった、というのはおそらく本当だろう。そのメモは持ってるかね」

「あいにく、腹をたてて破いちまった」

「しかしそれは付人にきいてもわかる。そこまではまあ、信じてもいい。しかしそのあと、誰も待っていなかった、というのはウソだ。あんたは被害者と会ったんだ。被害者はあんたとすでに何かの形で面識があった。あんたと被害者は口論した。はじめから、殺すつもりがあったかどうか知らないが、あんたは人に見られては困ると思い、被害者をひと目のない裏通りへ誘いこんだ。そこで口論がもつれ、あんたは島田恵子の頭を殴って殺してしまった」

「…………」

「違うかね、飯島」

「ノーコメント。私は殺してない。しかし自分に不利に使われるかもしれない質問には答えなくてもいいんでしょう」

「黙秘権を行使するわけだな。結構。それも書いたかね」

「はい、係長」

「第一と第二の被害者はどちらもあい光彦のファンだ。それも非常に熱心なファンだったから、何度もあい光彦の周辺をうろついて、当然マネのあんたとも顔見知りになっていたに違いない。つまり、あんたは、はじめからあのふたりを知っていた」

「…………」

「しかしよそで殺したんでは、あい光彦のファン——マネージャーのあんた、とすぐに結びついてしまう。だから、あんたは第一の殺人をするとき、場所を、わざわざ、他の歌手やスタッフもいる第三スタジオに選んだのだろう。それとも、テレビカメラにかこまれておればアリバイがたてやすいと思ったからかね。とにかく、他のところ、つまりあい光彦のコンサートだの、事務所の近辺では、被害者があいのファンだったことが偶然とは、決して見てもらえないからな。あんたは第一の殺人のあと被害者があいのファンなのはただの偶然だ、と云った。また、こうも云った。あいは一切関係ない、なぜなら、観覧希望のハガキは何万も来るなかから抽選でえらぶのだから、誰が見にくるかなどわれわれは知るわけがないのだから、とね。しかし原田ディレクターに紹介してもらって、人あつめを請け負っている、『バリアント・プロダクション』の人に話をきいたが、後援会の顔のコのためなどに、それと個人的に頼まれたときのために、それぞれの歌手のプロダクションの方に入場券がわりのハガキが毎回何枚か流れるし、場合によっては、つまり有力者のむすめが友達をつれて来たがってる、などというときには、マネージャーが何枚融通してくれと云ってくる、ということがあるんだというじゃないか」

「…………」

「してみればハガキを手に入れて、佐藤尚美があの日スタジオに来るように工作することは、あんたになら、できるわけだ。ところがTV局の下っぱだの、まして七十人の観客には、そんなことはできない。それこそ、偶然どころか、あの日佐藤尚美が来る、というのは、あんたにしかわからなかった、ということになる」

「あんたのいうことはみんな推論だけですよ、山科さん」

ふしぎなことに、きいているうちに、飯島はしだいにおちついて、自信たっぷりな態度をとりもどしてくるように見えた。

「そんなことをいうなら原田ディレクターだって、他のスタッフだって、みんな適当にコネで親戚だの、とくいさきだのの子どもを入場させてやってますよ。七十人観客がいれば、そのうち半分は、抽選でもなんでもない、誰かの顔で券を手に入れたコだと思ってまちがいない。ひどい人は券なんかはなっからなしで入れちまって、あとからちょっとつめてくれと云ってひな段に座らせちまったりしている」

「しかし佐藤尚美はちゃんと抽選にあたったハガキを持っていたし、『バリアント・

プロ』の発送ナンバーもそれに打ってあった。彼女は誰かのつてで入場したのじゃなく、正規のルートで入ってるのですよ」

「私がハガキを彼女に横流しした、なんて証拠は何ひとつないじゃありませんか」

出たな、と山科警部補が目をあげると、飯島の肩ごしに沼口が目くばせをよこした。

(落ちるぞ、これは)

「証拠がない」「アリバイがある」——その種のことを口にしはじめれば、十中七までは、その人間はクロとみていい。

「動機は、何だね、飯島」

戦法をかえて、いきなり警部補はするどく切りこんだ。

「口封じか？　なにか、弱みでも握られてたのか、あい光彦の。それとも、あいに会わせてやる、といってあの子たちをだましていたんじゃないのか。あんな子どものことだ。そういえば手もなく云うとおりになるだろう。いってみりゃあ役得だ。それが娘たちがだれかに知恵でもつけられたり、妊娠したりして、あんたに何とかしろとでも云ってきたら、あんたとしては身の保全のためにも口をふさがなくちゃならんのじゃないのか。何といったって、十六歳の少女たちの肉体を、あい光彦のマネージャーの地位を利用してむさぼっていた、なんていうスキャンダルをすっぱ抜かれれば、あんただって道義的破滅だろうからな」

「ばかばかしい。よして下さいよ」

飯島はどなった。

「あんな、バージンでもない――」

云いかけて、口をつぐんだ。

「ほう？」

山科警部補は猫撫で声を出した。

「被害者がふたりとも、年からは考えられぬくらい、性体験が豊富だった、なんていうことは、おさえてあるんで、まだどこのジャーナリズムにも、流れておらんはずなんですがね」

飯島は、ちょっと舌打ちした。

それから目をとじて、一、二度深呼吸をしたが、目をひらき、仕方なさそうにうす笑いをうかべた。

「引っかけましたね」

わるびれない奴だ、と山科は思った。

「あんたの方で勝手に尻尾を出したんだよ。あの子たちを知っていたことは認めるね」

「仕方ない」

「肉体関係があったのかね」

「ノーコメント」

「土屋光代の失踪もあんたのもくろみか」

「誰？」

「土屋光代。被害者ふたりの同級生」

「知りませんね」

「まあ、いい。七月七日、七時ごろ、島田恵子と会ったんだな」

「ノーコメント」

「口論の末殺して隠した。認めないかね」

「認めない」

「この期に及んで」

「あい光彦のマネとファンだ。知っていたってふしぎはないでしょう。しかしだからといって、肉体関係の、殺す動機のと発展するのは三段論法ですよ」

しぶといな、と山科警部補は眉をしかめた。

「あんたが、目撃された事実について説明を拒否しつづけるなら、重要参考人で逮捕状を請求し、場合によっては少し入ってもらうが、異存はないね」

「待って下さいよ」

なぜ、飯島は、あざけるような薄笑いを、うかべつづけているのだろうか、と山科は思った。

「ひとつ質問してかまいませんかね」

「何だね」

「捜査本部では、佐藤尚美殺しと、島田恵子殺しは、同一犯人のしわざという統一見解をうちだしてるのでしたね」

「そのとおりだが」

「じゃ云いますがね。あんたがたは、たいへんいろんな事実を都合よくつなぎあわせて、私が真犯人だという説をこね出したようだが、それなら第一の殺人のときの私のアリバイはどうなるんです。たしか、あのときの状況を本部は再現してみて、物理的に不可能である、ということを立証したはずじゃなかったんですかね。第一の犯人と第二の犯人は同一人物である。そして飯島保には第一の殺人を犯すことは物理的に不可能である。ゆえに飯島は第二の殺人の犯人たりえない。この一点を忘れたことにして、情況証拠から、あいつ以外に犯人は手頃なのがいない、だからあいつだろうなんて、それじゃあんまり——さよう御都合主義というもんじゃないでしょうかね」

「飯島」

沼口が怒ってすすみ出ようとするのを、山科は手で制した。

（それか。自信のもとは）

警部補が黙っているのを見て、飯島はにやりと笑った。どこか、その微笑は残忍そうな翳をおびていて、腰のひくいこの男の皮一枚下にひそんでいる、やくざ稼業のふてぶてしい顔をぬっとおもてにのぞかせたようなぶきみさを感じさせた。

「私には犯行は不可能だったんですよ。何といったってテレビカメラが、犯行直後——それこそ〇・一秒もたっていないときに、私が2カメの前に立ってるのを、おさめているんですからね。文明の利器のおかげ、というべきですかね。犯人をでっちあげるなら、ほかに探した方がいいんじゃありませんかね。もし第一の事件と第二の事件の犯人は別にいる、という見解をとられるなら別ですが、しかしその場合は、動機が問題になってくるのじゃありませんかね。私が佐藤尚美殺しの犯人でないなら、島田恵子の口をふさぐの、脅迫されるのっていわれはなくなりますからねえ。それに、目撃した人だって話の内容なんか聞いてたわけでもないでしょう。もしかしたら、たしかに私がその人と話してたにしたって、それはたまたま知った顔にあったから話しかけたとか、あるいは時間でもきかれただけで、そのまま別れて戻ってきたが誰も見てなかった、ってことだってあるわけですよ、そうじゃないですかね——指紋だ血痕だって具体的な証拠は何ひとつないんでしょう」

「飯島さん。たしかに、あなたの云うとおりかもしれませんがね」

山科警部補はいまいましげに認めた。

「しかし、忠告しておきますがね、あまり調子にのらんことですな。あなたの潔白が、わずかひとコマのテープひとつにかかっているのだ、ということは、ご自分でもおわかりなのでしょう」

「飯島から、飯島さんに逆戻りですな」

飯島は挑戦的に笑った。

「持つべきものはアリバイですね。ところで、もしこれでお差し支えなければ私はこれからひとつビジネスをまとめなきゃならんので、そろそろ無罪釈放していただけると、ありがたいんですがね」

ご勝手に、というように警部補は肩をうごかした。飯島は立ち上がり、顔をハンカチで拭き、ジャケットをぬいで腕にかけた。

「せっかく見つけた有力容疑者だったのに、すみませんでしたね」

にやり、と笑ってみせて、出て行く。

「尾《つ》けろ。これからは二組交替で、二十四時間、常時マークしろ」

警部補は云った。

「了解」

斎藤が出てゆく。

「ヤマさん」

型どおりに、沼口が問いかけた。

「どうして、おっ放してやったんです？　もっとびしびし叩けば、口を割ったかもしれないのに」

「ダメだな」

たばこに火をつけながら、山科警部補は答えた。

「あいつは、かたぎじゃないよ。どうせ水商売とは思ってたが、あれはやくざでも相当年期の入ってる方だ。ああいう男は、叩いたって音はあげないよ。それより、全部退路をふさいでもう逃げられん、というところへ詰めちまわなくちゃだめだ」

「犯人は奴だと踏んでるわけですね」

「それは、断言できる」

警部補は、ゆうべ見た『東京第三分署』の主人公の捜査一課長のまねをして、唇のはしっこにたばこをはりつけ、額に八をよせて天井を見上げた。

「トリックがあるんだ。なにか、何でもないトリックがね」

彼は満足そうに云った。


「トリック？」

「そう。トリックだね」

原田さんは、にやにやしながら、ぼくと信とヤスヒコの顔を順ぐりに見まわした。

午後十一時半、ライヴ・スポット『シャンブロウ』で、その晩さいごのステージが、おわったばかりだ。

原田さんは、前ぶれもなく、『シャンブロウ』にやってきて、二回目のステージのはじまったばかりのころ、気障なジーパン姿でいちばん前の席に座って、ぼくの方へにやりと手をふってみせたのだった。おかげで、ぼくは『ディス・タイム・アラウンド』のピアノソロのイントロをとちった。

　大学街のちっぽけなライヴ・ハウスは、ただでさえ客の少ないのが、そろそろ夏休み前の定期試験で、入りはまず三分、それも大体が仲間うちみたいなものだ。たちまち、

「どうした、ジョン・ロード！」

「いいとこじゃないか」

　常連が野次をとばした。ぼくはピアノの上のボーカルマイクをひきよせて、

「うっせエ、もう一度やるから静かにしろ。ビデオ・テープでもう一度！」

　怒鳴ってやった。『ポーの一族』は観客との交流を大切にするバンドなんだ。二度目は、うまくいった。

　ラスト・ナンバーには、このあいだ仕入れたばかりの『それはスポットライトではない』を使った。

「やあ」

　ステージがおわって、ひっこんだら、すぐ原田さんが裏へまわって入ってきた。

「おもしろかったよ」

「へへへへ」

　信が唸り声みたいな笑い方をする。

「もう、いいんでしょう。片づけて、帰るだけ？　どこかで、飯でも食わない？」

「はあ」

願ってもない、と、ばたばた片づけた。アコースティック・ピアノとヤマハのエレピは店でかりた。ドラム・セットだけケースに入れて、明日とりにくるからとことわり、信とヤスヒコはギターとベースのケースを肩にかけ、ぼくが楽譜《メンフ》をもって、店をでた。

「かれらは？」

助っ人に入ってもらったドラムスとボーカルの方に顎をしゃくって原田さんがきいた。

「いいんです。連中は連中でどっか行くようだったから」

「そう」

店をでると裏通りだ。のきなみ、喫茶店も雀荘もシャッターをおろしちまっている。

「きみらは、ハード・ロック・バンドとばかり思っていたら、案外にムーディなナンバーが多かったな」

スナックにおちついて、原田さんが云った。

「意外だった、というか——さいごにやったのあれ、浅川マキの曲でしょう」

「『それはスポットライトではない』ですか——いや、もともとはアメリカの曲で、ロッド・スチュワートなんかもやってます」

「ええ曲ですやろ。まあこいつが歌《うと》うたら、ええこと聞こえんかもしれまへんけど」

「あっ、何だおまえ、裏切者」

「いや、いや、いいですよ。なかなかいい」

原田さんは笑った。

「『ディス・タイム・アラウンド』に『天国への階段』、『ビコーズ』に『ドリーム・オン』か。きれいな曲ばっかりだね」

「よう知ってはりまんな」

「オリジナルはないの」

「ありまっけど今日とこは」

「いや、実は、そうウェットだ、と思われちゃ困るんでして」

ぼくはあわてて説明した。

「わけがあってきょうは静かな曲ばかりになっちまったんです。いつもは、『ハイウエイ・スター』とか、『レイジー』とか『ロックンロール』なんかやるんですけど、きょうは、いつも来てもらってるドラマーがくにへ帰っちまってて――かわりにめっけて来た奴が、どうも腕が怪しくってね。スローナンバーだとちゃんと叩くんですけど、ちょっと早くなるとロレッちゃうんですね。だもんで、ひたすら大純愛ロマン、甘くせつないバラード・メドレー、ってことになりまして」

「いや、いや。よかったよ。いいと思うな、ぼくは、ああいう方がむしろ、じっくりきかせて。ウェットいいじゃないの。ぼくは大好きだ」

「さいでっか」

ヤスヒコがとぼけた声を出した。

「そう、そう。ほんとにそのうちあい光彦とセッションしてやってみてよ。まああの子も、肝心のマネ氏があぶなくなってきて、いまはそれどころじゃないかもしれないけど」

「もう捕まったんですか、飯島さん」

「いや、そんなことには、ならんでしょ。だって、そこはそれ――例のほら、アリバイって奴があるからね」

「アリバイ――あの、カメラにうつったとかいう？」

「そう、それ」

「あんなウソくさいの、ちょいとひと押しすりゃ、ふっとぶんと違《ちゃ》いますのか」

「と、思うでしょう」

原田さんは、目もとに皺をよせた。

「ところがね——金城鉄壁、なんて奴ほどプロの目にはうさんくさいのさ。偶然うったとか、いかにも穴がありそうだ、という奴ほど——柳に雪折れなし、かな」

原田さんはオーダーのウィスキー・ソーダをひと口、飲み下して、

「しかしこんな話、しにきたんじゃないからね。それより音楽の話、きかせて下さい。きみらのオリジナルってのは、どうなの、ハード一辺倒なの」

「まあ——プログレっぽいのと……」

「けっこうポップなんかもありまして」

「それ、いいなあ。スイート&メロウって奴よ。詞、日本語？」

「半々で——」

「オレらポリシーってもんがないのよね」

「ぼくの書くのは、日本語が多いです」

「曲はみんな書くの」

「主として薫とオレです。ヤスはアレンジよくしますね」

「いっぺんそのオリジナルの方、ききたかったな。ぼくも実は作詞してるんですよ。知ってる？」

「原田さんが？」

「そう、江夏黎ってペンネームで、沢村浩二や関まさみなんかのを、ちょこっとね。ま、遊びだけど」

「あ、あれ原田さんですか」

「ま――内証だけどね」

原田さんは得意そうな顔をした。

「きみらの曲の傾向があえば、あい光彦の曲、LPのなかの二、三曲書いてもらうように、飯島チャンにもってくこともできるしね。ま、彼が捕まらなかったとしての話だけど」

「マネが捕まったら、あい君、どないなりますねん」

「どないも、ならないでしょ。『ひきつづく衝撃！女高生連続殺人犯は信じていたマネージャーだつた！あい君、ショックで緊急入院』で次の週の奴はさ、『あい光彦はどうなるの？親とたのむマネージャーに裏切られて』――次が、『敗けないで、あいクン！ファンのあたたかい応援に支えられ、あい光彦孤独の中の再起』てなもんよ。サブマネの渡辺君あたりがすんなり、昇格して、涙の河じゃないけど薄幸の少年歌手てんでますますイメージ・アップしてさ。平和だね。そりゃ、江崎プロにとっちゃあ、飯島チャンの顔と地盤、ぶち切られて、ちょっとは痛いだろうけどさ。いいじゃないの。ポストあいを狙ってるコだってごまんといるんだ。世の中にゃ影響ないってこと」

「そら、ま、そうでっけど……」

「なんだ。どうしても、その話になっちまうのね、結局」

原田さんは笑い出した。

「そりゃ、そうよね。こんな身近にこんなドラマチックな事件がおこるなんて、いまや考えられない時代だものね。ま、いいや――じゃ、ひとつ、その話をしますか。どうなの、三位一体名探偵、成果、あがってますか」

「そうでも――ないですよ」

「どだいなんもしてませんもん。ここんとこ、もうじきテストと、この仕事で、練習もせんならんし、とても聞きこみなんかしてる暇あらしまへん」

「だろうね。そういうもんだよ。素人名探偵の生きにくい時代だな。その点は、ぼくに分がある。だってぼくは、毎日現場に仕事で通ってるし、そのおりの関係者とも顔をあわせるんでね。そのたびに、考えざるを得ないの、いったい、飯島はどんなトリックを使ったんだろう、って」

「トリック？」

「そう。トリックだね」

原田さんは、にやにやしながら、ぼくたちの顔を順ぐりに見まわした。

「アリバイ・トリック。ぼくは、ほんというと、第二の殺人には、ぜんぜん、興味ないの。あれは、形がととのってないよ。容疑者が限定されないんだもの。トリックもアリバイもへったくれもないね。殺人事件、じゃないよ、あれは。単なるコロシ――しかしそういえば、早くも呪いの極東テレビ局に、成仏できん怨霊がさまよってるって話、きいたかい」

「へえー」

「出ましたか」

「あのあとあんまり局行ってないんで」

「ああ、そうか――それがね、おかしいの。死んだ女の子がね、放送終了後の画面にあらわれて、何か云いたげにこっちを指さす、というの。それは、ま、ジョークなんだけど、あのコが局のてっぺんをふわふわ、屋上の上をね、漂ってた、とかね。ちょうどそれが彼女の殺されたはずの時刻だった、とかね。みんなでまるでブラック・ジョーク作りの競争してるみたいでね。3スタでビデオどりしたら、七時になったらいきなり全部電気が切れた、とかね。どういうわけか、TV局と、怪談、てのは、相性がいいね」

「オカルトものよくやるからでしょ」

「え？　ああ、なるほど――でね、まあ冗談は冗談として、とにかく問題はさいしょの殺人だね。当局が二つの殺しは同一犯人と見てる限り、飯島チャンは、最初のあのチンケなアリバイのおかげで、たぶん安全なんだよね。しかしあれはもちろん、トリックだよ。あんな都合のいい偶然があってたまるもんか――現場に立ってたのに、わざわざ犯行直前に立ち去って、アリバイ成立するところへ避難したなんてさ。けど、2カメは、そこに飯島が立ってたかどうかは覚えてないけど、悲鳴が起こってからすぐそっち見たから、事件起こってからだれかがこっちへ走って来て2カメの前に立つなんてことは、絶対にできない、って云ってるの。で、2カメって奴はずっとこう、ステージを向いてンのよ。少しは騒ぎで押されて動いたかも知れんが、写ってるテープひとコマごとに調べると、バックは、あいの大写しでも飯島チャンのショットでもほぼ同じなんだ。つまりね――紙に、書いてみようかね」

原田さんはメモをとりだして、スタジオの左半分の図をざっと描いた。

「被害者の最初にいたのをA点、ころがり出て倒れたのをB点、飯島の最初にいたのをC、2カメの前をDとするよ。見てのとおりC点からは、AにもBにも、ごくかんたんにリーチが届く。ところが、Dに来るためには、この点線にそって大きく移動するか、さもなけりゃ、直線で、カメラのクレーンや、ブームをつっきって、AとBのまんなかをぬけて行くしかない——。こちらを使や、当然目立つわね。ひな段からも見えるし、カメラのわきにゃ六人もカメラマンとアシスタントがいるんだ。しかも被害者がBにころげ出たあとじゃ、全員の目がB点に集中してる」

原田さんはⒸとⒹを結ぶ直線に大きく×じるしをつけた。

「ところが、だ。CDの直線コースでなく、目立たない迂回《うかい》コースを通ってDにつき、2カメの正面に立つためには、どう少なく見つもっても三十メートルくらいは延べ距離で歩かなきゃならない。しかるに被害者の方は、AB間の距離はあって二メートル、それだって、ころがりおちたんだからね。一秒とはかかりゃしないよ。つまり飯島チャンが犯行後どんなに急いで走ったって、2カメどころかモニターテレビの前までも行けないうちに、被害者はB点に落ち、4カメがそれをとらえ、2カメのあい光彦のアップの次のコマに飯島チャンがうつっちまう、という寸法になるわけだ」

原田さんは考え深げに云った。

「なんだか、うさんくさくきこえるでしょう。しかし、時刻表だの、汽車と飛行機ののりつぎだの、ってアリバイのことばかり考えるから、これもアリバイのうちか、って妙な気がするけれどさ。これを拡大図にしてごらんよ。ABCの周辺が東京で、Dが博多、とするね。CDを結ぶ直線は飛行機で、迂回する線は汽車の乗りつぎか。何分何秒は、何時間何分、そう拡大して考えりゃさ――なにも基本的にかわったことはありゃしない筈なんだ。C点にいてはD点にカメラにうつるように移動できない。C点にいなくては、犯行が行なえない。なにかトリックがあるんだよ。あの飯島チャンが、エイトマンみたいに、殺しの瞬間にゃC地点、〇・一秒後にゃD地点のカメラにうつることの可能なしくみがさ。わかる？　きみらには、解けるかな、このトリック」

「解けんこともないでしょう」

ぼくは、大きく出た。

「ほほお」

「目撃された、というんじゃなくて、テープにうつった、というところにネタがあると思うんだな。実はぼく、さっきステージでとちったでしょ。あのとき、『ビデオ・

テープでもう一度』ってお客に云ってから、あれッと思ったんです。そうか、ビデオ・テープってものが、あったっけ、って」

「あ。――やっぱり、気がついてたか」

原田さんは目もとをくしゃっとさせて笑った。

「気がつかんかな、と思ってたんだ」

「いや、いや。名探偵ですもん」

ぼくは原田さんのお株を奪って、にやにや笑ってやった。

「――けど、どういうトリックだかは、まだ公開するわけにいきませんけどね。原田さんのを、きかせてくれるんなら――」

「そりゃ、ないよ。ぼくだって沈黙の名探偵でいたいからね。大団円にゃ、ぼくの絵柄人間的発想からいけば、まだこれじゃ殺人が足りないと思うからね。あと、最低ひとつ――こいつは、山科警部補あたりにゃ、聞かせられない台詞だけどさ。きいた？　例のふたりの友達で、やっぱりあい光彦のファンの女の子が、行方不明でしょう。このないだ、写真みたコね。あの子、この次は私が殺されなくちゃならないんだわ、と云ってたんだっていうのね」

「へェ。そら、聞きませんでしたわ」

「そう、これは山科さんにこっそり教えてもらったんだから。——けど、おかしいね。彼女がそう云ってたの、第一の事件のあとだったんだって。つまり順番が狂ったのかもしれないわけ。こいつも、考えに入れといてほしいな、名探偵」

原田さんは、ぼくをのぞきこんで笑った。

「ぼくは推理力なんてものは、まるでありゃしないんだ。そんな柄でもないしさ——ただ、ぼくは絵柄人間なんでね。殺された女の子、トリック、二番目の被害者、アリバイ、次の予定者——ダイイング・メッセージ、とデータを並べていくと、何となく全体の模様って奴が見えて来るわけさ。こうあるべきだ、というか、ね。——まあ本当はそれじゃあまり面白かないんだけどさ。飯島チャンがどんなに頑張って、アリバイ守ったって、あれが本ボシじゃ、大した絵にならんよ。その点、さ」

原田さんは嬉しそうに云った。

「最も意外、しかも絵になる犯人、というのが、ひとりだけ、いるのよね。第一、第二の事件とも最初に除外、問題外、てのが」

「原田さんでしょう——違《ちゃ》いますか」

「え。冗談じゃないよ——こんな善良な名探偵を、そんな……それじゃドルリー・レーンじゃないの」

原田さんは、肩をすくめてみせて、

「それはナシにしてよ。じゃ、きみらは飯島のアリバイくずしの線でいくんだね。それなら、ぼくの意中の犯人——きみたちだけに公開するかな。まだ説明はできないんだが」

両手をもみあわせながら、声をひそめた。

「犯人はね——あい光彦だよ」

第3のノート――

7　ぼくらの動機

「ぼ――ぼく？」

あい光彦は、仰天したように、まるい目を大きく見開いた。

「そうなのョ。驚いたことにね」

場面は三たびKTVのスタジオ――ではない、化粧室の隅っこだ。

「そんな――」

なにをバカな、と頭から笑いとばす、と思ったら、そうではなくて、あい光彦は、何だか不安そうな顔をして、ぼくたちを見あげた。

「誰がそんなこと云ってるんです」

「まあ、いろいろと、さ」

別に、折角の名探偵、原田俊介の捜査活動を邪魔してやろうと思ったわけじゃない。

しかし、あい光彦なんて、いかにも頼りなくて、ちょいとつつけばあることないこと、ぺらぺら自白しちまいそうだ。

だからぼくたちとしては、原田さんがこう思ってるらしいョ、というのを、当の本人にも、前もって教えて、心の準備をさせといてやらなきゃ、フェアじゃないんじゃないか、と思ったまでさ。

それに、誰にも構って貰えずに、隅でしょぼんとしてるやつがちょっと可哀想でもあったからだ。

とうとう、原田さんは捜査陣を説得して、あい光彦の連続出演を了承させたが、飯島マネージャーは自粛、ということで、ついて来なかった。

おそらくいまごろはありったけのアリバイにくるまって、これでも殺人が起こるなら起こってみろ、ぐらいの意気込みでいるにちがいない。

あい光彦には、サブ・マネージャーがついてきたが、あいを見つけ、スカウトし、育てて、売り出したのはすべて飯島ということで一卵性といわれるくらいにどこへでも飯島がくっついて来ていたやつのことだ。飯島が隣にいない、というのが、まるで裸で狼の群に放りこまれた赤ん坊みたいな気がするんだろう。気の毒なくらい小さくなって、まるい目をぱちぱちさせて壁にへばりついていた。

「よう、あいちゃん」

　ぼくたちが近づいていくと、酔っ払いに囲まれた箱入り娘みたいにおどおどした。

てやんでェ、どうせオレらは柄が悪いョ、と信なら云うところだ。

「警——警察はぼくを疑ってるんですか」

「じゃ、ないみたいだな」

　ぼくはあい光彦の肩を叩いた。あい光彦がびくっとした。呆れるくらい、ほそいうすい肩をしている。ぼくだって、決して自慢できるようなボディじゃないけど、これじゃ、強くつかんだら壊れちゃいそうじゃないか。

「おい、おい」

　うんざりしたように信が云った。

「あんた心当りがあンの？　それとも、自分のアリバイにそんなに自信、ないの？　あんた第一のときも第二のときもTVカメラに囲まれて一挙一動見つめられてたじゃないのョ。常識で考えてもあんたは無実ナンバー1じゃないのョ」

「で——でも」

「でも、なにョ」

「ぼく――困るんです。疑われるだけだって……そんなこと週刊誌に書かれたら」

「いいじゃないの、宣伝だと思や」

「そんな――」

化粧室は、五、六組の歌手の共同使用である。畳に足を投げ出して、化粧をしている演歌の歌手が、面白そうにこっちを見ていた。

「ま、それはだから、冗談だけどさ。そう云った人だって、あンたが犯人だなんて、本気《マジ》で信じてたわけじゃないのョ。ただそれだと絵柄として申し分ないってだけのことなのョ」

「恐怖の絵柄人間だからな、あいつ」

「それと、やね。まあ、例のダイイング・メッセージのことで、やな」

「ダイ――何ですか、それ」

「あんた、ダイイング・メッセージも知らんの」

「ダイイング・メッセージ云うたら、死に際の伝言いうて、被害者が犯人の名を何かで伝える手がかりのことや。ほれ、あの最初の子な、あのコあんたの名前書いたＬＰ持っとったやろ」

「だ――だってそれは、ぼくのサインがほしくって……」

「とあたりまえなら考えるよな。ところがそれがなくなったんだよ。だから、問題になってきたわけさ」

「書き残したんでなく、なくなったから、あれが犯人にとっちゃ正体をバラすことになったんじゃないか、って思われたわけ」

「ホイデもしあんたが犯人でなけりゃ、あんたの云う通り、あんたのファンがサインしてもらおうとLP持って来たってあたりまえだし、あんた以外の人が犯人なら、あんたのLPなんか被害者が持ってたってダイイング・メッセージにゃならんからな」

「なんか難しくって……」

あい光彦は途方にくれたような顔をした。

「ちょいと、バイトのボーヤ、そのコにそんなこと云ったってダメだわよ」

隣できいていた、同じプロダクションの先輩の年増歌手が口紅のかたちを気にしながら笑った。

「飯島チャンがいなけりゃコーヒーにお砂糖入れていいかどうかもわかんないコなんだから」

「ヘェ」

「だれよそんな、そのコが犯人だなんていうの。どうせ原田チャンかなんかでしょう。あのしとは話面白くすることっきり、頭にないんだから」

「千草さんは誰だと思うんです」

「云えないわよォ、粛清されちまう」

「ということは——」

ライバルのモリプロの若手の看板歌手が、興味しんしんで首をのばしてきた。

「飯——」

「それ云っちゃダメよッ、そのコ必ず告げ口すんだから」

「へえっ」

司会の江島健も入ってきて、かれらはじろじろ、あい光彦を眺めた。

あい光彦は去年だったか、おととしだったか、『ブルー・セブンティーン』の大ヒットで出てきてその年の新人賞をみんなさらっちまい、アッというまにアイドルNO．1にのしあがったばかりだ。デビューして二年もたたないのに、LPを何枚も出して、またその売れゆきがすごいの、出す曲出す曲みんなベストワンをとるの、後援会早くも何千人の何万人の、というもんで、先輩歌手の反感もすごい。

飯島がうしろについているから、誰も顔に出さないが、飯島がいない、となるとみじめなものだ。

「しかしやっぱり動機は、ゆすられてたのかね」

「あんた相当食いちらかしてたんでしょ、後援会のコ」

「清純派で売ってるんだもんな。妊娠したの、金よこさないと週刊誌に売るの、云われたらひとたまりもない」

「おや、何か実感こもってますね」

「からかっちゃいけないよ、裕ちゃん」

「なかぬ猫ほどねずみをとるというからねえ」

「こーんなおとなしい顔しててね」

あい光彦は黙ってうつむいている。知らぬふりを装っているが首筋が赤く染まっている。

気の毒になって、ぼくは、ちょっと外へ出ないか、と云ってやった。

「まだ時間あるしさ――それにちょっと、聞きたいことがあるんだよ。お宅に」

「おや、逃げ出しですか」

誰かが云って、わあッと笑い声が起きた。

あい光彦はそそくさと出てゆく。まだステージ衣装に着がえていない、色のあせたスリム・ジーンズと白いウェスタン・シャツの恰好をみれば、少しも、人気絶頂のアイドル歌手には見えず、ちょっと背をまるめたうしろ姿は、気の弱いチンピラ不良、といった感じがした。

うしろで江島健と北条裕樹が、事件のとき居あわせなかった千草ひろみにかけあいで事件のようすを話しはじめるのを聞き流して、ぼくと信とヤスヒコは化粧室を出た。

あい光彦は廊下に、しょんぼりしたうしろ姿をみせて、立っていた。ぼくらが近寄ると、ふり返り、まるい目でぼくらを見て、

「——飯島さんが犯人だっていうの……本当なんでしょうか」

きいた。

「さあ——飯島さん、警察に呼ばれたんだろ」

「ええ。それにこのごろいつも、刑事が見張りについてて——飯島さんは、お前はそんなこと何も心配することはないんだというし……相談するあいてもいないし、ぼく、心細くて」

「さっきのは、気にするなよな」

ぼくは慰めた。

「おたくが犯人だとかさ、あんなのありっこないんだから、冗談だよ」

「どうやって、TVカメラにずっと写されてて、うしろにバンド、前に客、横にスタッフで見守られて歌うたいながら十メートル以上はなれた壇の上の女のコ、刺し殺したり、スタジオの外にいるコを殴り殺したりできるかってことョ」

「そや、それにあのコら、どう考えてもあンたよりだいぶんたくましかったみたいやし」

「そんな不可能犯罪成立したら、それこそドッペルゲンガーよ」

「え——何ですか」

「ドッペルゲンガー。離魂病。分身が殺人したとかさ。念のためにきくけどまさかあンた実は双児が入れかわりで一役つとめてる、なんてこた、ないでしょ」

「は?」

あい光彦は何のことだか、さっぱりわからないようすで、目をぱちくりさせた。そうすると、黒目がちの目が見ひらかれて、どうも何かに似てる。ぼくはちょっと考えて、わかった。イヌだ。

あい光彦ってやつは、全体の雰囲気、態度、顔までなんとなくイヌに似ているんだ。毛並みがよくて哀しそうで、高い声でキャンキャン吠える洋犬だ。そう思ったら、うつむいた顔が、飼主に置いてきぼりにされて不安そうにくんくん云ってるところに見えてきた。

「ま、いいや。とにかくさ——オレらは、あンたの味方ョ。マネからきいたでしょ、オレらがあンたのバックバンドになるかもしれないって話」

「はあ？」

「なんだ、きいてないのか」

「ぼ——ぼくは、飯島さんに云われたとおりにするだけですから……すみません」

「何も、謝ることないョ」

「それよかさ、正直に云ってほしいんだけどな」

「は——はい」

「あんた、ホントにあのコたち見たことないの」

「警察の人にもさんざんきかれたんですけど」

あい光彦は不安げに云った。

「誓って見たことないんです。いや、どこかで見てるかもしれないですけど——覚えてないくらいですから、ホントに、知らないんです。——警察も、みんなも、さっきみたいに……いろいろ、あの女の子をぼくがどうかして、それがもとでゆすられたり、ぼくのスターの座が危くなったりして、それが原因で飯島さんが人殺ししたんだろう、みたいなこと、云うんですけど――信じて下さい。ぼくそんなことしてないです。あんな女の子、さわったこともないです」

「あのなくなったレコードにさ……『愛をこめて、光彦より』とか、『ふたりの思い出のために』とか書いてあったんじゃないかって話だけど」

「とんでもない。そんなこと書いたことなんかありません。週刊誌にみつかったら大変だから」

「こんど、行方不明になった女のコにも、心当たりはないの」

「ないです。ほんとに――」

「彼女たち、高一だっけ。あんたは十九か――実は昔の下級生、なんてことにゃ……ならんのか。すれちがいだな」

「あの、ぼく」

あい光彦は恥ずかしそうに云った。

「高校、行ってないんです。中学出て、すぐ飯島さんとこへ来て――そのままレッスンとか、ずっとしてたんで」

「あんた、くに、どこョ」

「ぼく――山形で……」

「あれッ、しかし週刊誌にゃ、原宿歩いてるとこをスカウトされたのが高校生のとき、って書いてあったぜ」

「ああ、あれ、ウソです」

あい光彦は困惑した声で云った。

「飯島さんがぼくの親戚のつとめ先の女のひとの知りあいで……で、あの――かわいい子がいるって話、きいて、見に来まして」

「手もとにおいて磨いて売りに出したってわけ」

「青田苅りかョ」

「だろうな――しかしイメージとしちゃ、原宿歩いてるとこひと目見て、未来の大スターを見つけ……ってほうが、グッとくるもんな」

「現代の神話やな」

「――なら、あンた中学出て江崎プロ直行して――他の世界何も知らんの？」

「ええ」

「前は飯島の云うなりに歌、踊り、芝居のレッスンにビューティ・クリニックにレコード会社まわり、売れ出してからはアパートと仕事さきの伝書鳩？」

「そうです――だから誰がどう思ったって、ぼくそんな……女の子と遊んでるヒマなんかありゃしません。G F《ガールフレンド》だっていやしないんです。それどころか、飯島さんが車で迎えにきて、TV局行って、写真うつして、インタビューがあって、夜から別の録画で、おわって飯島さんに送ってもらう、みたいに、朝から晩まで、仕事のほかのことは、飯島さん以外のひととはひとこともしゃべらない、なんてこと、しょっちゅうです。第一顔知られてますからこっそりどこか行くなんてぜんぜんできないし——ホント云ってぼく、まだ東京の地理もよくわかんないんですから」

「ほんまかいな、それ」

ヤスヒコが溜息をついた。

「それじゃほんとの歌うたい人形じゃんかョ」

信が憮然として云う。

「華やかなスポットライトの裏はキビしいもんだな」

ぼくも云った。

「現代の花、人気スター歌手の実態か」

「だから——だから」

あい光彦は、ぼくらが同じ若いもんだから心をゆるしたのか、この際たまりたまったうっぷんを全部ぶちまけてしまいたくなったのか、どもりながら続けた。

「週刊誌はいろんなこと書きますけど——ぼく本当はまだ女の人、知らないんです。ファンの女の子、かたっぱしから手をつけるなんて、そんな——朝から晩まで、付人と飯島さんと、会社の人や運転手や、いっぱい囲まれて、本当にひとりになれるの、夜中の三時すぎにアパートへ帰って、寝るときだけ、ぐらいなのに、どうしてそんなこと——」

「あンた十九だって云ってたよね」

信が云った。

「そいであンた、楽しいの？　花の十九だってのに、女友達ひとりおらんでさ、オッサンどもの作ったプログラムどおりに走りまわって歌ったり笑ったりしてさ。自由がない、とかさ、こんなはずじゃなかった、とかさ、思わんの。そいじゃまるで着せかえ人形じゃないのョ。あと十年たったらどうなっちまうんだろうとか、思わんの」

「こんなこと、長くつづきっこないですもの」

あい光彦は一瞬目を伏せて、云った。

「前から歌手にはなりたかったけど——こんなはずじゃなかった、って思ったたって、いろんなことが周りで動き出しちまえば、もうぼくにはやめさせられないし——それはやっぱり、スターでいたいですから。——ひとにこんな話したの、はじめてだけど、……でもきいてもらえて、嬉しいんですよ。なんだか思いがけないことばかし、あんまし続いて起こるんで、何がなんだか、ぼく、ノイローゼになりそうで……」

「ひでェこと、きくみたいだけどさ」

信は云った。

「死んだの、ふたりとも——失踪したコだって、あんたのファンだよな。あれきいて、どう思った」

「どうって……」

あい光彦は首をふった。

「なんだか、ほんとのことに思えなくて——なんかみんなでぼくをだまそうとしてるみたいで……ときどき、じぶんが歌手で、ファンなんかいて、スターなんだ、ってのだって、夢みてるんじゃないだろうか、って思いますもの」

「お前さん」

信は云った。

「意外と、マトモなんだな」

「え——そんなこと、ないですけど」

「何も、考えへんかったんか？　いったい自分のファンがなんで続いて、とかさ。ほんまに、心あたりないんだったら」

「だって……」

自分のことは、わりにすらすら喋ったが、考えろ、という段になると、また、あい光彦は当惑したような顔になった。

「お宅は、正面から見ててさ。何も見えなかったのかい」

「だって、ライトがあたってて――客の方なんか、あんまし見えないし――ただ」

「ただ？」

「大きな白い鳥が光の中を飛んだ、みたいな気がして……きれいだった、スゴク」

「きれい――か」

ぼくはやつの肩を叩いてやった。

「死んだコがきいたら喜ぶかもな。しかしもうひとつ、ききにくいことききくけどさ」

「…………」

「お宅が、あのコたちと肉体関係、どころか、顔見知りでもなかった、というのは信じるとして――飯島さんは、どうだったのか、わかんないかな」

「え？」

「飯島さんが、お宅に会わせてやるからとエサまいて、お宅のファンのコに手、出してたって、説もあるのョ」

「――――」

あい光彦の顔が急に青ざめた。

「――ぼくそろそろ、着がえなくっちゃ」

「待ちなョ」

信が一八五センチの高みから見おろして、声をするどくした。

「オレらはあンたの味方ョ。しかし、そのためには、きいておきたいこともあるのョ。あンたは、どうなのョ、飯島さん疑ったことは一度もないの？　飯島さんといちばん、近くにいるのあンたなんだしさ。飯島さんが無実なら、疑い晴らさんかぎり、いつまでもあンたは飯島さんなしでみんなに苛められてなきゃならんし、飯島さんがホントに二つの事件の犯人なら、たとえあンたにゃ大恩人でもやっぱし放っとくわけにゃいかんのョ。オレらは、どっちにしても、ホントのことを早く知るのが、あンたにとって、いちばんいいことだと思うわけョ。わかる」

「…………」

「正直に云ってくれないかな。ぼくたちは警察じゃない。それきいたからって、すぐどうしようなんてことはないんだし」

「そう、ただ、ほんまのとこを知りたいだけや。あんたどう思うの。やっぱり、飯島やて思わんか」

「飯島さんは、いい人です」

あい光彦はかたい表情になって云った。

「人なんか、殺すような人じゃ……」

「あんたの気持はわかるけどさ――」

「飯島が人殺しだとしたら、あンたもいつか、何かでヤバいこと知っちまったとき、消されるかもしれないンだョ」

あい光彦の目が、大きく見開かれた。

くちびるが色を失って、わなわなふるえだした。

「――何か知ってるのか」

ぼくは声を低めた。あい光彦は激しく首をふった。

「――知ってるンだろ」

信がおしてきいた。

「心配しなさんな。誰も、きいてないョ」

「知りません」

「あんたは飯島の、いわばドル箱だろ。飯島はあんたには、いろいろ口すべらしたり、いってみりゃ裏の顔って奴を見せてると思うのよね」

「どや。飯島は、あの死んだ子たちとなんやつながりのあるようなこと、云わなんだか。でなくてもええわ、飯島が、あのコたちみたいな子と、一緒にいたり、ああいうコから連絡があったり、いうところ、見たこと覚えてへんか」

「飯島はあの事件のあとお宅になんか云ってなかった？　口どめするとか、自分があの殺しに関係あるようなこと、何か」

「…………」

あい光彦は、たっぷり一分くらいのあいだ、黙りこんでいた。

局の廊下は静かで、通る人もいない。はたからみたら、かよわい美少年歌手を、むさくるしいのが三人でつるしあげて、苛めてるみたいで、あんまりいい気持のものじゃなかったかもしれないけど、ぼくたちにすれば、ここが正念場、という感じだった。

飯島は、無罪か、有罪か。それしだいで、事態は変わってくるかもしれないんだもの。別にぼくらは正義の味方でもないし、名探偵でもないけど、でも正直いって十六のカワイイ女のコがこれ以上殺されるの、勿体ない、もんね。原田さんみたいな無節操なヒトに任せておいたら、その方が絵になる、ってだけで、どんな解決に持ってっちまうか、危いったらありゃしない。——これは、ぼくらあたりの云うセリフじゃないかもしれないけどさ。

「なあ、あいちゃん」

同じヤングの連帯感を強調しようと、信が口をひらきかけたときだ。

「——ぼく」

あい光彦は爪をかみながら小さな声をしぼり出した。

「友達もいないし——東京に、飯島さん以外、知りあいもいないし……誰にもこんなこと云えなくて——どうしていいかわかんなかったんだけど——」

「ああ」

「心配で心配で——こんなこと、知ってるの、ぼくだけだったから……あなたたちが、もし、きいてすぐに警察に云ったり、それで飯島さんがどうって結びつけたりしないんなら……」

「しないョ」

「するわけないやろ」

「云ってごらん。気が楽になるぜ」

「——ぼく、飯島さんが怖かったし——恩人だから……ほんとに、悩んでたんだけど」

「云ってごらんよ」

「もし——あの、あの人が犯人なら、これ黙ってたら、ぼく殺されると思いますか？」

「お宅だけが彼の有罪を決める事実を知ってたとしたら、ね——わからんョ」

「おとなの世界って、怖いからね。云いたかないけど、あんた自分はスターだから大丈夫、と思ってるか知れんけど、スターになりたがってるガキなんて、ウントコショいるんだからね」

「でなくても、いまは人気あるからええけど、飽きられてきたらさ——ヤバいことは知っとるし、他にいくらも替えはあるし、いうことになったらね」

「ぼ——ぼく、云います」

あい光彦は唾をのみこんだ。

「あなたたちは、ぼくの味方でしょ？　——おとなじゃないンですもの——どうしたらいいか、教えてくれるでしょ？」

「教えたるョ」

ぼくはちょいとヒワイに、あいの渦巻く髪の毛を、やさしくなでてやった。

「云ってごらんよ。考えてごらん、殺されてるのみんな十六の若いコだよ。奴らは、ガキなんか、いくら殺したって替えがある、とこう思ってるのョ。口では、ヤングの時代だとか、青春とか、云っといてさ。ヤツラはそれを商売にしてうまい汁吸うことしか考えてないのョ。人間だなんて思ってやしない。みせかけだけ、チヤホヤしたり、うまいことといって、ほんとはこの世のなかの仕組みから、オレらはていよくはじき出されてるのョ。わかるだろ、オレのいうこと」

「――よくわかんないけど、でも」

あい光彦は声をききとれないくらい小さくした。

「もうひとり女の子が失踪して、もしかしたら、いまなら助かるっていうし――あの、ぼく、知ってるンです。飯島さん、ぼくには、あんなコなんかみたことない、誰が何云ったって無実なら何も不安になることないんだ、おまえは俺の云うとおりにしてりゃいいんだみたいにしか、云いませんでしたけど――」

「……………」

「ぼく実は事件のあった日、マスコミが来るといけないっていうんで、飯島さんのマンションに泊めてもらったんです。――あの、二番目のがわかったときです」

「七月八日だね」

「ええ。——そしたらぼく夜中、話し声するんで目がさめたら、飯島さんが電話してまして……ねたふりして、きいちゃったんです——飯島さんの、云ったとおりに云えますよ。——『ご心配なく。あのぐらいのタマ、いつだって集められるんですから、ごちゃごちゃうるさく云い出すくらいなら死んでもらった方がいいんです——いや、大丈夫です。アリバイは立ってるんですからね——もちろん、間にあいますよ。どうせあのコたちは使いふるしだったから、新しいイキのいいところがいいでしょう——わかってますよ。組の名前なんざ、何にも出やしませんよ。それより当分電話はやばいかもしれない。盗聴されてるかもしれないから』——って」

「おい、あいちゃん」

信があい光彦の両肩をつかんだ。

「それ本当かヨ」

「——はじめは、全然、なんのことかわかんなかったんだけど……だんだん、すごいことさいたのかなって、気がしてきて……」

「それ、すごいことどころじゃないじゃないの」

興奮して、ぼくも云った。

「それ、警察で証言でけるか？　なんで、もっと早う云わんかったんや」

「そりゃ、彼にしてみりゃさ――しかし、決まったな。これで、決まり」

「あとはアリバイくずしだけか――な、あいちゃん、いい子だ。ソンとき、飯島のかけてたあいての番号とか、わからん？」

「――わかると思います」

そこまでは、期待してなかったのだが、あい光彦は云った。自分のことばで、ぼくたちがおどろいたり、興奮したり、しているのが、得意らしく、目をくるくるして、云いつづけようとした。

そこへ、

「光彦」

ふいに、廊下の角から、ぬっと人が出た。

「わ」

話が、話だったから、ぼくらは悲鳴をあげてとびあがった。

「こんなとこにいたの。そろそろ、仕度はじめないと」

サブ・マネの渡辺とかいう江崎プロのやつだった。

「あ、はい」

あい光彦が、ぼくたちをおどおど見た。

ぼくは、あ・と・で、と唇のかたちをつくって、ウインクした。わかったのかどうか、あい光彦は急に睫毛を伏せて、まるで立小便をみつかったパトロール警官みたいに逃げていった。

飯島のかわりのそのサブ・マネは、ついて角をまがるまえに、ふりむいて、顔を覚えておこうというみたいに、ぼくら三人を三白眼で見た。そのようすが、何というか実にヤーサマっぽかった。――ま、そのときのぼくらの心理状態としては、出てきたのが、どんな品のいいやつでも、おっそろしいやくざに見えたと思うがね。

ひとけのない廊下にとりのこされて、ぼくたちは、顔をみあわせた。

「――きこえたかな」

「きこえたやろな」

「――とすりゃ、あい光彦、危いのとちがうか」

「あいは、せいぜいお仕置きですむョ。看板歌手だもの」

「ヤバイのは、おれたち――か」

「こいつは、ヘタすると、タレント王国、江崎プロと、そのバックの立川組ぜんぶがあいて、ってことになりかねん、かもョ」

「そんな——話がちがうよ。ぼくはウルフガイじゃないんだぞ。せいぜいがアリバイくずしの個人プレイだというからさ——」

「そんな能書きはなかったで。真実に近づきすぎて、暴力団に消される、なんて」

「ヤダよ、ぼくは。真実に近づきすぎて、暴力団に消される、なんて」

「相変らず、お前、想像力過剰だなあ」

呆れたように、信が云った。

「まだそうと決まったわけじゃなし——」

「おれらが、そんなこと、云うてまわったところで、あいては強大なタレント王国、覚醒剤さわぎで看板の二、三人が捕まるとこを金でもみ消した、いう——」

ふいに、ヤスヒコが口をつぐんだ。

化物を見るように、横の方を見つめる。

「なんだ。どしたのョ、おまえ」

「——原田さんがいた」

ヤスヒコは、そそけだつた顔で、つぶやいた。

「なんだって？」

「そこ——考えてみたら、第三編集室やな……原田さんの、いつも使うとこや」

「聞いてたのか」

「——たぶん、な」

ぼくたちは、声もなく、顔をみあわせた。

「オレらを、見張ってるんだろうか」

信が少しかすれた声で云った。

「——まさか。なんで、原やんが……」

「原やんが、じゃないョ。——世の中の、おとなたち、全部がョ——江崎プロの奴も、お巡りどもも」

信は、急に天井から狙撃されやしないか、と恐怖にかられたように、きょろきょろ見まわした。

「あのサブ・マネだって、肝心の瞬間に出てきやがって——くそ。世の中が、アタマ長い奴と短い奴、ことばの通じる奴と通じん奴、まっぷたつにわかれて、敵味方でこっそり共同戦線、はってるような気がする」

「長髪族の乱、か——」

ぼくには、信の感じが、少しだけわかった。

「そういう小説があったな……」

「もっと、人の大勢いるとこに、行かへん？」

いくぶん、青い顔で、ヤスヒコが云った。

「おれ、何や心配になって来た」

「――原田さん何、どこまできいてたんだろう」

考えてみれば、原田さんと飯島が利害関係をどこかで共にしてない、という保証はなにひとつないのだ。口では何を云ってたって、原田さんだってぼくたちに正体をつかませないおとなじゃないか。

ぼくたちは、何かに追っかけられているように、階段をかけおりた。誰も通らなくても一日じゅう明るく電灯のともっている、いつもぼくらが宇宙船のなかみたいだと思って楽しむテレビ局の奥の院が、このときはまるで現代版の伏魔殿か、光瀬龍描くところの人の死滅した都市のあとのように、ぶきみに、うつろに、おぞましく見えた。

「――ヤマさん」

あたふた、入ってきたのは、本庁から本部入りしている若い佐々木だった。

「あれ。ヒマそうですね。新聞なんか読んで」

山科警部補は、ちょっと照れて、机の上から足をおろし、読んでいた新聞をふせた。

「おもしろい事件でも、あったんですか」

「いや——」

山科警部補は、新聞の方へちょいと肩をすくめてみせた。

トップは、『雷、新幹線をとめる——三万人の足に迷惑』の三段ぬきの記事。あとは、ネズミ講の検挙、老婆の事故、タンクローリーひきにげ、といったいつもの如き記事ばかりだ。隅に小さな扱いで、『失踪の女高生依然不明』の字がみえる。スピード解決本部が設置されてから、第一の事件からはそろそろ一ヵ月近くなる。

の望みもいささか失せはじめ、失踪した土屋光代の消息も皆無、それらしい死体もあがらず、とあって、捜査は少しばかり膠着《こうちゃく》状態になっている。

二度ばかり行われた録画どりも何ごともなく済み、飯島も他の関係者も、だれも目につくような動きはみせずに、いつもどおりの生活にもどっていた。

夜ごとにTV番組は家々の茶の間に流れ、あい光彦のファンも減るでもなく、芸能週刊誌は次の話題——二代目スターと独身女優の不倫の恋のゆくえ、をいっせいにトップにのせている。ふたりの少女の死は、早くも忘れられはじめているようだ。

「暑いねえ」

ワイシャツの袖をたかだかとまくりあげた山科警部補は、のどかな調子で云った。

「これでもクーラー強だからね。かなわんよ。これからもっと暑くなると思うと――ああ。何だって？」

「あ――」

佐々木は慌《あわ》てて報告の姿勢になった。

「あのですね。いま、下に、佐藤夫妻、島田夫妻、土屋夫妻――つまり三組の、ガイシャの両親が見えてまして、どなたかにお話したいことがある、というんですが」

「三組とも、かね」

山科は眉をしかめた。

「はあ」

「かなわんな――早く犯人をあげてくれないと、娘が成仏できん、て催促だな、これは」

「だろうな」

本庁の吉本警部補がファイルをくる手をとめて、こちらを見て同情的に笑った。

「吉さん、あんた――」

「いや、いや。あたしゃ、凶器の出所の方をやってますから。ヤマさんでしょ、二度とも、両親に会いにいったのは」

「だから、もうイヤなんだよ――しかたないな、一人はまだ見つかってねェんだから。佐々木君、応接室の方に行ってもらって――それと、冷たい麦茶だ、頼んでくれよ」

「は」

「ご苦労さん」

山科はイヤイヤ立ち上がり、服装を改めた。

「吉さん」

ちょっと、ためらって、云う。

「近頃の若いものは、どうして、あのですね、って云うんだろうね」

「ああ、ありゃ、イヤなもんだね」

吉本も認めた。

「佐々木が、云ったかね――あとで、注意しとこう」

「よしなさいよ。いいんだよ。直りゃしないんだし、大したことじゃないから――よくやってるほうだよ、佐々木君は」

「敬語だの、ほれこのごろは『見れる』の『着れる』のって云うだろう。ああいうのが気になりだすと、お互い、トシだって、ことさ」

「『やっぱし』だの『わりかし』だのもね」

山科警部補は笑って、上着のボタンをはめおえた。

「じゃ、ちょっと行ってくるよ」

「短くてすむといいね」

吉本のお察しすると云いたげな顔に送られて、山科警部補は、おりていった。

(佐藤秀雄とよし子が、板金工場経営。島田松次郎と和子夫妻は、西町で洋品店。土屋市郎、節子夫妻は商事会社の課長夫妻)

頭の中のデータを思いかえしながら、応接室に入っていって、頭をさげる。

「どうも――どうも、はかばかしく解決の運びになりませんで、いろいろとお腹立ちのこともあると思います。私どもとしましても本部員を増員して、ですね、日夜捜査をつづけておるのですが――」

よどみなく、云いかけたときだ。

「私どもは、早く解決して下さるよう、お願いに上がったわけではないのです」

いちばん、身なりのいい、土屋光代の父親が、口をはさんだ。

「むろんそれは私どもの最大の願いですが――実は、その一日も早い解決のためには、私どもが進んで協力せねば、と考えまして、こうして話をきいていただきにあがったわけです」

「――と、云われますと」

山科は身ぶりで椅子をすすめながらきいた。

「土屋さんはまだお嬢さんが亡くなられたとは限りませんから、おっしゃりにくいと思います。私から申しましょう」

ちょっと役者絵のような顔立ちの、島田恵子の父親がひきついだ。

「娘の恥を長ながとしゃべる気にもなれませんので、ひとことで云わせていただきますが――私どもの娘たちは、実は、売春をしておったのではないか、と思えるふしがあるのです」

「女高生売春！」

ことばは、あついサツマイモのように、山科警部補の口からとびだした。

「ど――どうしてそのような結論に達されたわけですか」

云いながら、警部補はあわただしく、援軍をよぶコールボタンを押し、同時にテーブルの下の録音装置のスイッチを押した。

田村と吉本があたふた入ってきた。山科は三組の親たちに許可を求めてから、さきをうながした。

「お恥ずかしいことです」

にごった声で、佐藤尚美の父が云った。

「なんも気づきもせんで、あれがあとからあとから、色んな物を買うて、それでべつに小づかいを人並以上にやっとるわけでもないのに、よく金がつづくとも思わんだったです。島田さんに云われて、はじめて、おかしいと思うしまつで」

「——私のところは、店をやっとりますもので」

島田が云った。

「店を手伝えば少し、使い走りすれば少し、それに店の商品の服をときどきおろさせたりしてましたので、そんなに金を多く使ったり、服をやたらおろすようだとも思っていませんでした。それが、あとで調べてみますと、下着など数えきれず、スカート、ワンピース、それにコートやバッグのような、高校生の小づかいぐらいではとうてい買いきらん品がごそごそ出て来ました。——商売柄ですから、これはおかしい、というので土屋さんと佐藤さんに連絡して調べていただきましたら——」

「娘のバッグのひとつから、避妊具が出て来ました」

土屋がしっかりした口調で云った。

「それから五、六枚の名刺、黒いパンティとか、黒の網ストッキングとか、安い香水とか――みんな、ひとつにして、持ってきましたが」

品のいい愁い顔の土屋夫人が、口をハンカチでおさえて咽《むせ》び声を洩らした。

土屋光代は、お母さん似だな、と場違いなことをふっと山科警部補は思っていた。写真でみただけだが、それでも色白で、ふっくらと髪を垂らした、中だかの美しい顔は、原田の感想のように、まさに美少女、という﨟《ろう》たけた印象があった。

（あんな少女が――）

「被害者は年齢に比べて性体験がきわめて豊富である。ただし妊娠、中絶の経験はなく、最近に性行為をもったという痕跡もない」

佐藤尚美と、島田恵子の解剖結果の、ほとんど共通していた最後の項目を、もっとふかく考えてみなければいけなかったのだ、と山科は思った。

「――お云いになりにくいことを、よく御遺族の方から申し出ていただきまして――」

「まだ、あります」

土屋光代の父は、唇をぐいと噛みしめたが、ポケットに手を入れて小さな黒革の手帳を出し、さし出したときには、再び平静な表情をつくっていた。

「佐藤さんと島田さんのご両親といちいち記憶をたどってみた結果、娘たちが、佐藤さんのところ——あるいは、まあ尚美さんでしたら、私どものところですか、そこに泊まる、といって出た日、というのは、ほとんどが、実際にはそちらに行ってないことがわかりました。どこかのホテルにでも、泊まってたのでしょう。——それと、うちの娘は、おふたかたのお嬢さんがたより、知恵がまわらなかった、と云いますか、馬鹿正直、と云いますか、こんな手帳に、メモをのこしてるのです——こんなふうに」

「一月二十二日、I、五千円。一月三十日、I、七千円。二月三日、I、五千円——」

山科警部補は、かわいい、娘らしい万年筆の字でしるされたことばを読んだ。同様の記述がずっとつづいていて、それは六月はじめぐらいで跡絶《とだ》えていた。

「I——というのは、私どもには、何の意味か、よくわかりませんでしたが——ひとり、ということか、何かの頭文字か、隠語か……」

「飯島だ」

山科と田村は、同時に叫んでとびあがっていた。

「長さん！」

「はッ」

心得た田村が室をとびだしてゆく。

「お心当りが、おありなのですな」

会社へゆけば、エリート・コースの、一流会社の課長は、思いつめた目を銀ぶちの眼鏡の陰で輝かせて、云った。

「こんなことになってから、云うのも、ばかな話ですが、私どもの娘は、皆、あまり成績はよかありませんけれどもそれぞれに気立てのいい、やさしい娘です。自分だけでそんなバカなこと、考えつけるわけもありません――そそのかし、操っていた奴がいる筈です。殺したのもそいつでしょう。使うだけ使って、邪魔になって。――警部補さん。私も、もう娘は帰って来ないものと覚悟はできております。生きてみつけてくれとは申しません。死んでいた方が娘のためです。ただ、影の黒幕を捕えてやって下さい。このままでは、自分がバカだったといったところで、あまり、娘が可哀想で――」

（――ひとり娘だったたな）

土屋は眼鏡を外して目をおさえ、母親たちはすすり泣きはじめた。山科警部補は、おれの娘なら、売春しようと、子を生もうと、それでも生きていてほしいと思うだろう、とふと遠く考えながら、指の間で黒革の手帳を弄《もてあそ》んでいた。それは哀しいくらい、ちいさく、薄べったく、そしてちゃちだった。

「——飯島を引っ張りましょう」

捜査本部は、生き返った。

午後六時をすぎてから、本部員たちがみな集まって来て、八時から捜査会議が開かれた。

「しかし、頭文字も何も偶然だと云いはられれば、それまでです」

「そうです。むしろホテルの聞きこみなどからウラをとり、客になった男をみつけ、逃れぬ証人としてつきあわせるまでは、じっとおさえて泳がせておくべきだ」

「だが女が未成年の女高生だ、というのは買う客も知っている。そうかんたんに尻尾をつかまれるかな。土屋光代のもっていた名刺だって、偶然手に入ったんだろうとつっぱねればすむ」

「いや、名刺の主にひとりでも飯島とつながる者が出れば、それでこの線がぜんぶ、つながりますよ」

「沢チョウさんの意見に賛成です。とにかく両面作戦でいくべきだ」

「しかし飯島という男、ひと筋縄ではいきませんよ。せめて、アリバイの破れるめどがつくまで、そっとしておくのが、正解ではないですかね」

「しかし、飛ばれたら？」

「それこそ有罪を証明するようなものだ」

「とにかく動機は出たわけですから――」

戸があいた。

入ってきたのは、山科警部補だった。

「実はいま、電話だというので、行ってきたのですが――それが、KTVの原田ディレクターからで」

山科は興奮を隠さずに云った。

「実はきょう、あい光彦と例のアルバイト学生どもが話をしているのを、はからずも聞いてしまったが、どうやら飯島保は、立川組系の売春組織と関係しているらしい、そしてあい光彦は偶然それを耳にしたらしい、というのです」

「決まったな」

大矢警部が云った。

「飯島の逮捕状をとろう」

「殺人容疑ですか」

「いや――」

警部はためらったが、

「それだと、アリバイで逃げられる。アリバイが破れんかぎり、飯島は落ちないだろう。卑怯なようだが、売防法違反と未成年者への売春強要の容疑で、とめておいて、アリバイを叩く」

「別件ですか」

「とも、云えんだろう。こうなってみれば、動機は、少女たちが売春を拒否したか、それをネタにしてもっと金を要求したか、どちらかしかないからな。――問題は土屋光代の安否だ。立川組がからんでいるとすると、へたに動くとぶじに帰るものも、帰らなくなるかもしれん」

（死んでいてくれた方が、娘のためです）

ちらっと、土屋市郎のことばが頭をよぎったが、山科警部補はすぐ打ち消した。

「すぐかかってくれ」

「了解」

解決が見えてきた、と感じたときの、捜査員たちは、阿修羅である。

ただちに、連れ込みホテルにあたるもの、光代の持っていた名刺をあたるもの、立川組の動きを張りにとぶもの、と潑剌《はつらつ》として四方に散った。

「逮捕は、明日の朝だな」

「に、なるね、吉さん。いまからだと」

「女高生を食い物にしやがって、こんな卑劣な奴は、叩き殺すべきだな」

吉本のことばも、飯島の仕打ちを憎みながらも、解決の喜びにはずんでいる。

「まったくだな」

山科警部補は、ふてぶてしく笑ってみせた飯島の血色のいい顔を思いうかべ、とうとう尻尾をつかんでやったぞ、とつぶやいた。

(アリバイ——あとは、やつのアリバイくずしだけだ)

ここまでくればそれも目前だ。静かなのは今夜だけだぞ、飯島、と思う。

しかし、そうではなかったのだった。それから一時間たつか、たたないかのうちに、喧しく電話が鳴りひびいた。

あわてて受話器をつかんだ当直の耳に、息をきらせた電話の声は、新宿矢内町の音楽スタジオで、ロック・バンドのメンバーの若い男が殺されている、と伝えてきたのである。

バンドの名は、『ポーの一族』といった。

8　ぼくらの密室

「何だって？」

ぼくは一瞬、ポカンとして立ちすくんだ。

「殺されたあ？　そんな――」

「しっかりしろ、坊や」

信のごつい手が、ぼくの両肩をつかんで、ゆさぶった。

「だって――だってそんなこと……」

「しっかり、しないか。おまえはもっと、クールなはずだろ」

ぼくは、まだ頭がグラグラしていた。殺された――そんな、ばかな。

練習は、『学生ロックバンド・コンクール』がせまっているので、申し込みがいっぱいで夜十時からしかスタジオをかりられなかった。

ぼくらはTV局のバイトがあるから、ちょうどいい。いつもつかう『イマイスタジオ』を十時から二時間かりたのだが、ぼくは下宿にもどって新しいアレンジ譜をとりにいってたので、来るのが遅れた。

息せききって、矢内町の裏通りを、かけてきてみたら、信がぼんやり、裏口の前に立っていたのだ。

「でもどうして——」

「頭を、働かすんだよ、坊や」

信はきびしい顔でささやいた。

「オレらは、名探偵なんだろ。このぐらいのことで、驚くんじゃない」

やっぱり、リードギターだけのことはある、とぼくはぼんやり、感心して考えた。ふだんはまるでアホみたいな口、きいて、ウドの大木だの、黙って立ってりゃ電信柱、だの云われてるけど、いざとなると、一八五センチの長身が、大地にしっかり立った木みたいに、頼もしい。

「おまわりを呼んだからな。そろそろ来るだろう。おまえが先に来てくれてよかったヨ」

「ヤスは？」

「上にいる。現場、動かさんように、見てンだ」

信は、どうせ夜おそくで、人通りもなかったが、まわりを見まわしてから、ぼくの肩を抱きよせて、声をおとした。

「いいか。ちょっと、ヘンなことが、あんだョ。もうきっと上行ってるヒマ、ないだろうから、云っとくけど——目と耳、大きくあけて、口、とじとけョ。おまえが、いちばん、気がやさしいから、オレ、心配なんだ」

「なに——ヘンなこと、って」

「うん」

信は、ためらった。

「榎本な——密室の中で、死んでんだ」

「密室？」

「そ——ほら、内ドアは、窓ついてるだろ。オレとヤスと先、来てみてさ——鍵かかってっから、誰もいねェんだと思って、管理人に鍵もらって、外ドアあけたら、見えたのョ。ところが、さ——内ドア、中から鍵がかかってんのョ」

「でもどうして榎本が——」

「それは、あとだ」

信は、とてもやさしく、ぼくの頬っぺたを叩いた。

「いいか。これで、ひとごとじゃなくなったわけだからな。ヘタしたら、この次はオレらだぞ——これからしばらくは、必ず三人一緒に行動しようぜ。例のこと、聞いたせいだとしたら——」

「榎本は、人ちがいで？」

「わからん、まだ何も決めつけるな——おッ、きたぞ」

夜のなかで、ピーポー、ピーポー、とパトカーのサイレンが遠くからよくきこえた。

「信」

「ああ？」

「——ぼくんちの、昔飼ってたイヌ、ね」

「ああ」

どうして、そんな話をはじめたのだか、ぼくにもよくわからない。

「パトカーが前通ると、必ず、凄く悲しそうな声だして、オオオオーッ、って鳴くのヨ。通ってるあいだじゅう、鳴きつづけてるの。ぼくが、大丈夫だよ、って云って戸あけてやると、ぼくの胸にとびついてきて、いかにも、怖いよゥ、怖いよゥ、って云ってるみたいだった」

「……」

「ぼくにも、やつの気持ち、わかるような気がする。あの音、なんだか、凄くこわいや――なんで、こんな話、はじめたのかな」

「……」

大丈夫だよ、というように、黙って、信がぼくの手をぎゅっと握りしめた。

パトカーのサイレンは、大きくなり、角を曲がってきて、とまった。

「――殺人事件だと知らせてきたのは、あんたたちかね」

ばらばらおりてきたお巡りが、ぼくたちを認めてかけよってきた。

「そうです」

「現場は」

「このビルの四階。ぼくらの仲間と、ビルの管理人が、現場の前で見張ってます」

「わかった。一緒に来なさい」

ぼくと信は、裏口から、警官たちにつづいて細い階段を上っていった。ふりむくと、近所のバーだの、雀荘だのの客や店のものが、前にとまったパトカーにおどろいて、穴から這い出すアリのように、ぞろぞろ、首を出すところだった。

いくら若くても、急な階段を四階まで上ると相当に息が切れる。三階の踊り場には、大きな箱だの、ダンボールがつみあげてあった。

「被害者の身元はわかってるのかね」

「はあ。ぼくらのバンドでドラムを叩いてる男で、榎本正男——という奴だろうと思います。確認してるわけじゃ、ありませんが」

「というと」

「まだ、現場に誰も入ってないんです」

「この建物は何なんだね」

「一階二階がレコードと楽器店になってて、三階が倉庫——で四階が賃貸しの貸しスタジオになってます」

「よく、来るのかね」

「ときどきです」

うけこたえは、もっぱら、信がしてくれた。

四階の踊り場に、ヤスヒコが立っていて、ぼくらを見るなり、かけよってきた。

「来たの、薫」

「榎本なの？　ホントに？」

「——どうも……本当《ほんま》らしいな」

ヤスヒコは、警官たちを見上げて、

「どうも、ご苦労様です」

大人びた口をきいた。はげあたまの、青い顔をしたおやじが出てきて、このビルの持主の今井です、と頭を下げた。

「現場は」

「ここなんですが」

おやじが、踊り場の横の鉄のドアのノブをつかもうとするのを見て、警官があわててとめた。手袋をはめて、そっとドアをあける。

何回も練習に来てわかっている。このドアの内側に、四畳ぐらいのスペースがあり、そのつきあたりに、まんなかに大きな網目入りのガラスをはめこんだ、鉄のドアがある。ロック用のスタジオだから防音がいちばん大変なのだ。

その二重ドアの向うに、十二畳のへやぐらいの大きさのスタジオと、ミキシング・ルームがついている。

外のドアを一歩ふみこんで、ぼくはあッと云った。

ドアにはめこまれたガラスに、蜘蛛の巣みたいに、ひびが入っている。その向うに、血の筋をひいて、ドアにもたれたままずりおちた、という恰好で、人が倒れている。

黒いTシャツ。長い髪の毛——なんとなく、見覚えのある、榎本のからだつきだ。

信がまた、ぼくの手をぎゅっとつかんだので、ぼくは大丈夫、と打信した。

「なるほど、死んでるようだ」

お巡りが、ばかなことを云った。

「あのドアは？」

「まだ、あけてないんですが——というのが」

スタジオのおやじは、ちょっと困ったように汗をふいた。

警官がつかつかと寄っていって、手袋の手で、取手に手をかけた。

「そっとやれよ。死体が大きく動かんように」

年かさの奴が注意する。警官は取手をつかみ、またカチャカチャいわせて、眉をひそめた。

「あきません」

「あかない？　——あのドアに、鍵は？」

「内側から、ヒネリ錠がついてますが」

「仕方ない。他の入口から入ろう」

身をおこしかけた警官をみて、スタジオの管理人は何ともいえない顔をした。

「こ——このスタジオは、ここしか、入口がないんですが」

「何だって？」

警官が大声を出した。

「じゃ犯人は中にたてこもってるのか」

「奥に、この入口をとおり、スタジオをぬけて入るミキシング・ルームがあります」

「それも、見えますが」

のぞいて見ていた警官がふりかえった。

「機械類のあいだにでも、隠れているのでなければ、どちらの部屋にも、ホトケ以外の人間の姿はまったく見えないようであります」

「そんな、ばかな！」

年かさの警官がわめいた。

「それじゃ——それじゃまるで、密室殺人じゃないか」

「では、ないかと——思うのでありますが……」

自信なげに、若い警官がいった。

外で、遠く、ピーポー、ピーポー、とまたサイレンの音が近づいてきた。

「密室ゥ？」

入ってくるなり、わめいたのは、お馴染の山科警部補である。なにか、ご馳走にありつけなかった犬みたいに、苛々している感じで、隅で小さくなっているぼくらを見るなり、

「また、お前らか」

とことん、見飽きた、という唸り声を出した。

もちろん、型の如く『チョウさん』刑事と、斎藤とか、佐藤とかいう若い短髪の刑事も、うしろに従えている。

「殺されたのは、お前らのひとりだ、ときいたんだがね」

「ドラムスの奴ですよ。榎本って奴で――いい奴だったのに」

いちばん、めげていない、信が云った。

「ぼくらと間違えられたのかも、しれないけど」

「それは、あとで聞こう」

山科は、苛々と、見まわした。

「また、ずいぶん妙な現場を選んだものだな、犯人は」

リノリウムに防音用のあついじゅうたんをしきつめた床には、タマのツイン・バスのドラム・セット（シンバルはジルジャンのスプラッシュとニュービート！）、レスリーのアンプ二台、ベースアンプ、シュアーのマイクセット、ローランドのエレピ（安いやつ）にミニ・コルグ・ストリングス（プリセットのシンセサイザー）なぞがとんと宇宙戦艦ヤマトの操縦室、といった感じで並べまわしてある。

「こういうスタジオを賃貸しして、楽器使用料とる練習スタジオが、最近ふえてるんですよ。たいていは、このイマイスタジオみたいに、下でレコードと楽器を扱ってる、でっかいミュージック・ショップの余技、てのかな、兼業ですけど」

信の説明をうわのそらできいて、

「向うは何をするへやかね」

「ミキシング・ルーム。ま、TVスタジオのサブ調整室、みたいなもんで」

「サブ調――」

一瞬、いやあな顔をしたのは、前の事件を思い出したのにちがいない。

「どうも、スタジオに縁があるな」

「ヌードスタジオでなくて、残念でしたね。隣にありますよ」

不屈の闘士、信が云った。山科警部補はぼくらをにらみつけた。

「きみらには、まじめになるとき、ってのは、ないのかね。殺されたのは、きみらの友達じゃないのか」

信が云いかえそうとしたところへ、

「どうも変であります、係長」

下っぱが、報告にきたんで、お小言をきかなくてすんだ。

「変だって？」

「は——向うの小部屋には誰もおりません。小部屋に通じているのはそのスタジオの中のドアだけです。このスタジオはごらんのとおり窓もありませんし、どうみても出入口はそこのドアだけです」

「指紋は」

「そのヒネリ錠についているのも、ドアのノブについているのも、被害者のものだけだ、ということです。それと、この錠は、内側からだけヒネる式で、外からはどうやったってかけられない、ということです」

「係長」

鑑識が、報告に来た。

「詳しいところは解剖後になりますが、死因は至近距離からの銃殺、弾は被害者の胸をつきぬけ、ドアのガラスにめりこんでとまっていますが、三十二口径の拳銃のようです。ほぼ即死、ですね。死亡時刻は、午後九時から九時半、というところでしょうか」

「この、密室は、どういうことになるんだ」

気よわそうに、警部補はきいた。若い鑑識課員は首をひねった。

「さて——これは、ちょっと珍しいくらい、完全な密室ですね。窓はないし、ドアは上下とも一ミリもすきまはないし、二重のドアの一方は内から、一方は外から鍵がかかっているし——外部に通じる穴、といったらそこのエアコンディショナーくらいのところですがそれも直径五センチあればいいほうですし——」

「ロックというやつは、えらくでかい音を出しますんでね」

云いわけがましく、管理人が云った。

「少しでも外へ音を出さんように、壁は厚くして防音材を四方に入れ、窓はなくし、少しもすきまのないようにするんです」

「今井さんは二階で売上げの帳簿をつけていたが何の物音もきかなかった、と云っておられます。それも、これだけ防音設備がゆきとどいているのですから、当然です」

「あの、二枚ドアも、防音のためですか」

「そうです」

「内側のドアは、外からは鍵があかないのですか」

「録音の邪魔をしない配慮ですからその必要はないのです。夜は外から鍵をかけますし」

「結局、ドアをこわさんと入れなかったくらいだから、実に堅牢なカギなんだな」

警部補は憮然としていった。

「ただのヒネリ錠だが、効果的ですね」

鑑識課員も認めた。

「被害者がじぶんで鍵をかけた、とか、そういう可能性は考えられないか」

「さて——被害者は、ドアに背をつけて射たれているわけですから」

鑑識課員は困ったように云う。

「傷の高さと弾のくいこんだドアの穴はぴったり一致します。つまり、このへんからこう射ってるわけです」

課員はレスリーのスピーカーと、キーボード・ボックスのあいだくらいに立ってみせた。

「しかしそのあと被害者がドアにもたれ、そのドアに鍵がかかってるのに、一体どうやって犯人は悠々と出ていけたんだ」

厄介な事件になりそうだ、と山科警部補は呻いた。

「女高生殺しがやっと詰めに入って、やっとこれでよく眠れる、と思ったばかりだったんだが」

「詰め？」

ヤスヒコがききとがめた。

「解決したんでっか」

「いや――ま、きみたちだから、かまわんか。明朝には、飯島に、逮捕令状が出るところだったんだ」

「やっぱし飯島やったんでっか」

「そう、動機が出た。飯島は被害者たちを操って売春をさせていたんだな。悪いやつだよ――おや、そういえば、その話をしてたのは、あい光彦ときみたちだった、と原田氏が云ってたんじゃなかったかな」

「――やっぱし野郎タレ込みやがったんだな」

ちょいと、凄みのある声で、信が呟いた。

「榎本の殺《や》られたのが、野郎のせいだったら、ブッ殺してやるからな」

「そんなことを、云うものじゃない。タレ込み、なんてものじゃないだろう。市民として当然の協力だ」

山科警部補は賛成してくれる顔を求めて、まわりを見まわしたが、みな忙しくしていて、スタジオのおやじのこわばった顔しか目に入らなかった。

「今井さん、ちょっと、その鍵の保管方法と、店内をざっと見せていただけますか」

それも、刑事がきて、連れていってしまった。警部補は、ぼくらを見まわして、

「しかし、それならやはりこの殺しも、女高生殺しと一つと見たのは正しかったわけだ。飯島はまさか原田にきかれてるとは思わず、あい光彦がきみらだけに飯島と売春女高生のつながりをしゃべった、だからきみらを一人殺して警告すればと考えたところが、誤ってバンドの他のメンバーをやってしまったんだな。残念ながら、すぐたしかめたが、飯島は銀座のバーでレコード会社のディレクターとホステスに六時からずっと囲まれっぱなしで、何の動きもないらしいが、しかし、拳銃という手口からして、これはプロだろう。飯島と立川組、組織売春のウラのつながりがむしろこのことで証明されるかもしれん。きみらのメンバーには、とんだ災難だったがね」

「榎本は、くにへ帰ると云ってたんです」

ぼくはつぶやいた。信があわてたように横どりして、

「今日の練習は、別の奴にドラム叩いてもらうはずだったんですがね。きっと用がすんだから自分がと思って、早めにきて、練習してたんだ。もうじき、『学生ロックバンド・コンクール』というのがあるンで、それに間にあうように帰ってくる、と云ってたんですけどね」

「そういう点は、わりとルーズで、来てれば、おっ、帰ってたんか、いうて、そのまんまはじめますから」

「榎本正男というんだったね」

「ええ」

「大学も一緒？」

「いや。青陵大の三年で」

「一緒にやって、長いのかね」

「そうでも、ないです。この二月くらいからって、とこかな。しかし腕はいいんで」

「これは、念のためにきいとくんだが、この殺しが女高生連続殺人と関係ない——むしろ被害者の個人的な怨恨や情痴のもつれが動機になるんじゃないか、というような可能性に、心あたりはあるかね」

「ありません、そんなもん」

「榎本はいい奴でしたよ。ちょいと、トッポくてね。意外に、ロマンチストで」

「腕もよかった。奴、バド・カンのサイモン・カークに憧れてたな」

「ああ、それとコージー・パウエルやったな。去年の夏、レインボー来日したとき、いって、やっぱしええな、ええな、云うて、感激してたわ」

「気はよかったョ、あいつは」

「ロックやるやつに、悪者はいてへんョ」

「おっさんたちは、反対だって、云うだろうけどョ」

「おいおい。そんな話は、あとにしてくれよ」

警部補は眉をしかめていった。

「まあしかしとにかく、十中八、九までは、この殺しの動機は女高生殺しにあり、とふんでいいわけだ――しかし、ふしぎだな」

「何がです」

「きみたち三人とまちがえた、って、一体誰とまちがえたんだろう。いくら、長髪が同じようだからって、あんた、何といったっけ、そののっぽを見まちがえるわけはないし、あんた――加藤といったかね、あんたは長髪でなくて土人みたいなチリチリアタマだ。それにあんた――栗本君か、あんたは小柄だし、アタマも被害者よりはだいぶ短い」

「――たしかに、榎本は同じ長髪でも、超ロングの部類だったですもんね」

「それに一七五、六、ってとこやろ。痩せてたから高く見えるとしたって、信とまちがう、いうことはないわな」

「それにな。オレはなッからふしぎに思ってたんだけど、正面から射ったンだろ。まちがえようがないョ。よしんば顔知らんで、コトバで特徴きくにしたって、オレとヤスは絶対榎本とまちがえようがないし、薫なら女の子みたいな顔で小さくて、といえば、榎本のブスい顔見りゃ、ちっとは、考えると思うのョ、このどこが女顔だって、さ」

「たしかに、つじつまが、あわんところがあるな。いくら、長髪はみんな同じように見えるといったって――長髪ならだれでもかまわんってものじゃないだろうし」

信が、最初に、話はオレとヤスにまかせとけ、おまえは目と耳をあけて、口をとじてろ、と云ったから、ぼくは背の高い相棒ふたりにかこまれて、じっと静かに目と耳をあけていた。

山科警部補のことばをきいたとたん、おとなしくしていたぼくが、あッ、と声をたてたので、みんながぼくを見た。

ぼくはどこかをぶつけたんだ、という顔をして、何も云わなかったので、かれらは話をつづけた。しかし、ぼくの頭には、山科警部補のことばをきいた瞬間に浮かんできた、モヤモヤしたものが、ゆっくりとかたちをとろうとしていた。

(長髪ならだれでもかまわんってものじゃないだろうし)

「——そのときのことを、もっとよくきかせてくれないか」

山科警部補は、とけない密室や人ちがいの謎であたまを悩ますのはやめて、信とヤスにきいていた。

「廊下で、話してるところへ、渡辺というサブ・マネージャーがあらわれた、のは、たしかなんだね」

「そうです。オレらがあいに、飯島の話してたあいての電話番号、ききだそうとしてたところへ、まるで話がヤバくなるの、待ってたみたいに、出て来たんです。でヤスが、すぐあとで——」

「原田さんがいた、と気がついたんですわ。なあ、警部補はん」

「ああ?」

「ぼくチラッと考えましたねんけど、あれあの飯島の電話の相手、売春組織の親玉」

「うん」

「あれ、原田ディレクターや、いうこと、おまへんやろか」

「何だって」

山科警部補は目を丸くした。

「なんでまたそんな――彼は、その話、通報してくれたんじゃないか。自分がそうならどうして――」

「怪しまれんために。さもなきゃ、飯島と立川組に罪きせて、自分は安全になってしまうために。別に証拠あっての話やおまへんけど、ぼくなんだか、飯島より原田はんの方が、ずっとわるい――云うたら何やけど、油断できん人みたいな気ィがするんですわ」

「気じゃ、しようがない。それも、飯島を叩けば知れることだと思うがね」

山科が残念そうに云ったところへ、田村部長刑事がせかせかと入ってきた。

「どうも、妙ですな、ヤマさん」

平家ガニ面を、くしゃっとしかめて云う。

「いくら、密室だって、こんな完全に犯人の痕跡が消えうせるものですかね。それともうひとつある。あの、スタジオの持主のおやじですがね、被害者は鍵をとりに来なかった、約束は十時からだったたし、前に使ってたバンドが九時前に切りあげて、帰りますと云ってきたんで鍵をしめにいき、むろんそのときは死体どころか誰もいなくて、電源を切り、カギをかけておりていった。で、十時すぎにその石森と加藤――て云いましたか、そのふたりが十二時までお願いしますといって金を払いに来――」

「待った。きみは、いなかったのか」

警部補はぼくをまっすぐ見てきいた。

「薫は、下宿に、アレンジ譜忘れて、とりに戻ったんで遅くなったんです。ここについたのが、十時十五分でした」

信がかわって答えた。

「なるほど。――つづけて、長さん」

「そのときにおやじ、よっこらしょと鍵を持って連中と一緒に上っていき、ドアをあけた――そして死体発見、そののっぽの兄さんが電話通報、という段どりになるんですがね。してみると、もし今井の云うことを額面どおり信じるとすればですね、被害者は密室の中で殺され、犯人が消えていたというだけじゃない、大体最初に被害者はどうやって室内に入れたんだろうということになるんですな。外のドアは外からの施錠、内ドアは中からの施錠になってるわけですから――外ドアをあけなくちゃ中に入って内ドアの錠をおろすことはできんし、内ドアの錠をあけて外に出てからじゃなくちゃ、外のドアに鍵をかけることはできんですよ。それともうひとつ——われわれがドアをこわして中に入ったとき、ですな。このごたごたした機械類、みんな電気が通じとったのです」

「おやじは、電源を切ったままだと云ったんだな」

「そうです」

「——それはたぶん、榎本がつけたんだと思います」

信が云った。

「誰でも早く来たやつが、セッティング、しといてやるんです」

「このへやも向こうのへやも、やたらいろんな機械やコードがありますな」

田村がかまわずにつづけた。

「ああ」

「これを、どれかいじくって、タイム・スイッチか何かで、ドアの錠がしまるようにすることは、できないでしょうかね」

「しかし、そんなことをすりゃ、その装置のあとが必ずのこるだろう」

「第一そんなアホなこと、できませんよ」

信が嘲笑った。

「ここにあるのはメカったって、音楽やるための、アンプとマイクとキーボードなんスからね。音出すことはできたって、つないでドアのひねり錠しめるなんてこと、できっこないョ」

「お前は、黙っとれ」

敵愾心《てきがいしん》を燃やして、田村刑事が云った。

「――それに、今井ですがね。下のレコード店は六時で閉店で従業員が帰り、そのあとおやじがひとりでスタジオの管理をしながら帳簿をつけるわけで、九時に鍵をかけたきり十時まで誰も来なかった、十時に鍵をあけにきてはじめて死体を発見した、と云ってるのは、おやじの言葉だけです。まあ誰かが外ドアの鍵の合鍵を作っているという可能性は、むろんあるわけですが、しかしおやじが十時前に上って来、死体を見つけ、何かの理由で外から鍵をかけておいて、十時にこの連中が来て鍵の請求をするまですましていた、ということだって考えられるわけですよ。むしろそう考えないと、おやじの手元にちゃんと鍵が保管されてるのに、鍵をあけ、スタジオに入り、被害者を射ち、内カギのかかったスタジオから出、外から鍵をかけて逃げる、という犯人の行動が、まったくちんぷんかんぷんになりますな。まあもっとも、仮におやじがウソをついていて、鍵をあけて被害者を中に入れてやり、外の鍵をかけたんだとしたって、どうして中の錠がかかってたか、という説明は、つきやせんわけですがね」

「頭が混乱してきた」

なさけなさそうに、警部補は云った。

「とにかく今井について少し洗ってみるのも手だな。このビルには、今夜、被害者のほかには、あの男ひとりしかいなかったわけだからな」

「近所の評判は、わるかないんです」

手まわしよく、田村が云った。

「剛健、篤実、一徹、という評判で――もと軍人だったとかで、礼儀正しいし、町内会などにもかかさず出席するし――復員してきて、小さなレコード屋をはじめて、腕一本でビルをたてたそうですからね」

「このビルに住居もあるのか」

「いや。バスで一区画ほどのところに住居があって、こちらには通いだそうです。朝になったら、従業員が出てきますから、もっとよくきいてみますがね。通りの向かいの、地下クラブのママが金棒引でね。いろいろ教えてくれましたが――家庭的には恵まれてなくて、だいぶまえに奥さんをなくしてから、娘さんと二人暮らしらしいと云ってましたよ。たいそうりっぱな人で、嘘なんかつく人じゃないと云ってましたがね、まあそれはさておき、鍵の件は問いつめてみる必要があるでしょう」

「念のためにきくがね」

警部補はぼくたちをふりかえった。

「このスタジオはよく利用するのかね」

「月一回、というところかな。もっと少ないかもしれません」

信が云った。

「ここは、設備がよくって、プロのミュージシャンも練習や、デモ・テープのレコーディングぐらいにはよく使うし、もちろんアマ・バンドも使うから、すごく、予約とりにくいんですよ。場所もいいしね。だから、オレらは、ここと、もう三ヵ所ほど、同じような貸しスタジオと、要するにとれたところを使い、それがダメなら大学の部室を使ってるわけ」

「それ以上のつきあいは、なかったわけだな——ここのおやじとは」

「あるわけおへんがな」

とヤスヒコ。

「あのおっさんなんもよぶんなこと、喋らしまへんのや。昼まは従業員がスタジオ予約うけつけてますしな。夜使うとき、金払って、何時まで、云うと、ジロッとみて、

『マイクは何本』『アンプはいくつ』『持ち込みの楽器は』いうだけですねん」

「人間だ、と思って見たこともねえな」

「そりゃまあ、スタジオを使用する客は何百組もいるんだろうし」

警部補は云った。

「しかし――妙だな」

「何がです、ヤマさん」

「いや――この予約は、ずいぶん先からしておくもんかね」

「そうですね。ここは今信のいうたように混んでますから、すぐといっても十日前、大体一ヵ月前くらいでないと予約できませんねん。まあ、夜うんと遅い、午前二時とかいうことなら、三日前ぐらいにふらッと来て、頼みますワ、いうこと、できまっけどな。今度のは、たしか先月ここ使《つこ》たときに予約してま」

「それを、知ってたものは、ずいぶん大勢いるかね」

「さあ――別に、メンバーのほかには、どこでいつ練習やなんてわざわざ云いしませんもの。あんまし、いてまへんやろな。なるほどね――さすが、プロやなあ。目のつけどころが、違《ちご》てま。今夜ぼくらがここに来るて、知っとらんと、人ちがいも何もでけへん、いうことですね」

「きみらのあとをつけて、行きさきをつきとめると云ったって、きみらが来たときにはもう、被害者は死んでいたわけだからね」

　おだてられて、警部補は得意そうに、

「それにきみらが飯島と売春組織のことをあい光彦からきいたのは、きょうのひるまなんだろう。前もって計画をたてることは、不可能だったことになる。あい光彦が、きみらにいつ、それをバラすかなんて、売春組織にだって、予想はつかなかったわけだからね」

「ということは——ぼくらがここへ来ることを知ってて、ぼくらがあいからきいたことを知ってる、というと——」

「原田さんやな」

「原田？」

　警部補が叫んだ。

「そやで、ほれ、じゃこれで帰りますから、いうたときさ。まっすぐ帰るの？　云うから、いや、ちょっと練習、いうたら、どこでやるの？　いっぺんきみらの練習を見たいね、というんで、ここ、教えましてん」

「しかし考えてみると、あのとき傍に、あい光彦の付人もいたぞ。江崎プロの奴」

「あ。そやったな」

「なんだ。それじゃ、みんな知ってたのじゃないか」

呆れて、警部補が云った。

「けどぼくらが局、出たんが、九時すぎでっせ。で、かるく飯くって、薫は下宿に戻って——そのころにはもう、榎本は殺《や》られてましたんや。違《ちゃ》いますか」

「それも、そうだ」

警部補は頭をかかえた。

「それに原田や、あい光彦の関係者なら、きみらの誰かと被害者をまちがえたり、するわけがない」

「——となると……どういうことです、これは、ヤマさん」

「わからん——ただし、そうなるとこれは、かれらが飯島と立川組のつながりをつきとめたための口封じの、人ちがい殺人、というようなもんじゃないのかな。——しかし……」

「ヤマさん」

田村が、警部補をひっぱって、隅につれていき、ひそめた、しかしぼくたちの耳には充分きこえる声で云った。

「気をつけた方がいいですよ。あんまり、あの餓鬼どものいうことを、まじめにうけとらん方がいいです。いい加減なやつらですからね。考えてみりゃあ、あいつらの行くさきざきで、三回も殺人が起こってるわけですよ。これで今度の殺しに、あいつらと全然関係ない動機があったとしたら、あんまり、偶然すぎます。売春組織の口封じ、というんだって、あいつらが勝手に云っているだけだし、大体暴力団だの殺しのプロってやつは、現場を密室にしておく、なんてややこしい手間はかけやしませんよ。あたしはむしろ、あいつらの考えそうなことだと思うんですがね。推理小説だ、ミステリーだって、近頃の餓鬼は何考えてるかわかりゃしない」

「しかし、長さん」

「ましてロックだか何だか、気狂いみたいなものにうつつを抜かしてる、フーテンどもですからね。あたしは大体はなッから、あのとんでもない頭が気に入らなかったンです。大体どうです、ずっと親しくやってきた仲間のひとりがですよ、射ち殺された、っていうのに、連中のイケシャーシャーとしてること、ケロケロして笑ってますよ。無感動の、無関心の、云いますがね、ありゃあ非人間的、ってンじゃありませんか。あいつらなら、人のいのち、なんてもなあ、アリンコほどにも感じちゃいませんからね。これまでの殺しがやつらのしわざなら、仲間割れで殺しぐらい、平然とやらかすでしょうよ。悪いこたあ、云いません。あいつらを、もっとたたいてみる方がいいですよ。あたしは、そう思いますね。大体あんなアタマをしてるやつらに、ろくなもなあ、いやしませんよ。女みてェに、ナヨナヨしやがってさ。あたしが総理大臣なら、ひとり残らずとっ捕まえて、アタマ、たたっ切って、軍隊にぶち込んでやるところなンだが」

「おい、おい、長さん、長さん」

当惑ぎみに、山科警部補が云った。

「何、ひとりで興奮してるんだい」

「興奮なんざ、してませんよ」

と田村。

「ただ、あいつらの云うこた、信用しない方がいいって、こってす。とにかく同じバンドの友達が死んだってのに、ケロリとしてる奴らですからね。大体が親に食わせて貰ってるくせに、あんなうす汚いアタマして、楽器なんぞ買って、こんなスタジオかりてブンチャカ、ブンチャカ、遊びくらしてる連中ですからね。考えかただって、まっとうじゃないんでしょう。その小さいのがひとり、遅れてきたとか、云ってましたね。あれが怪しい。あいつ、たしか佐藤尚美殺しのときもアリバイがなかった。女みたいな顔しやがって、ちょいと、あいつをしめあげてみたらどうです。近頃のやつは意気地がないから、あんがいかんたんに、ゲロするかもしれない」

「しかし——」

「とにかくこんな、密室のどうのってややこしい仕事は、ヤクザや——何といいますかね、年くったもんの仕事じゃない。あたしゃ、そう思いますよ」

田村部長刑事《デカチョウ》の声はだんだん大きくなる。云いながら、ちろりとこっちを見た。ひつかけて、怒らせよう、とでも魂胆があるんだろう。放っとけばいいようなもんだが、こういうことでは、あとにひいたためしのない信が、嬉々として受けてたった。

「おい、ちょいと、おっさんョ」

スタジオの天井につかえそうな頭をぬっとのばして、

「黙ってきいてりゃ、ずいぶんと、云いたいこと、云ってくれるじゃないのヨ。——薫が、何だって？　薫がなんで、榎本をやっつけなきゃいけないのョ。アタマのばして、なんかあんたらに悪いことでも、あンのかョ。薫は、下宿に戻ってたのョ。よけりゃ、駅員に道すじのタバコ屋に下宿のオバハンにとなりのへやの奴に、ぜーんぶ、かきあつめて、一分一秒ごとに証明してやろうじゃないのョ。幸いとひとさんより、覚えられやすいアタマしてるもんでね。どなたにきいてもらったって、不都合はないわョ。オレらだってねえ、晩メシ、ジュクの駅前のフライドチキン屋でくったの、いつでも証明できるかんね。大体榎本がくたばって、いちばん、困るの、オレたちョ。オレらはね、きたねェ、大人みたいに、金やスケのとりっくらで、仲間どうし、殺しあったりは、しないのョ。狼は、理由もなく仲間どうし、とも喰いしたりは、絶対にしないのョ。誇り高いんだからな——てめェの無能を、オレらにおッかぶせようってな、セコい真似は、よして貰おうじゃないのョ」

「何だと」

田村長さんが吠えた。

「アタマの長さで、人間のねうちが決まるんなら、昔の武士はみんなヤクザョ。ロックやるのが不良なら、ベートーベンだって、モーツァルトだって、生きてた当時は流行歌の作曲者だったのョ。友達《ダチ》が死んだら、ワーッと泣きくずれるのがあたりまえだの、なりさえ、マトモなら、どんな悪いヤツでも信用するの、あんたらはみんな、気狂いョ。こういうの、知らないの？——恋に焦がれて鳴く蟬よりも、鳴かぬ蛍が身を焦がす、って、いうのョ。あんたらはみんな、このボタン押せばこう、この数を足せばこう、こういうケースではこう、反応するのが、人間で、それ以外の反応は、イケナイ、と思ってンのね。ホイデあんたらは、てめェがまともで、オレらがヘンだ、っていうのョ。あんたらは、みんな、頭、おかしいョ。オレのおやじにも、よく、そう云ったもんだけどさ」

「きさま」

田村がとびだそうとするのを、あわてて山科警部補が腕をつかんでとめた。

「きさまらは、みんな、そうだ」

かんかんに怒って、田村が怒鳴った。

まわりで、刑事たちが、調べの手をやすめて、おもしろそうに、こっちを見ている。

「きさまらは、いつも、自分ひとりで大きくなったようなことを云う。屁理屈ばかりこねて、自分だけが偉いようなことを云って、ギャーギャー泣くばかりの赤んぼのころから、そんなにでかくなるまで育ててもらったのは、誰のおかげだ。誰の金で、いい大学に行って、あんかんと遊び呆けていられるんだ。国を守り、家を守り、妻子を守って働いてたばかりに大学にも行けず、楽器ひとつもいじれず、話がわからんの、頭がふるいの、教養がないのと今になって餓鬼どもにののしられながら、それでもお前らを食わしてやってきたのは、誰だと思ってるんだ」

「いつも、それなんだョ。いつだって、それだけが切り札なんだ。食わしてやりさえすれば、他のぜんぶが、帳消しになると思ってンだョ」

信は怒鳴った。

山科警部補はおろおろして、割って入ろうとするのだが、ふたりとも、耳もかさない。

のっぽの信と、小さくてごつい田村刑事と、いっぽうは下を見おろし、いっぽうは二階を見上げるみたいにして、顔をまっかにして怒鳴りあっているのは、なんとも珍妙な光景だった。

「あたりまえじゃないか。これ以上の恩義があるか」

「それだって、いまにこんどは子供の世話になろうって、肚があってのことじゃないのョ。だいたい、自分はひとりで大きくなって妻子養ってるようなこと、いうけど、その自分だって自分の親に食わせて貰って大きくなったのョ。親の無償の愛で大きくなったから、無償で子、育ててつりあいがとれるのョ。オレらだっていまにてめェの子、てめェで養って大きくしてやるのョ。それを考えんで、あんたらは、ただ、感謝しろ、じぶんに感謝しろ、近頃の若いもンは感謝を知らない、って、感謝を知らないのは、あんたたちのほうョ。あんたらは、求めるばっかしョ。そンならあんたらは一回も、子供がいる喜び、感じたことないの？　有島武郎だか、誰だかがね。『子を持って知る子の恩』と云ってるョ。子を持って知る子の恩！　いいコトバじゃないのョ。子がいるから、救われてるってことだって、なかったわけ、ないのョ」

「そういうのをな」

田村が荒い鼻息で云った。

「イケ図々しい、というんだ。求めるばっかしだ？　それこそ、お前らのことじゃないか。おれがお前の年にはな、もうとっくに、兵隊から帰ってきて、所帯をもって、平の制服警官から、つとめをはじめていたんだぞ。それだって、戦争に敗けて荒廃した国を、少しでも秩序を回復し、市民が安心して住めるよう復興させるのが、われわれ若い者のつとめであると思ったからだ。おれの若いころには、お前のように甘えたことを云ってる余裕なんかなかったんだ。それを何だ、おれたちの苦労など、なにも知らんくせに——お前らといえば、十六、七からセックスだBFだとみだらなまねをする娘と、アタマをボサボサのばして、ベンチャカ、ベンチャカ、朝から晩までギターなんぞひいてるガキばかりじゃないか。それで揚句は、子供がいるのを、有難く思えだと？　そういうのをな——盗っとたけだけしい、というんだ。ぬすっとたけだけしい、とな」

途中から、信は、相手にしてられない、という顔で上を見上げ、左手をジーパンのポケットにつっこみ、右手で鼻毛をぬきはじめた。その呆れ顔にむかって、なおも田村はのびあがってことばをつづけようとしたが、

「いいかげんにしないか。殺人現場で、親子げんかみたいなことを、おっ始めるやつがあるか」

怒った山科警部補が大声を出したので、やっとやめた。

しかし、まだ、憤慨がおさまったわけではなくて、声は小さくしたが、ブツブツ、云いつづけた。

「大体へ理屈こきに限って、何かしでかしたあと始末はぜんぶわれわれにやらせるに決ってるんだ。そんなにお偉いんなら、じぶんの仲間の殺しくらい、じぶんで解決してみせたらどうなんだ——あんなアタマをしてるやつなど、大嫌いだ。ひとりふたり、ブチ殺された方が、世の中のためだ。おれの息子なら、ぶん殴ってやる。じぶんひとりが、何でもわかってるような顔をして——教育がないのどうのと、ひとをばかにして——アタマの長いやつらなんざ、みんなおんなじだよ。口ばかり達者なくせして、なんにも、自分ひとりじゃできやせんのだ。まだ、飯島みたいなヤクザの方がかわいげがある」

「長さん」

山科警部補が云ったので、不平そうに口をとがらせて黙った。

「まったく、どちらも、子供みたいに——場所柄ってものを、わきまえなさいよ」

「すいませんね」

信がにんまりして、云った。

「なんだか、くにのオヤジとケンカしてるような気になっちゃってサ。いつも、オレの顔さえ見りゃ、アタマ切るなら一万円やる、二万円、いや、五万やる、車買ってやる、って云って、ケンカになるもんだから」

「呆れたもんだ」

御年四十歳の警部補は、どっちの気持も、わかるし、どっちもわからんし、といった顔で、眉をしかめた。

「これじゃ、夜が明けちまう。そっち、どうだ、すみそうか」

「はあ、そろそろです、係長」

「指紋採取は、おわりました」

「写真班も作業おわりました」

「——係長。あの、今井管理人が、そろそろ帰らせてもらってさしつかえないか、と云っているのでありますが」

「うん……」

警部補は、額を拭いた。

「そうだな。鍵のことなど、もっとつっこんで質問したいところだが、この場じゃ、密室の謎もとけんし――それにあす――もう、今朝か、飯島の逮捕に立ちあわなくちゃならんし」

「やはり、飯島をショっ引くんですかね」

「まあ、この事件とのつながりは、ゆっくり、調べる、ということで、とにかく売春容疑の方は、確実だからな。バックに、立川組がいるとすれば、一日遅れればそれだけ、やつらは逃げ道をかためてしまう」

あーあ、と首すじを叩いて、時計をみた。

「そろそろ、午前三時半だ。逮捕状は早朝ということになっているし――いつまでも、ダラダラとめてもおかれん。よし、ひきあげるか――きみらは、署にきてもらって、もう少し、被害者とか、そのへんの話をきかせてもらいたいが」

警部補は、ちょいと皮肉な目つきをして、

「ひとつには、きみらをまた、口封じの殺し屋が狙うかもしれんからね。保護の目的もかねて」

「いいですよ」

「どうせこないなったらカンテツや。明日の講義出られへんし」

「よし、じゃ、今井には連絡さきをきいてから帰ってもらえ」

「は――」

ぼくは、この一瞬を、待っていたのだ。

「待って下さい」

さりげなく、ぼくは切り出した。

「何だね」

「犯人を、そんなふうに、帰しちまっていいんですか――ここを出たがさいご、やつはどっかへ消えちゃいますよ」

「――何だって」

ひどく、静かに、警部補は云った。

「いま、何といったね」

「今井が、榎本を殺した、当の本人なんだ、といったんですよ」

「おい、きみ――」

「かおる大丈夫？」

警部補と信が同時に云った。ぼくは、にやッとクールに笑ってやった。

「ぼくは、正気ですよ」

「証明できる、というのかね。今井が犯人だと——密室のからくりも？」

ぼくは、カッコよく指をぱちりと鳴らした。

「こんなふうにね」と、ぼくは云った。

9　ぼくらの解決篇

一瞬、せまいスタジオの中は、しんと静まりかえっていた。

私服や制服の警察官たちは、よくなりゆきがのみこめなかったのだろう。きょとんとして、持ち場に立って、山科警部補やぼくたちの顔をみていた。

濃いグレイのじゅうたんの上には、榎本の血痕がおちている。白い線で人型がその周辺に描いてある。

夜明けまえの、いちばん涼しい時刻のはずだったけれども、窓のない、天井の低いスタジオの中は人いきれで暑かった。遠く、自動車のクラクションが、はっきりときこえてきた。

「栗本君――薫くんか、きみは、自分の云ったことが、わかってるのかね?」

山科警部補が、うさんくさそうに、ぼくをじろじろと見まわしながら云った。失礼しちゃうよ。いくら、信とヤスヒコにスポークスマンをまかせて、だんまりを決めこんでいたからって、ぼくが、そんなにアホに見えたのかな。

「わかってますよ」

ぼくは云ってやった。

「早く、犯人つかまえた方が、おたがい、助かる――と思ったから、ちょいと、超能力出してみたんですよ。警察の人たちは、このあと、飯島を逮捕しにいくんでしょう。ぼくは、早くうちに帰って寝たいんです。信やヤスとちがって、あんまり、体力に自信ないんで、毎日最低七時間は睡眠とりたいんですよ。睡眠不足は、ハダアレのもとだし」

「おい――おい、きみ」

「よ、薫――」

ホントに、大丈夫なの? と、信の目が、打電してくる。ぼくはそっと目くばせを返した。

(まかしとき)

「――きみは、今井が、この連続女高生殺人事件の犯人だった、というのかね」

「とんでもない」

ぼくは笑ってやった。

「そんな、御都合主義のストーリイじゃ、ミステリー・ファンが許しませんよ。連続女高生殺人はおそらく飯島でしょう――動機もすでに本部の方々がつかんでるとおり、売春組織の口封じ、でしょう。あれとこれは、別だ、と思うんです。まあ、もとをただせば、ひとつなのかもしれないけど――でも、ちょっと、考えてみて下さいよ」

ぼくは、ことばをきって、まわりを見まわした。

いつのまにか、捜査陣は手をとめて、みんな、ぼくたちのまわりに集まっていた。ちょいと、いい気分だ。名探偵とコジキは、三日やったらやめられない、というのは、ホントだな。田村も口をあいて聞きいっている。

「さっき係長が云ったとおり、この殺人をやってのけるためには、まず、ぼくたちが今夜ここに来る、ということを、知ってなくちゃならない。次に、動機がなくちゃならない。その次に、外ドアの鍵をあけ、犯行後にしめることができなくちゃならない。そしてもうひとつ――ささいなことですけれど、凶器は拳銃なのだから、その使い方をこころえてなくちゃならない。——そしてさいごに、被害者をほんとうは、誰だと思ってたのだろう、という問題が出てきます」

だれも、何の異論もとなえない。ぼくは話をすすめた。

「では、ひとつひとつ、条件をあてはめて除外してゆくことにしましょう。ぼくたちが今夜ここに来る、と知っていたのは、バンドのメンバー四人、原田ディレクター、江崎プロの社員、そいつからきいたかもしれないからナゾの売春組織の殺し屋、それから云うまでもなくぼくたちの予約をうけつけたイマイ楽器の店員と、今夜の予定表を管理していたスタジオの持主、今井ですね。

さいしょに、ぼくたちの思っていたとおり、ぼくたちが探偵ごっこをはじめて、思いがけなくあい光彦の口を割らせ、売春組織と飯島のつながりをつかんだのが、動機であり、榎本はぼく、信、ヤスヒコ、の誰かとまちがえられて殺されたのだ、としましょう。

するとぼくたちが、その事実を知ったのは、きょう——いや、きのうの、リハーサル前ですから、午後二時前後ですね。そのとき、姿をみせて、おそらくあい光彦がそれをしゃべったことを知ったのは、あい光彦のサブ・マネージャー渡辺——つまり江崎プロ、当然飯島も——そして原田ディレクター。原田さんが捜査本部にそれをつげたのは、夜になってからのようでしたから、本部員全員は除外してもよろしいでしょう」

ぼくはニヤッと笑った。田村がまるで豚みたいな鼻息をもらすのがきこえた。

「飯島はもちろん、それを知ったら、ぼくらを消さねば、と思う動機になります。もしヤスの云うように、原田さんが売春組織のかげの黒幕だったら、原田さんにも、同じ動機があるわけですね。しかし原田さんは九時までぼくらと一緒に局にいたし、飯島は警察の見張りがついていましたから、仮にぼくらを消そうと考えたにせよ人をたのむことになる。まあ組織は暴力団とつながっているそうだから、そういう人をさがすのは、難しいことじゃありませんね。

ところが、かれらが殺さなくちゃならないのは、その場合、背中までの長髪で電信柱みたいなのっぽの男か、アフリカ原住民もびっくりのアフロ・ヘアで身長は同じくらいでも榎本とまちがいっこないやつか、さもなければ、髪の毛は肩までで、信にいわせれば女のコみたいな顔で、あいにく身長一六五センチのぼくか、であって、どうまちがえたってそのだれもが、身長一七五センチ、超痩せ型、髪はなんと腰まで、の榎本と見まちがえられるわけはないのです。おまけにもうひとつ。

——『ポーの一族』の練習時間は、十時から、とTV局でぼくたちは、原田さんに答えてるのですよ。なんどもいうけどそのとき、わきに江崎プロのやつがいたのです。どんなドジな殺し屋だって、時間より三十分も前にきて、そこに云われたどんな人相とも一致しないやつが、ひとりだけいるの、ズドンとやる気になりますかね？　気ちがいじゃ、あるまいし——

今井の動機の問題は、あとまわしにします。そのつぎは、鍵の問題ですね。これが、また厄介なんです。

今井は、一度も、カギを手もとからはなすことはないし、合カギをつくらせたこともない、と証言したのでしたね。これを、信じるとしましょう。そしたら、いったいだれが、カギをぬすみ出し、あるいは型をとって、合カギをつくることができるでしょう。イマイ楽器の店員なら、あるいはできるかもしれません。

しかし肝腎の——動機のあるように見える人間はどうでしょうか。原田さんなり、江崎プロの三下なりが、ぼくらが危険な事実をつかむのをきいてすぐ連絡し、ぼくらを、殺《や》れと手配したとします。

それからその殺し屋が、合カギをなんとかして作らせて、密室トリックを考える、なんて、想像できますか？　第一、もっと重大なことがあるんです。ぼくらがあい光彦に事実をきき出したのは、午後二時ですが、これからまっすぐ帰るの？　と原田さんにきかれて、いや、十時から新宿のイマイスタジオで練習です、と云ったのは、午後九時のことなんです！　それから、さきまわりして合カギつくろうたって、カギ屋さんはみんな店じまいしているし、第一それからスタジオへ来るまでにとっくに、犯行はおわっちまってますよ。

そしてさいごの凶器の件。凶器は、拳銃です。誰でも、かれでも、扱える、手に入る、というものじゃない。みなさんはどうお思いか知らないけど、ぼくたちみたいな、ただの平和な大学生でアマチュア・バンドつくって喜んでるような連中だの、インテリのTVディレクターだのには、縁のない凶器ですよ。

この場合も暴力団の殺し屋、とすぐ結びつけて考えるかもしれません。しかし、さっきも云ったように、殺し屋には、犯行がほぼ不可能になるまでは、ぼくたちがイマイスタジオにいくことは知りようがなく、従ってカギも手に入れられないのです。そして、それなら、榎本はぼくらとまちがえられたのではなく、飯島も原田さんもだれも犯罪映画みたいな『口封じ』を指令したのでなく、殺し屋なんてものは存在しなかったのだろうか、と考えてゆくと、ぼくら三人のアリバイはこの際信じていただくとすると、残るのは、今井、ただひとりしかいないのです」

ぼくは、ためいきをついた。どこかで遠くドアがしまるのがきこえた。

「考えてもみて下さい。あい光彦なんて、ご存じのとおりパーみたいなやつだし、ぼくらだって、さっき長さんが云ってたとおりのフーテンガキにしか見えやしませんよ。偶然原田さんがきいてて通報したから、こうなったけど、ぼくらがこうと訴え出たって、だれがとりあってくれます？　証拠もないのに、人を誹謗するな、ぐらい云われて、お説教くらうのがせきのやまですよ。第一あのとき、どこからきいてたのだか知らないけど、ぼくらは、あいを説得しようと思って、警察になんか云わないの、真実を知りたいだけの、口々に云ってたんです。そんな連中をわざわざ殺して、こいつら何か知ってたから消されたんだろう、なんて警察に思わせるほど、組織なんて、バカだと思いますかね？　とんでもない。

　ぼくが、もし売春組織の親玉なら、とにかくいっさいつまらん尻尾を出さんように、ザコなんか放っときますよ。あい光彦があまりつまらぬことを云ってまわるなら、脅迫電話ひとつでオーケーだし、もっとかんたんになら、あいつはラリ公だ、麻薬でアタマがいかれてる、というニュースを流して、誰もやつの云うことを信じないようにする。あいつは江崎プロのドル箱歌手なんですからね。殺すの、傷ものにするの、とんでもない話だ。おとなは、決して、金の卵をうむガチョウを、殺したりはしないんです。

そしてもし、飯島が逮捕されたら、全責任を飯島におっかぶせる。奴が口を割りそうになったら、そのときこそ、殺し屋ですよ。それが定石ってもんです。なんでぼくらなんか、あいてにしようと思うもんですか。つまり、売春組織の殺し屋なんてものは、はじめから、いやしなかったし、かりにいたって絶対にあの殺しはできやしなかったんです」

ぼくは山科警部補をみて云った。

「それで、残るのは結局今井だけです。ぼくらのバンドが、このスタジオをつかうのを、一ヵ月前から知っていたのは今井です。KTVの連続殺人事件と関係がなくて、それだからぼくらと榎本をとりちがえるいわれもなかったのも、今井です。カギをもっていて、榎本が来たときあけてやり、あとで外からカギをかけることができたのも、九時から九時半までの犯行時刻、二階で帳簿をつけていたと自分で申したてているだけで、証人のいないのも今井です。そしてさいごに——今井は、もと軍人だった、と云いましたね。海軍だか、陸軍だか、知らないけど、軍隊じゃ拳銃の扱いを覚え、習熟するチャンスもふつうより多いのじゃないですか。そして、終戦になっても、何とかして、愛用の軍用拳銃をもちだして、秘蔵しておくチャンスも——」

「云われてみれば……」

山科警部補は、ふう、と息をついて、くやしそうに云った。

「私も、あいつは、うそをついてる、と思っていたんだ。第一発見者を疑え、というのは、捜査の原則だからな」

信が何か云いたげにニヤニヤする。警部補は、それをじろりとにらんで、

「しかし、とにかく、外のドアのカギより、問題は内ドアのカギだ、と頭から思っちまったものだからね——きみは、それも、解ける、というんだね」

ことばをつづけた。

「窓も、秘密のドアも、カギ穴さえついてない、上下一ミリの隙間もないこの完全な密室で、今井がどうやって、被害者を射ち殺して、それから内ドアの錠をかけたまま脱け出せたか、わかる、というんだな」

「と、思いますけど」

「面白い。きこうじゃないか」

挑戦的に云ったのは田村刑事だ。元気なおやじだ。ぼくは感心して、そちらに微笑みかけてやった。

「被害者は、まちがいなく、室内でうたれていますよ」

若い鑑識課員が、ひとことなかるべからず、と注を加えた。

「犯人はこの辺に立って、ドアを背にした被害者を、一から二メートルほどの至近距離で、射ったんです」

鑑識課員は、じぶんの立っている足もとを指さした。

「コロンブスの卵を、知ってますか」

ぼくは丁重にたずねた。鑑識課員は、憤然として、答える手間を省いた。

ぼくは、ゆっくり立って、ドアのところまで行った。

「ドアってのは、開くんですよ」

ぼくは、ちょいと気障に一同をふりかえって、ウインクしてやった。

「被害者を貫通して、弾がドアにささってたって、それは、被害者が、ドアを背にして射たれた、ってことを意味するだけであって、なにも、被害者が射たれたときドアがしまってた、なんてことを意味してはいないのです」

だれかが、あっといった。ぼくは、榎本の血のついているドアに、そっと背をもたせかけた。

「ごらんのとおり、この内ドアは外びらきになっています。今井は九時に鍵をあけて、榎本をスタジオに入れてやりました。仲間は十時に来るからそれまで身体ならしにドラムを叩かしてくれ、と榎本は云ったんでしょう。いいですよ、といって今井はおりてゆき――凶器の拳銃をとりだす。榎本はひとりでスタジオで、アンプやキーボードのスイッチをオンにし、エアコンを入れ、ドラムのフットペダルやハイハットの具合いを調節し、セッティングに動きまわります。そこへ、今井がやってきて、コールボタンを押します。――説明しとくと、中で邪魔されぬよう、カギをかけて演奏してるときには、外のインタフォーンのコールボタンを押すと、ブーブーッ、という音といっしょにそこの赤ランプが点滅して知らせるわけです。榎本は、ガラスごしに管理人――むろん凶器はうしろに隠した――が見えますから、何か用かなと、なんの疑いもなく出ていって、錠をあけ――こう、ドアから顔を出します」

ぼくはドアをおして開き、その前に立った。

「今井が、榎本と何か押問答したか、それとも榎本が今井と向きあって、ドアを背にして立ったとたんに、問答無用で射ったのか、それはきいてみないとわかりません。いずれにしても、今井は榎本を射った。弾は榎本をつきぬけ、ドアのガラスに半分めりこんでとまった」

ぼくはじぶんの胸のまんなかをおさえ、もう一方の手を、ひびの入ったドアの背なかのあたる点にまわした。

「ドアのガラスが割れておちれば、密室にならず、はじめからまっすぐに疑いは今井にかかっていたのです。他の状況はすべて今井をさしてるのですからね。ところがごらんのようにドアのガラスは網入りの強化ガラスだし、防音のためふつうより厚いので、ひびが入っただけで割れなかった。榎本は、胸をおさえたまま、きっと自分に何がおこったのかも少しのあいだわからなかったでしょう」

ぼくは、ドアをそっと持って、スタジオに入り、ドアをしめた。

「ふいに殴られた獣のように、仰天した榎本は、今井をつきとばして、ドアをうしろ手にしめ、夢中でカギをかけた。もう一発射たれる、という恐怖にかられてです。今井はとどめを刺すつもりでドアをひっぱった。榎本は夢中ですから、ドアに背をもたせ、取手を必死でおさえた。がそこまでで力がつきて、ずるずるとすべりおちて息たえた。今井はガラスごしにしばらくようすをみていたが、身動きしない榎本が死んだ、と見当をつけると、おちつきはらって、内ドアの外側の取手の指紋だの、実際に榎本の射たれた地点に少しはおちたはずの血痕だのを始末にかかり、すっかり始末して榎本は室内で死んだ、という状況をつくってから外へ出て、カギをかけ、下におりていき——ぼくらが十時に、まあぼくはもっと遅かったですけど、やってきて、十二時まで使いますからあけて下さい、と云いにくるまで、榎本なんてやつのことはきいたこともない、という顔をして二階で帳簿をつけていたのです」

「ば——」

田村が、どもった。

「ばかばかしい。そんなつまらんトリックにひっかかって、われわれは、密室がどうしたの、云ってたのか」

「コロンブスが卵のカラを割るまで、だれもその水平思考に思いつきもしなかったってのを、忘れないで下さいよ」

ぼくは冷たい目で見てやった。

「タネ明かししてしまえば、ばかばかしくきこえますけどね。しかしはじめから、わかっていいはずだったのです。ロックスタジオは、防音を完璧にといったって、すごい音量を出すものですから、そう完全に音をシャットアウトするのはムリなんですよ。ことにドラムの音はひびきます。練習のあとで、二階にいた店員から、きょうはドラム調子よかったな、なんて云われたことがあるくらいです。まして夜おそくて、建物全体がしずまりかえっているんです。二重ドアをしめきっていたって、今井が同じ建物の中で、なんの音もきかないわけは、ないんですよ。しかし今井はきかないと云った。きいたといっても、何の不都合もないはずです。なぜそうつまらぬ点でうそをついたか？　——それは、今井が、現実に二階できく、スタジオ内の銃声が、どのぐらいの大きさできこえるものかわからなくて、きかなかったことにしておいた方が安全だろうと頭だけで考えたからですよ。今井をつかまえて、硝煙反応の検査をさせてみたらどうです。手は洗っても、服は着がえちゃいないでしょう。きっと、反応が出てきますよ――あるいは、凶器をさがしてみてもいい。まだそう完全に処理するだけの時間は、なかったはずです」

「今井を呼んで来い」

山科警部補が、びいんとひびく声でどなった。

「早くしろ」

「しかし、一体なぜ、きみたちと何のつながりもないはずの、ただのスタジオのおやじが、そんなことをしたんだ」

田村が、泡をくってとびだしてゆく刑事たちを見おくってきいた。「お前ら」が、きみたちに変わってるのに気がついて、ぼくはニヤリとした。

「それですけれどね。これは、さっき、警部補と、長さんのいってたことにふとヒントをえたんです。なんだか、あんまり荒唐ムケイで、ばかばかしくきこえるかもしれませんけれど――つまり」

うまいことばをさがして、ぼくが息をついだときだ。

下でにわかにどたばたとかけ上ってくるさわぎがきこえ、顎をはらした刑事たちが血相かえてとびこんできた。

「申しわけありません、係長！」

「やつが、勘づきまして」

「われわれが、上へきてくれと云いましたら、いきなりわれわれを殴って逃げました」

「机のひきだしから、旧式の拳銃をもちだして、エレベーターへ——おそらく、屋上へいったのだと思います」

「ばかもん！」

警部補はわめいた。

「何をしてるか、早くいかんかッ」

「はッ！」

「きみらは、ここにいろ」

ばらばら、とびだしてゆく刑事たちにまじって、走り出そうとしながら、警部補はぼくたちにどなった。

「いや。ぼくらだって、行く資格が——」

「四の五の、いうな。あいては拳銃をもってる」

ぴしりと、決めつけて、そのままとびだしていっちまったけど、行くな、ったって、そりゃ云うほうがムリってものだ。

顔をみあわせて、

「行くか」

「よしッ」

三人がひとかたまりになって、階段へとびだした。

信が先頭にたって長い脚で三段とばしにかけあがっていたが、何を考えたのか、ふいに足をとめて、ぼくが追いつくのを待って、どんと背なかを叩いた。

「カッコいいぞ、おまえ、名探偵」

ぼくをのぞきこんで、ニヤッと笑う。ぼくはヘヘッと笑い返した。

「榎本の仇、とってやったヨ」

ぼくは、答えて、ちょっとウインクした。

屋上の、どんづまりに、今井は立っていた。

左に、新宿御苑の森。右の方には、副都心の高層ビルがつらなっている。空気が、冷たい。

じぶんの腕一本でたてた、五階建てのビルの屋上に立って、今井は、大声でわめいていた。

「来るな。来たら、射ち殺す。だれも、近寄らんでくれ」

「今井！　もう証拠はあがってるんだ。逃げられんぞ。観念して銃をすてろ」

山科警部補がものかげから、わめき返す。

「カッコイイ。『東京第三分署』そっくりや」

ヤスヒコが興奮して云う。ぼくは思わず笑ってしまった。

「向こうが、フォニイなのョ」

「今井！　なぜ、罪もない若者を射ち殺したりしたんだ。わけをきこう。話を、きかせてくれ」

警部補は、大まじめだ。両手をメガホンにしてどなった。

今井の顔がくしゃくしゃにゆがんだ。右手につかんだ拳銃をあげはじめた。

「うす汚い、長髪野郎が憎かったんだ」

今井はいった。

「一ぴきでも、二ひきでも、いるだけブチ殺してやろうと思ってた」

「今井！　なんてことを云うんだ。狂ったのか」

「——知らなかったんだよ」

今井は苦しげに顔をひきつらせ、拳銃のさきをゆっくりとあげていった。

「思いこんでたんだ——知らなかった。ただ……憎くて——」

「今井！　よせ！」

銃口は、ぴたりと、禿げ頭の、右耳の上にとまった。

「許してくれ」

今井はかすれ声で云い、引金をひいた。

刑事たちがどっととびだして、かけよった。

「やっぱり、そうだったんだ——」

ぼくは、呆然として立っている山科警部補のうしろに立ったまま、ひくく云った。

「長髪なら、だれでもかまわんってものじゃなかろうし——と警部補は云いましたね。そうだったんですよ……はえぬきの、軍人あがりの今井には、なまじロックスタジオなんかはじめたために、まわりをうろちょろする長髪族がひそかに目ざわりで、限界に達してたんでしょう。今井の軍人かたぎには、ぼくらは、日本をダメにする害虫にしか、みえなかった——」

「バカな」

云ったのは、山科警部補ではなかった。

運び出される今井を目で追っていた、田村部長刑事だった。

「奴は狂ってたんだ。そんなことで――たかが、そんなことで……」

「それをきいて、嬉しいですけど、ね」

ぼくはつぶやくように云った。

「こういう人間がいるってのも、まごうかたない、事実なんです。――ぼくだって、信だって、下宿みつけるのに、何百回と断わられているし――酔っ払いにしょっちゅう、殴りかかられたりします。ぼくらの時代なんですよ――これが、ぼくらの時代の、ほんとの顔なんですよ」

田村刑事は、口のなかで、何かつぶやいたが、それはぼくたちにはよくききとれなかった。

低いビルのあいだにいくつものびあがっているノッポビルと、高速道路の街灯の列のむこうに、しらじらと、夏の日がようやく明けそめようとしていた。

「やあ。――やっぱり、ここだったのか」

三つ、よせあつめた頭の上に、突然ぬうと影がおちて、あんまり聞きたくなかった声がした。

「——ああ、どうも」

「よく、わかりましたね、ここが。原田さん」

「『シャンブロウ』のマスターに、きみたちが店がハネてからよくいくスナックを教えてもらったんだ」

信の名づけた、『ロックスタジオ殺人事件』から、一週間が、たっていた。

ぼくたちのまわりにあるのは、いつもの夜だ。演奏。はやらないスナック、うすぐらい電気、有線から流れる去年はやった演歌の歌声。

セコくって、気障《ザーキ》で、センチで——ぼくらの三文芝居にぴったりの舞台装置。

「ここ、座っていい？」

「いやだと云ったって、すわるんでしょう」

「おや、おや。嫌われたもんだ」

原田さんは、暑い夜なのに、あいかわらずきちんと身だしなみをととのえて、ぼくの向かいに腰をおろした。

「水割り、ひとつね」

頼んでおいて、

「——このごろ、局に来ないね」

「ええ。バイト、やめようかと思ってるんです」

「どうしてよ。折角の仕事」

三人とも、何も云わなかった。

「なんか、静かだね、今日は三人とも」

「——榎本の、初七日を、してたんですよ。三人で」

信がぶっきらぼうに云った。

「ああ」

原田さんは、たばことライターを出して、テーブルの上におき、運ばれてきた水割りをぐっと飲んだ。

「飯島は、頑強に完黙をつづけてるらしいね。やっぱり、ヤクザだな。しゃべりゃ、どうなるか、わかってるんだよ」

「そうでっか」

ヤスヒコが、わずかに、眉をひそめながらいう。ぼくたちは黙って、原田さんのたばこに火をつけるライターの炎が、薄闇に赤く輝くのを、見つめていた。

「どうした」

原田さんが、目で笑っていう。

「きみたちが、そうおとなしいと、気味がわるいな」

「――オレらだって、いつもいつも、アホみたいにおもしろがっちゃ、いられませんからね」

「――知ってたよ」

原田さんは、溜息まじりに云った。

「きみたちってのが、案外ウェットで、センチで――けっこうずるくもあるし、それでいてあいての望むように……早い話が、親の前じゃ型通りの反抗的なむすこ、シラケとか云ってるやつの前じゃシラケてやってみせ、そしてかれらの気持はわかるなんてしたり顔でいう、ぼくみたいな半端者の前じゃ、にやにやして、わかってたまるかと思っている、ってことは」

「――よく、わかりまへんな」

「オレら別に、そんなこと、思ってねェよな」

「そう？」

原田さんは、ぼく、信、ヤスヒコ、と順ぐりに見ていって、ぼくに戻り、ぼくが眉をひそめるまでじっと見つめた。

「こないだの興行はしかし、そのきみたちのレパートリイでも、ばかウケだったそうだね、薫くん」

「なんの、ことですか」

「これさ。――『長髪はキライだ!!　戦中派男、学生を射殺』『皮肉。長髪名探偵の推理、犯人を的中』ってやつさ」

原田さんは、ポケットから、新聞の切りぬきをとりだして、テーブルにおいた。

「『当局の捜査によると犯人、今井重民(56)は以前ひとり娘A子さん(16)に家出をされてからひとり暮らしになり、娘を不良にしたのは長髪族であると恨んで、誰でもよいから長髪の若者を道づれに殺して死のうと思いつめていたらしい』――まったく、いいかげんなこと、考えるものじゃないか」

原田さんは、くすくす笑った。

「長髪族なら、だれでもいい、だって？　それじゃなぜ、もっと手ぢかにいる、店員どもを射殺しなかったんだ。きみらの前にいたバンドにはなんで手を出さなかったんだい、名探偵」

「さあ――大勢いるから、殺しきれないと思ったんじゃないですか」

いた。

「てなふうに、安易に解釈する人間ばかりとは、限らないんだよ、薫くん」

原田さんはポケットから、また別の新聞の切りぬきを出して、ぼくたちにむけておいた。

「ずいぶん、ひっかきまわして、やっとみつけたんだ。読んでごらん」

「『失踪の女高生依然不明』」

ぼくは、声に出して読んだ。

「『――去る四月に「探さないで下さい」という書きおきを残して失踪した、都立有田高校一年生の、今井厚子さん――楽器店経営今井重民さんの長女――のゆくえは、まるまる三ヵ月を経過したいまも依然としてわからず、その安否が気づかわれている。はじめ、父の重民さんからの捜索願をうけた新宿矢内署では、単純な家出事件として処理していたが、重民さんのみつけた厚子さんの日記帳に、「妊娠ときいたとたん、あいつは私を見むきもしなくなった。私はあいつにだまされたのだ。バカな私」「もうお父さんにも友達にも顔むけできない」などの文句があったため、自殺のおそれもあるとして公開捜査に踏みきったもの。厚子さんは中肉中背、丸顔で、失踪当時の服装はセーターにデニムのスカート、所持金は五千円ていどと見られ……』」

「それが、どうかしましたか」

信が云った。

「おや。名探偵の相棒にしては、カンがよくないね」

原田さんは酒をすすった。

「警察もいちおうは疑ったが、こちらははっきりと家出、それに学校もちがう、ということで、すぐ安心してしまったらしい。どのみち、もう犯人の飯島はおさえてあるという、考えもあっただろうね。しかし、ぼくもこれで、きみらと名探偵で張りあおうという気をおこした人間だからね。ちょっとは、頭を働かせてみよう、と思ったわけだ」

「……………」

「きみたちの大事なドラマーを射殺した今井は、薫くんの云い方をかりれば、『長髪に恨みがある。長髪なら誰でもいい』ってことだったが、ぼくは、長髪、とはいえおのずから範囲ってものがあると思うんだ。その範囲が、『ポーの一族』じゃ、なかったんだろうかね。――長髪ならだれでもいいんじゃない、長髪のロック・バンド『ポーの一族』のメンバーなら、誰でもよかった、んじゃないだろうかね」

「……………」

「なぜか――これは、すぐわかるよ。今井は、娘を妊娠させ、すてて、家出、自殺、に追いこんだのは、『ポーの一族』のメンバーだ、と思いこんでいたのじゃないかね。いくら軍隊あがりで、気が狂ってても、きのうまでおとなしく長髪族にかこまれてレコード店だのスタジオをやってた男が、分別ざかりの男が、突然、長髪がカタキだ、と思いつめるだろうかね。そいつは、いくら名探偵だって、少し不自然じゃないかね、薫くん」

「ぼくたちは、女高生なんか妊娠させるような人非人じゃありませんよ」

ぼくは抗議した。原田さんはうなずいた。

「もちろんだ。ぼくもそうは思わない。ただ、今井は、そう信じたんじゃないか、というのさ。だから、娘の仇と思いつめて、一人いれば一人、四人なら全員、殺して自分も死のう——と思ったのじゃないかね。

ところが、それで、捜査陣の話をきいて、飯島という男が女高生売春の黒幕でもなく逮捕——といわれて、おどろいた。云われてみれば何から何まであてはまる。——しかし、いまとなって、娘が、まして生きてるかもしれない娘が、女高生売春のはてに妊娠、父親は娘のあいてと誤解して殺人、なんて世間に知られるのは——それこそ、旧軍人今井憲兵伍長にとっては、耐えがたいことだったにちがいない。今井は、『知らなかったんだ——許してくれ』と云って自殺した、ときいたがね。あれは、まちがって罪もない若者を殺したと知った一徹もののおやじの、どたんば、精一杯の、榎本くんへの詫びごとじゃなかっただろうかね」

「謝ってもらったって、榎本は生き返りませんよ」

信がぶっきらぼうに云った。

「――しかし、今井の気持にも、なってやりなさいよ。父ひとり、子ひとり、男手ひとつで育てた娘で、美少女で評判でさ。売春、なんて、どうして想像もつくかね。きっと、一生懸命考えて、やっと、きみら――あるいは榎本くんと娘さんが親しくしてるところを見たのを思い出したんだろう。はじめは、拳銃でおどして、きみらのだれが、娘を妊娠させてすてた当の本人なのか、といつめるつもりだったのかもしれない。娘をゆたかに育てるためにはじめた貸スタジオの副業が仇になったと、逆上もしていたんだろう。榎本くんは、おどろいて、否定したか、笑って知らんといったか――いずれにせよ、今井は怒りのあまり、引金をひいてしまった」

「榎本にだって、ふた親がいてるんでっせ」

ヤスヒコが云った。

「娘が可愛いなら、なんで他の親の気ィがわかれしまへんねん」

「だが――許してくれと云ったんだよ。それも、わかってやってくれ」

原田さんはまじめに云った。

「きみらには、わからんかもしれない。ぼくは、もう少し年が近いから、少しはわかる。いま、五十代、六十代——七十以上は別としても、そのぐらいに馬齢を加えた男がさ——ましてもと憲兵どのがだよ。自分がまちがっていた、許してくれ……なんて、口に出すのは、おそろしく辛い、云いにくいことなんだよ。そういう世代なんだ」

「わかってます。ぼくの、おやじ、六十すぎてますけど——ぼくが、とにかくひとことあやまりゃすむことじゃないか、といくら云ったって、絶対にそれは云いません。いい年をして、むすこなんかに頭が下げられるか、ていうんですね。笑いごとでごまかそうとしたりして——見てて、イヤですよ。じぶんが、そうされて、それに乗るのがイヤで、何笑うンだョッ、てカン走っていくのも、イヤで」

ぼくは、云った。

「オレもョ——ときどき、おもうのョ。シナ人てやつは、凄いなあ、ってね。老父の誤りを正さず、って、なンかジンとくることばよネ」

「——それはともかく」

原田さんが云った。

「認めるね、名探偵――今井のほんとうの動機は、娘の復讐であり、決して、そんな長髪憎しなんていう漠然としたものじゃなかった、とさ」

ぼくは黙っていた。

原田さんはぼくをのぞきこんで、困ったような微笑をうかべた。

「いや、何も――そう云ったからどうしよう、てんじゃないのよ……真実を知りたいだけ、なんていったって、きみらはテヤガンデェというだろうね。しかしホントなんだ。ぼくにも、薫くんがそういうふうに云った気持というのは、わからんでもない。榎本くんのためでもあり、同時に、今井のあれだけ隠したがった、娘の名誉を、守ってやるためでもあったんだろう。ちがうかな」

ぼくは黙っていた。

信とヤスヒコも黙っていた。原田さんはひとりでうなずいて、話をつづけた。

「ぼくは、こういう商売をしてるためだろうね。偶然とか、皮肉にも、とかいったことを、信じないんだ。偶然ではじまるドラマ、偶然でおわるドラマは、質のわるいドラマだよ。偶然の出会いからはじまったラブ・ストーリイとか、女の子が偶然不治の病にかかってとか、偶然の事故で愛は終わるとか――そりゃ、たしかに、そうすればライターは簡単だろうよ。しかし、世の中、そううまい話ばかりってものじゃないさ。ひとはぼくのことを、悪質な事件屋だ、という。目の前にあらわれた事件をしゃぶりつくして視聴率をあげようとする、とか、やりかたがあこぎだ、とかね。ぼくは——ぼくはしかし根っからのドラマ屋なんだ。歌番組のディレクターじゃ役不足だよ。ぼくは、ものごとをつねに最もドラマチックな形で再構成するだけだ。きみらの云う、恐怖の絵柄人間だがね。そうすると——いつだって、最もドラマチックなのは、真実じゃなく、作為なんだ。偶然でなく必然、なりゆきでなく意志、なんだ。それを肌で感じるようになってから、ぼくは神の意志とか運命の手、偶然のいたずら、皮肉なめぐりあい、そういうものを一切信じなくなったような気がする」

「…………」

「ねえ、名探偵、考えてもごらんよ。なにもぼくがそういう恐しいドラマチック偏執狂だからじゃないんだ。ちょっと、頭を使う人間になら、わかるはずだ。連続ふたり、十六歳の女高生が殺され、もうひとりが行方不明になった。それがどうやら女高生売春にからんでの事件らしい。二つの事件の現場に居あわせたバイト学生の組んでいるロック・バンドが、たまたま練習に利用する貸しスタジオのおやじにも、十六歳の娘がいて、妊娠したという文章を残して失踪した。おやじは相手の男をきみらの誰かだと誤解して、きみらの仲間を殺してしまう。ところが実は彼女もまた女高生売春のわなにかかっていたのかもしれない」

「………」

「きみらが現場にいたのは偶然バイトしてたからであり、そのきみらがロック・バンドをつくってるのも偶然であり、たくさんある練習スタジオでことさらイマイスタジオを使ってたのも偶然で、そしたらそこの娘も女高生売春の仲間だった――ぼくみたいな、ドラマツルギー人間に、そんなこと、信じろ、というのかね。ぼくは、きみたちは好きだが、それじゃあまり甘いんじゃないかと思うな」

ぼくらは、黙って、原田さんを見ていた。

「ここでひとつ、逆を考えてみよう」

原田さんはたばこを灰皿にひねりつぶして、つづけた。

「偶然は必然であり、なりゆきは実は綿密に仕上げられたコンテどおりであり、何ひとつ、あなたまかせの偶発事件はなかった、とするんだ。――今井厚子が売春していたのは偶然佐藤尚美や島田恵子や土屋光代をひっかけた同じ組織に目をつけられた、からではない。厚子のおやじがイマイスタジオというロック・バンドの集まるスタジオを経営し、そこに『ポーの一族』が練習に来た、のも、たまたまそうなったのではない。そのきみらがKTVに三月からバイトをはじめたのも、偶然そこが人を募集していたから、ではない、と考えよう。それは、最初の事件——佐藤尚美殺しを出発点とする考え方だ。反対に、出発点は、今井厚子だったのではないか、今井厚子の妊娠がいちばん最初におこった事件だったのではないか——と、考えるんだよ」

「…………」

「今井厚子が、すべてを結びつけるカギなんだ。厚子の父親はスタジオを経営していた。きみたちはそこを使っていた。厚子は佐藤尚美の中学の同級生だった。高校は、ちがうけど、ね」

「——調べたんですか」

ゆっくりとぼくはきいた。原田さんはうなずいた。

「すぐわかったよ。仲よし三人組は、実は四人組、だったんだな。今井厚子がそもそもあい光彦のファンで——すべては、そこからはじまったんだろう」

「知りまへんな」

ヤスヒコが云った。

「原田さんの云うこと、ようわからんわ」

「ま、いい。それはもっとあとだよ。ききなさい——最初に飯島にひっかかったのが、誰なのか、それはどうでもいいだろう。彼女たちは後援会に入るタイプじゃなかったが、いわば私設ファンクラブ、というつもりで、あいを追っかけまわしていた。ひとり、リーダー格がいたんだな。おそらく、家庭環境の乱れてる、佐藤尚美だろう。彼女が、たまたま——これだって、向こうからすれば、たまたまじゃないよ。飯島は、レコードを売りこむ大手の得意先だの……たぶんあいを使ってもらうTV局のおえらがただのに、若くてイキのいい女の子を世話できんかとでも云われて、ひそかに物色していたんだろう。たぶんそれがはじまったのは去年、まだ彼女らが中学生のときだ。このときはまだ、尚美と厚子こそが同級生で、のこりのふたりは、このことを軸にしてふたりと知りあい、あいのファンだというんで意気投合し、同じ高校を選んだのじゃないかな。——それはともかく、飯島が探してたのは、ちょうどこういうコだった。あいを楽屋裏や公演さきまで追っかけまわし、親もあるていど無関心でしたいようにさせておき——それに、たったひとりでもなく……ひとりひとり別だと、女の子というのは、警戒心がつよくなるからね。そして後援会のような組織に属してもいない。それに彼女たちは四人とも、なかなかはでな目につく美少女だった」

ぼくはつぶやいた。

「あのコたちがわるいんじゃありませんよ」

「十五の女の子、だまして、売春させるやつと、何もわるいことしてると思わんで、金もらって喜んでたコと、どっちがわるいんです」

「——オレは、買うヤツがいちばん、罪が重いと思うョ」

信が云った。原田さんはうなずいて、

「そのとおりだが——ともかく、彼女たちは飯島の毒牙にかかり、客をとっては金をもらって、洋服を買ったり、あい光彦の公演についてゆく旅費にあてたりして、喜んでいた。そのいっぽうで——今井厚子ぐらいの年の女のコだからね。ロックは流行だし、父親のスタジオに来るカッコいいミュージシャンたちには、おおいに興味があったにちがいない。ことに、きみらは『ポーの一族』なんて少女マンガの名まえをグループ名にしてるし、薫くんなんか、やさしいお兄さんに見えたんじゃないかな。いずれにせよ、ここの結びつきを考えることは、それほど不自然じゃない」

「…………」

「そうこうするうちに、破局がおとずれた。すなわち今井厚子の妊娠だ。——彼女の日記に書いてあったことを、読んでみよう。——『妊娠ときいたとたん、あいつは私を見むきもしなくなった。私はあいつにだまされたのだ。バカな私』『もうお父さんにも友達にも顔むけできない』——この、あいつ、というのを、父の今井は、『ポーの一族』のメンバーのだれか、と思いこんだのだが……仮に娘のふしだらを認める気になったって、まさか金をもらって不特定多数の男と、まだ十六の娘が——とは思わんものな。当然、あいては単数で、恋愛めいたなりゆきを想像する。しかしこの場合の『あいつ』は飯島だ。彼女を妊娠させた当の本人ですらなく、それまではうまいことを云って、金をくれていた飯島だ。今井厚子は途方にくれた。——今井厚子が失踪したのは、今年の四月だね。調べてみると、彼女は進学してから、入学式とあと二、三日っきり学校には行っていない。せっかく高校生になれたのに、目の前はまっくらだったにちがいない」

原田さんはいたましそうに口ごもった。

「それに——また、父ひとり、子ひとりの彼女の父親というのが、憲兵あがりの頑固者だ。あいての男を殺して死のうなんて、考える男だからね。母親はいないし、友達はみんな同じ高校生になったばかりの子どもで、おろおろするばかりで、こっそり掻《そう》爬《は》するにしても、どこへ行って、どうすればいいものやら、見当がつかない。困りはてた今井厚子が、ふと、相談にのってくれるかもしれないと思ったのが、つねづね、やさしい人だと思ってた、大学生のお兄さん——すなわち、『ポーの一族』の面々だったのじゃ、ないだろうかね」

それは違う——ぼくは、胸の中でつぶやいた。

アッコは、ぼくらに頼ってきはしなかった。頼ってきたのなら、ぼくらの誰でも父親がわりになって、まだ四ヵ月だったんだ。病院へも行ってやるし、こわいおやじさんにだって立ちむかってやったろう。ヤスヒコの京都にいる妹も字はちがうが、あつ子といった。しかしアッコは、何も云わずに、家出をしてしまった。

このごろ、店に出てないな――そう、云いあっていたときのことだ。

練習中のスタジオに、訪問者をつげる赤ランプがついた。出ていって、あけてみると、大柄でぱっちりした目鼻立ちのと、色白でどきッとするほど整った顔立ちのほっそりしたコと、背が高くてやせたのと、ロングヘアの女のコが三人、制服姿で、しょんぼりして立っていた。

「あ――あたしたちアッコの友達で……」

「いつもアッコにきいてたんですけど」

「――アッコのことで……ご――ご相談したいことがあって」

彼女たちは、おどおどしながら云った。そのときまで、ぼくらは、かわいがって、マスコットにして、『メリーベルとポーの一族』と名をかえてバンドに入れよう、なんて云っていた、アッコの上に、ぼくらの知らぬところで何が起きていたのか、お目出たいことにぜんぜん疑ってもみなかったのだ。

「——と、いうように考えれば」

原田さんは、考えぶかげに、指のあいだで、ケントの火をつけない一本をもてあそびながら云っていた。

「すべての様相は、さかさまになってくるんだね。出発点にみえたのは、実は終着点。あるいはせめて、折り返し点。おわりにみえたのがほんとうははじまり。飯島のアリバイ破りなんか、考える必要はなかったんだな。だって、飯島のアリバイはほんものだった。あれこそ、ほんとうの『偶然』の産物、だったんだからね。ぼくのいったABのCDのって話——あれはただひとつの前提から出発してるってことを、ぼくは忘れていたよ」

「なんです、それは」

「2カメラが、ステージをむきつづけている、という条件さ。カメラの下にゃ、方向舵がつけてある。ぐいと押しゃ、まわっちまう。あの混乱のなかで、カメラはいつ押されてうごくか、知れやしないよ。アリバイ作りのために、カメラの向きを一生懸命、追っかけて歩くなんてバカな話、あるかね」

原田さんははじめて愉快そうな笑い声をたてた。

「飯島がカメラにうつったのが、偶然だったんだよ。——と、すれば、飯島は、別にアリバイづくりを意識してやしなかったんだ。あたりまえさ、飯島は、そんな事件が起きるなんて、思ってもみなかったんだから」

「飯島は無実の罪で逮捕されたんや――て、云わはるんですか」

「無実、とは云えんだろう。とにかく、わずか十五歳の少女を誘惑して、売春させていたって罪は、事実なんだから。しかし彼女たちを殺したのは、彼じゃない」

「原田さんは」

ヤスヒコが、するどく云った。

「ぼくらがあのコらを殺したて、云わはるんでっか」

「きみたち？」

原田さんは大きく目を見ひらいた。

「とんでもない。きみたちは正義の味方だよ。かわいい女の子をどんな理由があったって殺すような奴じゃない。彼女たちを殺した奴なんて――この世に、いないんだ」

原田さんは、まっこうからぼくを見すえた。

「女、高、生、連、続、殺、人、などなかったんだよ。これは女高生連続自殺事件なんだ。違うかね」

10　ぼくらの真実

ヤスヒコが、いきなり、ゆらり、と立ち上がったので、ぼくらはみんなぎくりとした。

しかし、ヤスヒコは、まっすぐに店の隅のジュークボックスへ歩いていき、曲名を眺めていたが、百円玉をおとしこみ、ボタンをふたつみっつ押して帰ってきた。

万一、バーテンにきこえては、と思ったのだろう。ぼくたちは黙りこんだまま、ヤスが戻ってきて、もとの席に腰をおろすまで待っていた。

ヤスがたばこに火をつけ、つられたように原田さんがいじりまわしていたケントをくわえたとき、ビートのきいたイカすイントロがはじまった。スティーヴィ・ワンダーだ。

「『Superstition』だ。いいな」

信がのどかに云う。

ヤスヒコは、何となく、ひとりでニヤニヤしていたが、スティーヴィの哀調をおびた声がはじまると、テーブルに肘をついてのりだし、

「あい光彦犯人説は、どないしたんでっか、原田はん」

きいた。

原田さんは苦笑した。

「ありゃ絵柄的発言よ。真実は偶然じゃない、と云ったでしょう。まえの二つなら、あるいはってことも、あったかもしれない。しかし今井の事件ですべてはオシャカだ。あい光彦にゃ、こんどのことは、一切関係ないんだよ」

「――とも、限りませんけどね」

ビートにあわせて、足をゆすりながら、信が云った。

「しかし、聞きましょ。原田はんは、なんだって、これが殺人じゃない、ただの自殺やて云わはるんです。原田はんは尚美、恵子、どちらのときもホトケ見てはりますやろ。尚美は背なかを刺され、しかもナイフの柄に指紋もなかった。恵子は、石かなにかで頭を割られ、おまけに凶器はどこにもなかった。こんなアホな自殺、おまっかいな。尚美が自分刺してからナイフの柄、ふいた、いうんでっか。恵子が石でじぶんの頭、割ってから、凶器かくしに道具置き場出て、また戻ってきて倒れた、いうんでっか。第一飯島が恵子と話しながら現場の方へいったん、見たひとがいてるやありまへんか。そんな自殺、ありまっかいな。え、原田はん」

「——そこで、きみたちの存在がうかびあがってくる……と、いうわけなのさ」

原田さんはゆったりと、楽なように足を組んですわり直し、ぼくをやさしい目でみた。

「どうだろうね、薫くん。きみだって名探偵だろう。そんなトリックは、ありえないことだろうかね。——たとえば、佐藤尚美の場合、だよ。彼女がじぶんでじぶんの背中を刺すためには、こう」

原田さんはこころもち上体を前に傾け、手をうしろにのばした。

「うしろの席の板と、じぶんのすわってる横板のちょうどぶつかるところに、ナイフを上むきにすえて、左手でさか手につかむ。こう、ね——そして、一、二の三でうしろへからだを投げかける。前から胸を刺すより、自分で見えないだけ、やりやすいのじゃないだろうかね——そしてもちろんそのショックで彼女はころげおちる。そのあと、わっとかけ寄る連中のなかにもちろんきみらがいて、助け起こすふりをしてすばやくナイフの柄の指紋をふいてしまうわけさ。これで刺殺死体の一丁あがり——違うかね。ぼくはきのうあのままになってるひな段をていねいに調べてみた。やはり、佐藤尚美のいたはずのところで、板になにか、ナイフの柄のさきぐらいのまるいものを、つよくこすったようなあとがついていたよ。——ぼくははじめ、彼女がころげおちてから、介抱するふりをして、きみらの誰かが刺す、という手順か、と思ったんだ。そうは、考えたくなかったけどね。きみらはどう思ってるか知らんが、ぼくはほんとにきみらがいいやつだと思って——好きなんだぜ、ほんとに」

「…………」

「だから、そのあとを見つけ、じぶんでナイフをあてがってみて、なるほどこれならじぶんで死ねるなと納得したときには、嬉しかったよ。ナイフの柄をふくぐらい、証拠湮滅《いんめつ》ってほどでもない、つい気がつかなくてと云いはっちまえばすむようなことだものね。

さて、つぎは島田恵子だ」

「ぼくら、ずっとスタジオにいてましたよ」

ヤスヒコが云った。

「原田はんかて、知ってはりまっしゃろ」

「知ってる。これは、難問だった」

原田さんは、何回もうなずいた。

「じぶんで、じぶんの後頭部、割る方法、てのは、じぶんの背中を刺すよりだいぶむずかしいよ。しかけをしといて、あとできみらが、とも思ったが、そりゃ危険すぎる。たとえ予定がなくたって、あそこにゃいつ誰が何をとりに入ってくるかわかんないんだ。しかけをひと目見られりゃ、おしまいだからな」

原田さんは指をぱちりと鳴らした。

「困ってね――ああでもない、こうでもない、考えて、さいごにやっと思い出したのが――道具置き場は殺人現場じゃない、よそから運びこんだかもしれない、という可能性と、それから――第二の事件のあとで、局の連中が云いふらしてたばかばかしい怪談なんだ」

「怪談？」

「そう――こういうのさ。云ったろう……放送終了後の画面に死んだコがうつるとか、３スタで女のコの死亡時刻になったら電気が消えた、とか。それにまじって、こういうのがあったんだ。例の女のコが局のてっぺんの空をふわふわ髪の毛、なびかしてるのを見た、それが考えてみると彼女の死んだ時間のはずだった、というのよ」

「…………」

「死亡時刻は、七時すぎだったね。もう、かなり暗いし、ネオンもあちこちでチカチカしてる。その彼女の幽霊をみた、っていうやつは、実は、生きているさいごの彼女をみたのじゃないだろうかね。そのときはむろん、暗い空に、局の屋上を見上げたら人かげみたいなものが見える。はてなと思っているうちにふっと消えちまう。イーディス・ウォートンの怪談に、『あとになって』――あとであれは幽霊だったとわかる、こわい話があるが、それを見たやつもあとで殺人の話をきく。ワッ！　おれの見たのは幽霊だったんだ、てんで、みなに云ってまわる。みんなは喜ぶだけさ、きまってるよ。TV局と幽霊、ちょいととっぴな組みあわせだもの。いや実は3スタでこういうことがあったってさ――とか、放送終了後にね……とか、たちまちみなの口から出まかせに入りまじって、ほんとのワン・カットも眉唾物の怪談に埋もれていっちまうのさ。

しかし、そう考えりゃ、いまとなってみれば、答えはこれしかない。島田恵子は、局の屋上から、ひとめのない裏庭へ身を投げて死んだんだよ。恵子の頭と肩を砕いたのはチェスタートンのいうとおり大きすぎて見えない凶器、すなわち裏庭のアスファルトの大地だった。

そいつを録画どりの終了し、ひとがみな帰ったあとで、静まりかえった局の廊下を堂々と通って、『裏通り』にかくしておいたのがきみたちのしわざだ。別にどこにあったって死亡時間がかわるってもんでもない。死体が裏通りの、発見現場に運びこまれるのは、いつだってよかったんだ。見つけられるまでに間にあいさえすりゃ」

「しかし」

ヤスヒコが抗議した。

「ほんなら目撃者の清水さんはどうするんでっか。あの人は、七時前後に飯島と話してる恵子、見てるんでっせ。第一、なんぼ裏庭かて、ひょっと窓あけて下見る気ィ誰ぞおこしたらアウトやありまへんか。ぼくらは十時すぎまでビデオどりとあと片づけとわやくちゃに忙しいて、ちょっともスタジオ離れてへんの、証明できまっせ。誰ぞ恵子の死体見たもんおるんでっか」

「そんなもの、いるわけはないさ」

原田さんは笑った。

「きみたちはそんなまぬけじゃないもの。ああ、まったく——まぬけどころか、きみらの頭のいいのより何より、少しも偶然だの、あぶない橋をわたるような余地のないようにたくらみぬいてあるのには、感心するほかはないよ。ええここな悪党ども！——って、とこかな。ほめてるのよ、ぼくは」

原田さんはにやにやして、

「清水君が七時十分前に恵子をみてるからこそ、屋上の恵子をみた奴も、幽霊だと思っちまった。しかし、清水君が見たのは、ほんとに島田恵子だったのだろうかね。彼が見たのは、非常なロングヘアで、黒いウエスタンシャツとスリムのジーンズをはいた、ほっそりして背の高い人物だった——というだけじゃ、ないのかね。ぼくは清水をつかまえてきいてみた。彼は認めたよ。うしろ姿だけで、顔はみてない、とさ。しかし、いみじくも云ってたね。『しかしありゃ女ですよ。髪がすごくきれいで、腰まであるんですからね。あんな男はいるわけない、見まちがいっこないんだから』とね」

原田さんは声をたてて笑った。

「常識ってやつは、恐ろしいね。きみらを目の前にみててもなおかつ、ロングヘアだから女にきまってる、ってセリフが出るんだからね。——さて、ところで、それならこの二人一役の身がわりをつとめたのは、誰か、ってことになる。信くんじゃ背がなんぼなんでも高すぎる。泰彦くんはアフロヘアだ。薫くんはかるく女に化けられるだろうが髪が腰まではない。それにとにかく七時ごろきみらがうろうろスタジオをかけまわってるのは、サブ調からこの目で見えたよ。それで、のこる可能性はただひとつ——腰までの超ロングヘアで、ほっそり痩せぎすで、TV局の誰にも顔を知られてないので万一正面から見られても困ることのない、『ポーの一族』さいごのメンバー、榎本正男くんだ、ということになる——と、思うんだがね」

「………」

「きみらがバイトしてるのだから、裏口をあけて榎本くんと島田恵子を局に入れてやるのは、わけもないことだ。そして榎本くんはおとりをつとめて飯島をおびき出し、人に彼と一緒のところを目撃させる。この目的のために榎本くんは髪をのばしたのかもしれんな。もちろん、もともと長かったろうが——少し、背が高すぎるが、これは、窓の前を通るときだけひざをかがめていればすむ。それにあいてがずんぐりの飯島だからね——そのあいだにきみらはアリバイを確保し、島田恵子は思いをこめて世界に別れをつげてから屋上から身を投げ、ころあいを見はからって飯島を追っ払った榎本くんは裏庭へかけつけて、シートで恵子のなきがらをかくし、どこかひとの目にふれぬところへ移動して、血のあとなどをすっかり洗いきよめておく。そのあとはきみらがゆうゆうと目くらましの状況をつくればいいのさ。——このあいだ、きみらのステージをみせてもらったとき、ドラムの榎本はくにへ帰っている、ときみらは云っていたね。あれはつまり、まちがって飯島か、清水かの目に榎本くんがふれて、二人一役のからくりがバレないための用心じゃなかったのかね。そのあとで髪を切ってしまえば、もう決してバレやしないものね——近頃の連中は、アタマは長いし、男も女もひょろ長くて細くて、うしろからじゃ全然区別がつかない、とは誰でもいうことだ。きみらはそれを百も承知でこういう身がわりトリックをたくらんだ。きみたちの根深いたくらみは、もうひとつある。榎本くんは、きっと、飯島を呼び出して、おまえが売春させてた女高生はオレの妹だ、とかオレの恋人だ、このオトシマエをつけなきゃあい光彦のマネのスキャンダルで週刊誌に売るぞ、とか何とか、ゆするふりをしたのにちがいない。で、なくちゃ、あとで殺人容疑で問いつめられた飯島が、いや、あのときおれの会っていたのは島田恵子じゃない、アタマの長い男だ、と云ってしまうだろうからね。飯島も人気商売のよわみだ。殺人容疑ときいて仰天しても、話していたあいてと、話の内容をぶちまけることができんはずさ。しかも奴は、アリバイがある、という安心感があるんだからね」

スティーヴィ・ワンダーの『迷信』はだれも気づかないあいだに、終わっていた。つづいて流れてきたのは、もとキャロルの、ジョニー大倉の、なんともいいようのないねちっこいヴォーカル――『ハイティーン・ガール』だ。

「――そして、こう考えてみて、はじめてぼくはきみらのほんとうの目的をみつけたわけだよ」

（ひるまはかわいい
　ハイティーンむすめ）

ジョニーのねばりつく声がうたっていた。

(だけどブラリブラブラ

　夜の街角で

　たばこプカリプカプカ

　男さがし)

「きみらは連続自殺事件に、手をかし、迷彩を加えることで、連続殺人事件にしたてあげ、そのすべてに飯島が容疑者となるような状況をこしらえあげようとした。きみらのほんとの目的はそこにあった——飯島への復讐——制裁、なんといったっていい。要するに四人の少女の死——おそらく、だれにもみつからぬところで、土屋光代も、今井厚子も、すでに自殺しているのだろうからね——のすべての原因をつくり、うまい汁を吸っている売春組織と飯島に罰を与えること、だ」

(いけない娘と

　あんまり責めないで

　気持がいいのよ　特別なのよ

　最高なのよ)

けたたましいギターがソロをとって、店のなかいっぱいに、ブルージイなロックンロールがひびきわたる。

「——これは、わな、だったんだ。そう思ってみれば、はっきりわかる。土屋光代が、失踪するまえに、『今度は私の番なんだわ。私が殺されなくちゃいけないんだわ』と云った、というのを、われわれはストレートに、何か知っていたか、何かをしたか、したために、次に殺されるのがじぶんだと予想したことば、ととった。しかし、そうじゃなかったんだ。これは、意志だったんだよ。次には、私が、殺されたようにみせかけて自殺すべき番なのだ——という」

「——それだけじゃ、まだ、すべてを説明したことにはなりませんよ」

信がつぶやくようにいった。ジョニーの声がうたった。

（パパにはないしょで
　まっかなドレス
　家ではお茶目な
　ハイティーンむすめ）

「動機——に、よわいところがありますよ。飯島を罰するなら、警察へかけこめば、すむことじゃないですか——破廉恥罪だって、飯島がいたいめにあうことにはかわりはない。それにたとえば——そうですね。あの、ほら——ダイイング・メッセージはどうです。その原田さんの推理のどこに、あい光彦のLPのジャケットが、あてはまるんです？」

（いけない娘と　あんまり責めないで
　気持がいいのよ　特別なのよ
　最高なのよ）

「それを、ぼくは——きみたちにききたかったんだ」

原田さんは云った。

「妊娠していたのは、今井厚子だけだったはずだ。まあ土屋光代はわからんが——佐藤尚美と島田恵子は解剖の結果、明らかに妊娠の経験は、なかったんだ——年ごろが、年ごろだからね。マス・ヒステリア、とでもいうか、一種の同情心中とでもいうべきなのか、とも考えてみたがね。どうも、そいつは、薫くんの長髪アレルギー殺人説と同じくらい、ご都合主義のような気がしてね」

ぼくは、くすくす笑った。

「やあ——やっと、笑ったね、悪党ども」

原田さんは嬉しそうな顔をして、

「信じてもらうわけに、いかないだろうかね——ぼくは、自殺幇助《ほうじょ》だ、証拠湮滅《いんめつ》だ、死体遺棄だって、せこいワナをかける気なんか、これっぽっちも持っちゃいないんだよ。第一ぼくは警察官じゃないし警察の味方でもない。といって、きみたちみたいに自ら信じた正義の味方もできない——真実を知りたいだけ、なんてセリフは、やっぱりぼくなんかにゃ、似合わんと、きみたちは思うだろうがね。しかしかけねのないところ、ぼくはきみたちを知りたい。ぼくは四十だがもうぼくにはきみたちの考えかたってやつは、わかるようで、さいごにどうしてもわからんところがある。しかしぼくはぼくの兄貴やおやじの世代のように、あたまっから、あんな頭しやがってと頑として拒否もできない。するだけのせぼねができあがるまえに、何もかもが変わっちまったからね——しかしきみたちだって、少しひどいところがある、と思うんだ。云ってくれなきゃ、わからない。云わんでわかれといったって、ムリだよ。それをきみたちは、理解させようという努力をせんで、じぶんたちの心ではかり、裁き、決定し、そのとおりに行動してしまう。赤軍だってそうだ。自殺する女の子だってそうだ。ぼくらは、きみらをどう扱ったらいいのか、おろおろしてるほかないのが、正直なところなんだよ——真実よりもフィクションの、よくできたドラマのほうを信じたい、とぼくみたいなTV屋根性の——『あこぎの原やん』が云ってまわるのだって、結局上と下にはさまれて、じぶんの真実、じぶんのバックボーン、というものをなんとなくっかみそこねちまった、ぼくらあたりの年代の人間の、照れ、さ、ポーズみたいなものさ」

「…………」

「だからぼくは、迷惑がられると知りながら、『押しかけ名探偵』をしにやってきたんだよ。事件は終わった。だが、このまますませてしまいたくはない。ぼくには、きみらとあの女の子たちが、どうやったか、はいまのように大体察しをつけることができる。ぼくにはどうしようもないのは、なぜ、ということだ。なぜ、あの娘たちはこんなことを考えついたんだい。なぜ、きみらは一文の得にもならんし、こうして見破られるおそれも大きいこんな計画をはじめ、肩入れしていったんだい。彼女たちはきみらの恋人だったのか？　そうじゃないんだろう。きみらは云ったってわからん、と思ってそうやって笑ってるのかもしれんよ。しかし、云ってくれなけりゃ、わかるか、わからんかだって、わからんじゃないか。頼むよ。云ってみてくれ。なぜだったんだ——なぜ、そもそも、飯島を罪におとす、というこの計画を考えついたんだ。だれが最初だったんだ？」

ぼくらは、顔をみあわせた。どうしよう、と目で問いあった。

だが、原田さんの、目もとに笑い皺のある、しかしいまは笑っていない目を最初に見つめかえしたのは、ぼくだった。

「どういったら――わかってもらえるでしょうね」

ぼくは、低い声で云った。

「原田さんは、もうおとなだし――りっぱなおとなですよ。どんな意味でも《ガキ》じゃあない。KTVの原田俊介と名刺をだせば、あいてはみんな、ああ、あの、っていうでしょう。原田さんには、ずっと前からじぶんの場所と、じぶんの仕事ってものがある。

しかし、ぼくら――や、あの子たちには、そうじゃない」

ぼくはためらい、ことばをさがした。

「ねえ、原田さん――こういうこと、考えたこと、ありますか？ こういう、いまの世のなかで、ガキであること、ガキの生活ってのは、どんなことなんだろう――ってね。ヤング、ヤングって、おとなはまるでヤング全盛、ヤングが王様、おとなの場所なんかありはしない、みたいなことをいう。けど、そのなかで、ガキである、ってことは、だんだん哀しいことになってるんです。――ものを知らない、なにもじぶんのものを持ってない、考えかた、感じかた、生きかた、順応のしかたの根本的な原則がわかってない、おとながみればすぐにそのプロセスがわかっちまうような思考過程しかもっていない――子どもをみてると、わかるでしょう。本一冊よめば、その本が全世界で、他にその本よんだヤツがいたりすると、すごく驚いたりしてる。ひとのいうこと、ストレートにのみこんじまって、おうむがえしで自分の考えにしちゃったりね。こういうことはみんな別にわるいことでも、ほめられるべきことでもない、ただあたりまえの、ガキがガキであること――だったんです。

ところがいまは、ガキがガキであるってことが、自然のままにしといてもらえない。おとなが、ガキあいてに商売しなきゃならんからですよ。なんだかんだ、いったって、ガキはガキにすぎないんですからね。おとながスーパーカーの本売りゃ、ランボルギーニだフェラリだ騒ぐし、おとながニューアイドル誕生といえばその気になっていっしょうけんめいファンになるんです。ねえ、原田さん。あのコたちはね――一生懸命だったんですよ」

「…………」

「おとなの目には、あんなアホみたいなペチャペチャ声のカワイコちゃん歌手――男のくせにピンクのブラウスなんかきて――またそいつにキーキーさわぐ、なんていうブタ娘どもだ、ってことにしか、ならないでしょうね。しかし、あのコたちは、他になんにもないんです。ホントに、なんにもないんです。アタマだってよかない、成績わるいし、顔やスタイルにちょっとばかし自信あったって、あのていどのコならごまんといるんです。じぶんもいつかスターになって、てな夢をもつにもあのコたちはこれまでの十五年でもう現実的にならなきゃ生きていけないってことを覚えさせられちまってるんです。それに家じゃ——尚美のうちみたいに、放任主義か、光代のうちみたいに、お体裁ばかり考えるか、さもなきゃアッコのうちみたいに娘がほんとは何を考え何を感じるかとは関係なく、じぶんで思いこんだおとなしくて家庭的で決してふしだらをしない『娘』のイメージを信じこんで溺愛してたりする。どれも、むすめにとっちゃ、なにか——『ホントでない』んです。要求ばかり多い、わけじゃないんですよ。どうしたらいいのかわかんない、だけなんだ。だからあのコたちは、あい光彦に走るんです。ホントは誰だっていいんだ。キャーキャーいってる自分に同化したいんですよ。——だからって、もちろん、あい光彦のファンなのが原田さんじゃないけど見せかけのポーズ、なんてわけじゃないんです」

ききなれたイントロがはじまった。なんだっけ、とぼくは考え、すぐ思いだした。あい光彦の『恋とさよなら』だ。チェ——ヤスヒコのやつ、BGMに凝りすぎだよ。

「ぼくは、ときどき、ふしぎに思ってましたよ。どうして、もっとあい光彦って存在の重大さに気がつかないのかなあ——って。まあ、気がつかれちゃあ、こっちはヤバいんだけど。——ある意味では、原田さんのあい光彦真犯人説、四台のカメラと七十人の目にかこまれて歌ってる歌手がどうやって何メートルもはなれたところにいる女のコを殺せるかっていう、不可能犯罪説、あれ、正解だったんですよ。どうやって——答えはただひとつ。女のコが自分で自分を刺せばいいわけだ。あい光彦のため、にね」

「この連続自殺事件が——あい光彦のためだった、というの？」

「そうです」

ぼくは、うなずいた。

「どうして、あのコたちにとってあい光彦がどんなに重要か、気がつかなかったんですか——飯島なんか、問題外なんです。あんなクズのために生命をすてたりするもんですか。すべてはあい光彦からはじまって、あい光彦におわるんです」

ぼくは、鼻をこすった。

「そうは、思えってのが、ムリかもしれませんけどね——純愛、だったんですよ。あのコたちは、美しくて華やかで光のなかにいていつもみんなに見つめられるスターである、あい光彦を、まっ正直に、おとなが——飯島や江崎プロや番組をつくる原田さんがさせようとたくらむより何倍もストレートに、崇拝してたんです。目をさますとあいくんの写真を見てにっこりし、学校で友達とあいくんのことをしゃべり、TVの番組表に赤丸をつけてそれを見のがそうもんなら身も世もあらぬ思いをし、ねるまえにあいくんの写真にキスし——気がつくといつもあいくんのことを考えてる。あのコたちには、他に考えるべきこと、考えていいことが思いつかなかっただけです。でも純愛だったんですよ——バカ娘、でも、ブタ娘でも、あのコたちはホントにあいくんが好きだったんです。可哀想に」

ジュークボックスから流れる、あい光彦のぺちゃぺちゃ声は、センチメンタルな出会いと愛の生活、そして突然の別れを悲しげにうたっていた。

ぼくは、その声に耳をかたむけながら、女の子たちのことを考えていた。あのコたちはいつもTV局の玄関の前で待っていた。アイドルの車はいつも、裏からこっそり、彼女たちを避けて駐車場へすべりこんでいく。それでも彼女たちは、こんどはスターの出てくるのを待って、じっと立ちつくしている。日のおちたあとの、玄関さきの、彼女らのシルエット。

「——そうだったのか」

原田さんのひくい声が、ぼくの物思いをやぶった。

「あい光彦のため？」

「そうです」

ぼくは、すべてのはじまりのことを、思いうかべていた、と尚美はいった。

アッコは泣きながらさいごの電話をかけてきた。

「わたし、死ぬの。赤ちゃんできちゃったの。こんな女のコじゃ、あいくんのお嫁さんにもなれないし――パパに何ていったらいいかもわかんない。だから死ぬわ。ごめんね、ナオ、約束やぶって」

あいくんのお嫁さんになるために、四人で正々堂々と争おう、と彼女たちは約束していたんだ。彼女たちはみんな髪をまん中わけにして長くのばしていたが、それはあいくんが『週刊スター』の『スター解剖』コーナーで、ぼく髪の長い女のひとが好きなんだ、デボラ・ラフィンみたいにまんなかでわけて垂らしてるひとがいいな、と云っていたからだった。

三人で相談したすえに、ぼくたちの練習中のスタジオをたずねてきたとき、もうあのコたちの心は決まっていた。

「あたしたち死にたいんです」

喫茶店のかたすみで、彼女たちが開口一番云ったことばに、あわれ『ポーの一族』どもはぶったまげ、目をむいていたんだ。

「それはもう、決めちゃったんです。アッコひとりじゃかわいそうだし——あたしたちいつも何でも一緒だったんだから。それにもう生きてたってしようがないし——こんな汚れた体じゃあいくんに好きになってもらえないもんね」

「——あのコたちは、アッコがそういうまで、別にわるいことをしてる、とも思ってなかったんですよ。何も知らなかったんだから——ただ、どうしてこんなにお金くれるんだろう、と不安はあったんだ」

ぼくは云った。

「アッコがそういうのをきいて、はじめて、悪いことなんだ——と……十六ですもの。こんどはとたんに、とりかえしがつかない、と信じちまった」

「だけど」

向きあって眺める彼女たちはホントにあたりまえの、ただの女高生だった。ただ、そのリップ・クリームをつけた唇からとびだしてくることばがぼくたちの目をむかせるだけだった。

「もしあたしたちが自殺したら、三人も自殺するんだから、どうしてだ——って、警察が調べるでしょ」

「そうすると、あたしたちがあ——あんなことしてた、ってのが、わかっちゃうと思うの」

「あいくんのファンが、——売春してた、なんていわれたら、あいくん困るわよね」

「それにあたしたちがあいくんにあげたプレゼントなんかで、その——そのお金であげたのずいぶんあるの」

「あたしたちはいいんです。でもあいくんに迷惑がかかんないように——ゼッタイ、かかんないようにするには、どうしたらいいのか……教えてほしいんです」

「あたしたち頭よくないからわかんないの——で、いつもアッコが、『ポー』のお兄さんのこと、云ってたから……相談にのってくれるんじゃないかと思って……」

彼女たちは、さいごまで、従順で、おとなしかった。飯島をひどいとさえ、思っていなかった。

話をきいて、怒ったのは、ぼくたちの方だ。なんだそんな奴！　ただ死ぬことはないじゃないの。死ぬと決めたんなら、せめて飯島だけには天罰が下るようにすべきだ。ぼくたちの名づけた『特攻きつねわな計画』は、そのときから、スタートしたのだった。

「——ぼくらだって、かよわい大学生にすぎないからね。警察に知られたくないって、彼女らの希望がなくたって、ぼくらとあのコらの非力《ひりき》な手で、売春組織だの、暴力団に、対抗できるなんて信じられない。だから——頭をつかってやろうと思った」

けど、どっちかというと、飯島おとしいれ計画に熱心だったのは、彼女たちより、ぼくたちだったようだ。あのコたちは、他殺にみせかければ、あいくんに迷惑がかかるのも少ないだろう、ときき、その方法をぼくたちがたててしまうと、あとは、ひたすらじぶんの死、という思いに酔っていたようだった。

もし許されるならあいくんを見ながら死にたい、と尚美は云った。ぼくたちにだって、異存はなかった。あい光彦がいれば近くに飯島がいる。どうやって、彼女たちの死の責任をやつにかぶせる方にもってゆくか、については、まだ、具体的な考えはなかったのだ。

いいよ、とぼくらは云った。なら、それをもとにして計画をたてよう。ぼくらはつてをたどってKTVの『ドレミファ・ベストテン』のバイトに入りこんだ。あい光彦がよく出さえするなら、RBCの『紅白ヒット・ポップス』だって、JETの『ポップス・オン・ステージ』だって、かまやしなかったのだ。バイトをはじめて局員と顔見知りになれば、入場券を手に入れるぐらいわけはなかった。

そして、第一の計画が実行にうつされたのだ。

「——飯島がVTRにうつってたのだけが計算ちがいでしたよ」

ぼくは云った。

「あれさえなけりゃ、な」

「とんでもない」

原田さんは怒鳴るようにいった。

「あのおかげで――きみたちは、ほんとうにひとを殺すことにならなくてすむのじゃないか。あのアリバイのおかげで、飯島は完黙してりゃ、殺人罪で死刑になることはない。しかも、売春のほうじゃちゃんと刑をうけることになる。よかったよ――やつがうろうろカメラの前にとびだしてくれてよかったんだよ――きみらのために」

「あんな奴死んだってたいして惜しかない」

信が云った。原田さんは首をふって、黙っていた。

「――だけど」

ぼくは話をひきもどした。

「ぼくが、ほんとに、あのコたちを、かわいそうだ――可憐だ、と思ったのはね……いつもジーパンはいてた尚美が、死ぬ、というんで、いちばんいい白のドレスなんか着てね――そしてあい光彦を見、歌をききながら死んでいこう、と考えたこと――それから、お恵が、あたしは七月七日にする、といいだしたこと――」

「七夕——ああ。それで、か」

原田さんはうなずいた。

「いったいなぜ、第一の事件から第二の事件まで、あんなにあいたのだろうと思ってたよ。収録は何回もあったのだから」

「少女趣味、ですよね」

ぼくは鼻の奥につうんとたまってきたいがらっぽいものをふり払おうと首をふった。

「バカですよ。ガキで、センチで——だからかわいそうじゃないですか。あんな、平凡な、少女趣味な、ズベ公でもワルでもないコを、あい光彦のマネージャー、という名を利用して釣って、あんなところまで追いこんじまったのが、憎いんです。それを買って、きょうはピチピチした若いコのおかげで若返った、なんていってる奴らもみんなブチ殺してやりたい」

「じぶんの娘はいい学校へかよわせて、クラシックでもやらせて、ね。玄関まえでスターを待ってるあのコたちをみては、豚娘の、イモ娘の、と虫けらみたいに云うて」

「——同情、だったのか」

原田さんはいった。

ぼくは、激しくかぶりをふった。

「同情？　そんなもんじゃない。わからないですか——ぼくらもガキだから、ですよ！　ぼくらだってガキでしかないんです。りっぱに一本立ちしてじぶんの足でやっていくおとなになれないんです。成人式すぎたって、大学生だって、ガキはガキなんです。だからおなじようなやつらどうし、身をよせあって、アタマ長くして、ぼくらだけしか知らん何かがどこかに——ロックだ、ヤングだってなかにあるような顔をして、くっつきあってるんです。ぼくらのことを、おとなどもは、榎本に今井がしたみたいに、ブチ殺したってかまわんさ、と内心じゃ思ってる。あの事件のあとある新聞に投書がのってましたよ。これで少し長髪のやつらも目がさめただろう、今井はよくやった、ってね。それをまたちゃんとのせた新聞があるんだもの——気の毒だけどざまあみろと云いたくもあるね、ぐらいに思ってるおとなはその何倍いるかしれやしない。おもてはいともにこやかに、おおよしよし、若いってことはいいねえ、みたいに云って、ぼくらの望むものを、スタジオつくるやら楽器売るやら、TV番組つくるやら流行の洋服はこれだと教えてくれるやらしていかにうまく売りつけるか、を考えながらね。他人事じゃない——ぼくらにとっては、ほんとに、他人事みたいな、同情の、肩入れのってものじゃ、なかったんですよ」

しばらく、誰も、なんとも云わなかった。

ジュークボックスの歌声もとだえ、店に他の客もひとりもいなくなっていた。カウンターのむこうで、眠そうな顔をしていたバーテンが、とうとうこっくりこっくり、舟をこぎだしていた。ぼくはうす暗い照明の壁にかかった時計を見上げた。午前二時半。また、カンテツをしちまいそうだ。ドアの外に、地ひびきをさせて通りすぎたのは、夜どおし走る長距離トラックだろう。

信、ヤスヒコ、原田さん、の顔が、薄あかりの中で疲れたような翳にくまどられて見えた。カウンターのうしろの棚に並んだダルマのボトルの、暗いかがやき。金と赤のラベル。

黙りこんだジュークボックス、いっぱいになったガラスの灰皿――なんとはない哀しさがぼくを浸し、ぼくはそれに身体をいっぱいにして、けだるく溶けていってしまうのではないかと思った。

しかし、たとえ、どんな思いがあったにせよ、ぼくがここにこうしている、ということ、それだけはたしかなことだ。信とヤスヒコ、仲間と、原田さんも一緒に、ふかい夜のなかで、ちいさな舟にのりあわせたどうしのように。愛しい、とぼくは思った。

「――大体、わかったけど」

　原田さんは、そのあいだ何を考えていたのだろう。

　顔をあげ、しじまをやぶるのをためらうように、ひくい声で云った。

「最後にひとつだけ――あのダイイング・メッセージのことね」

「ああ……」

　呪文はやぶれた。

　ぼくたちは、顔をみあわせ、梟のようにくすくすと忍び笑いをした。ぼくたちのあいだで、それはずっと冗談と議論のたえないところだったからだ。

「きみらが、あれをどうやって持ち出したか、はかんたんにわかるんだ」

　原田さんは云った。

「そのまえに、なんであれを彼女がふりまわして、目立つような行動をとったかもわかる。たぶん、飯島がひな段の左下に立って効果をみることをきみたちは前もって知っていて――話してるのをきいたかしてね、それでセッティングで観客を並ばせるとき彼女を飯島に疑いのかかるような場所に座らせるようにした。さもなけりゃ飯島に何とか云いくるめて、とにかくあそこへ行かせるつもりだったんだろう。うしろの席をあけといたのもきみたちだ。そして、ナイフが刺されば座っていられなくなってころげおちて、前にどこにいたかわからなくなる。それじゃ飯島に疑いがかからないから、前もって何かの行動をして、どこにいるか誰かが事前に印象づけられるようにした」

「——まあ、そう云ってもいいかな」

「持ち出しかたもわかるよ。これも、われわれの固定観念をさか手にとったんだ。われわれは、レコードのジャケットをみるなり、なかにレコードが入ってるものと決めこんじまった。薄っぺたいといったって、レコードが入ってりゃ、三十センチ四方のジャケットだが、厄介なしろものさ。薄っぺたいといったって、固くて、けっこうかさばって、あのスタジオ内じゃ、どこにかくしたっていつか見つからざるをえない。しかしさ——なにも、ジャケットにゃレコードが入ってるとは限らない。そして、ジャケットに見えるのがジャケットだ、とも限らないやね」

原田さんはニヤリとした。

「ぼくはちょっと思いついたので、レコード屋へいって、あのあい光彦のサード・アルバム、真赤なジャケットのやつ、買ってきたんだよ。そして中身を出そうとひょいと抜いてみたら——中にもうひとつ、まるで同じデザインの内袋があるじゃないの。——しかもこちらは外袋ほどあつい紙じゃないんだ。レコードはジャケットの中に、内袋があって、それからポリ袋があって、三重に包まれて安置されてるってわけ」

「…………」

「賭けてもいい。佐藤尚美のへやで見つかったレコード、あけてみたら、内袋がなくって、外袋の中にじかにポリエチレンの袋入りのレコードが入ってることがわかるはずだ。中に折りも割りもできんレコードも入ってない、あついボール紙でもない、となりゃ話はかんたん——ぼくたちがVTRで見たとき、どうも少しレコード・ジャケットとしちゃ小さめじゃないか、って声が出たはずさ。内袋だけなんだもの。尚美の背のナイフの指紋をふくのに三人はいらない。みなが尚美にかかってるあいだに、たぶんきみらの中でいちばん目立たない奴が、なにくわぬ顔で内袋をひろいあげ、折りたたむか、ちぎってしまうか、する」

「いや、いや」

ぼくはにやにやした。

「二枚にバラし、八つにきれいに破いて、かさねて手帳にはさみこんだんです。お巡りさん、身体検査したときも、探してるのは三十センチ四方のあつい紙の袋だ、と信じてたんでしょうね。ポン、ポン、あちこち叩いて、あっさり放免してくれましたよ。ま、帰りぎわには、ばっちり、ポケットはうらがえし、手帳はひらいて調べられたけど」

「そのときには紙はすでにこなごなになって便所の水に流れちまってた、ってわけだ。きみは途中でトイレに行かせろといってさわいでたもんな、薫くん」

ぼくは、よく覚えてましたね、と云ってやった。

「そりゃまあね——これで、レコード消滅の怪はともかくとして、わからんのは、ダイイング・メッセージの意味だ。あい光彦に迷惑かけたくないコが、なんであんなものを持ちこんだんだね。目立つ行動なら、他にいくらでも、ありそうなものじゃないか」

「さあ——それがね」

ぼくらはまた笑い出した。

「女のコってやつは——何云ってたって、要は女のコなんですね。あい光彦に、迷惑がかかると云ってるくせに、あたしはあなたのために死んでゆきます、なんて、どうしても知ってほしかったらしいんですね」

「だからさ——あんなもん、放っときゃよかったのョ」

信が云った。

「あれはゼッタイ、ヤスの考えすぎなのョ。その証拠に原田さんだって、わかんない、って云ってンじゃないの。ダイイング・メッセージなんてこと、だれも考えやしなかったのョ、あのまま放り出しておきさえすりゃ」

「しかしわからんやないの。いつ何どき、だれかがヒョッと気ィつくかもしれへんのやで。結局気イつかれんからよかったけど」

「考えすぎなのョ。考えすぎ」

「なんか、目立つもん持っといでよ、っていったらあのコ、あいくんのレコードもってきちまったんですよ。中みも外みも全部あるの。そしたらヤスがヤバイ、とさわぎ出したんで、リハの前にね、じゃこれだけならあとでやぶっちまえるからって内袋わたして、外袋とレコード、別れをつげに来てたお恵にもって帰ってへやに戻してもらったんです。尚美のうちは、ああいううちで、尚美のへや外から出入りできるし、何度も泊まってるから、お恵は勝手知ってますからね。——でも、ヤスの考えすぎだったのか、それともナオがほんとにオトメチックにそう思ってあれ持ってきたのか、いまとなっちゃ、わかりゃしませんけどね」

「考えすぎ——？」

「そう。ヤスはね、あれ見たら全員に動機がわかってまうやないか、ってさわぎ出したんですよ。犯人を示す手がかりでなく、動機のダイイング・メッセージだって」

「いや。犯人もわかってまうかもしれへんで。ちょっと、考えすぎする人がいてれば」

ヤスヒコが不服そうに云った。

「――？」

原田さんが首をかしげる。

「あのジャケット赤地に白でいっぱいに、あい光彦の名ァが抜いてありましたやろ。

――AI、いうて」

ヤスヒコが説明した。

「見るひとが見たらあれは愛――あいくんへの愛、やていうことにならへんやろか」

「考えすぎなのョ！」

「それだけやないヮ。あい――I、私、私はあい君への愛のために私自身で死にます、いうて宣伝してるようなもんやないか――そう、ひょっと思ったからさ……」

不服そうにヤスヒコが云う。原田さんは吹き出した。が、すぐに笑いを止めて呟いた。

「ロマンチストだね、きみは」

原田さんの目の向うに――愛――ということばが小さくひっかかっているように見えた。

ラスト・シーン

それじゃ、ぼくは明日があるから、と云って、原田さんが帰っていったのは、そろそろ四時をすぎるころだった。

「決して、ここできいたこと、ひとに云ったり——事件再現ドキュメントにしようと思ったりは、しないからさ。よかったらまだ局のバイト続けて下さいよ。ぼくもそのうち何とか、ドラマ班にもぐりこみたいと思ってるんだけどね」

たばこをはさんだ指で、ちょいとザーキに挨拶して、疲れた顔の原田さんがおして出ていったドアのむこうが、しらじらと明るかった。

「ああ、あ。また一時間もすると、世のなか、起きて動きはじめるョ」

信が、長い手をかったるそうに空中につきあげてのびをした。

「また、ひと晩ムダにしたなあ」

「かたぎさんの働きはじめるころに、万年床にもぐりこんで、ね」

「ええやないの。ぼくらかて、あと一年もすりゃ、卒業、就職だよ。どうやらプロになれそうもないし、いつまでもこんなことしてるわけにもいかんし」

「さびしいこと、云わんでよ」

「ほたって現実やもん」

居眠りしていたバーテンは、カウンターに頭をおとしてぐっすり眠りこけていた。そうしてると、ヒゲなんかはやしてるくせに、案外若い顔だった。ぼくらと同い年くらいかもしれない。

「さて、帰って寝ましょうかね」

信がからになったボトルをふってみながら云った。

「バーテンのお兄ちゃんも、オレらが帰れば、上行って寝られるんだしョ」

「ゆっくりいって、ちょうど始発にまにあうし」

「腹、へったなあ」

「へったな」

「よくへる腹やな、お前らのは」

「どっか食いもんの店あいてねェかな」

「——あーあ、カウンターにヨダレ垂らして寝よるョ。よ、兄さん、ぼくら帰るよってね」

勘定は、原田さんがすませてくれていた。ぼくらは片足とびしながら、店の外に出た。

「うわお。朝だぞう」

信が、ながながとのびて怒鳴る。

「静かにしィな、みんな寝とるョ」

「ちょいと、ブルース・フィーリングだよな。いまギターひけりゃ、パアーンて、絶対あれやるンだけどな。『クライ・ベイビー』、ジャニス・ジョプリンの」

「いや、ぐっと映画のエンディングふうに、『天国への階段』もいいヨ。ツェッペリンの映画のオオラス、帰国する飛行機に『Stairway to Heaven』かぶせただろ。あすこだけだったな、グッときたの」

ぼくらはしゃべりながら、新宿の駅にむかって歩いていった。

車も来ないから、道のまんなかをとんだりはねたりして歩いた。ゴミ収集日だったんだろう。せまい歩道のそこここに、青いゴミバケツが出しはなしになっていて、変なにおいがした。横倒しになってるやつを信が蹴りあげると、汚い水が道に流れ出てきた。

「よせったら」

「公衆道徳を守りましょ！」

勝利感も、罪のおもいも、これでおわったのだ、という思いもすべてぼくらから遠かった。

なにひとつおわっちゃいないのだ。ぼくらは生きてる。生きてここにいる。街はぼくらの前にひろがっている。

牛乳配達の自転車が近づいてきて、青い帽子の男の子がぼくらをみた。

「早くから感心だなァ」

「よッお早うさん」

「よせよ、怖がられるから」

アタマの長い、スリム・ジーンズにTシャツの三人組は、さぞ異様な風体にみえただろう。牛乳配達は路地へガチャガチャ入っていった。

「明日練習やンのかョ」

「もちろん。コンクールまであと一週間やで——けど、そうだ、ドラムどうしよう」

「探しゃ、いるよ、誰か」

これが、ぼくらの街、ぼくらの時代——そんなふうに、ことばにして考えたわけじゃない。しかしその思いは漠然とぼくの胸をしめつけ、大股な相棒たちに遅れがちにさせた。

「待ってよゥ」

「おーおー、短足はつらいョ」

「うッせ、何云ってんだい」

いつまで彼らと歩けるだろう。思いながらぼくは足をはやめた。まもなく始発が動き出すだろう。ぼくたちの街はもうすっかり朝だった。

対談〝ぼくらの推理小説〟赤川次郎vs栗本薫

「ぼくらの時代」

司会　最近、推理文壇で若い世代の活躍が目立っております。きょうはそういう意味で注目されている赤川次郎さんと、今度乱歩賞を『ぼくらの時代』で受賞された栗本薫さんに、推理文壇の新しい星としてのいろいろなお考えを話し合っていただきたいんですが、まず『ぼくらの時代』の感想から。

赤川　感想そのものからじゃないんですけれども、栗本さんの『ぼくらの時代』が江戸川乱歩賞をとったんだぞという話を、ちょうど栗本さんと同じぐらいの年のぼくの会社の同僚にいいましたら、大江健三郎が『われらの時代』で、栗本さんになると『ぼくらの時代』になるんだなという……もう一世代あとになったら、『僕の時代』になるだろうという話をしましてね（笑）。『われらの時代』が『ぼくらの時代』に変わったというところが、作品のタイトルとして象徴的なものを感じたんですよ。ちょっとミステリーっぽくないタイトルでもありますけれども……。

栗本　あれは、実は大江さんの『われらの時代』をかなり意識してるんです。というのは、そのなかでアンラッキー・ヤングメンという三人のバンドが出てくるんです。そのパロディじゃないですけれども、わりと設定的には借りてるんです、ぜんぜん内容はちがいますけどね。

赤川　ミステリーとして拝見しまして、すぐ頭に思い浮かぶのは小峰元さんの『アルキメデスは手を汚さない』だったのですが、『ぼくらの時代』を読んでみると、やっぱり小峰さんのものは大人の目から見た若者だなということを、つくづく感じたんですよ。地の文は大人の文であって、そこに若者の会話が出てくるということですけれど、栗本さんのは地の文から若者のことばで書いてあるということですね。

司会　あの文章は栗本さんの抵抗のない、自分の若さを体現した肉声なのか、そこらへんはかなり意識したものかをちょっとお聞きしたいんですけれど。

栗本　意識しております。わたしの肉声というのは、決してああではないですね――というか、あの部分があるわけです。あれで会話をしようと思うと、軽くできるというところがありましてね。わたしはマンガが好き、SFが好き、ロックが好きというふうに、わりと今そういうふうに若者が好きなものというのはだいたい好きなんですけれどもね。ただ、わたしは決してそれだけじゃない。けれども、心情的に非常にその世界がわかる。

で、わたしは前に「群像」で受賞した時も若い若いといわれましたけれども、自分としては年齢的に若いということがなんの意味もないということは、よくわかってるつもりなんですよ。で、今、若者のことばが通訳できるということは、次になればもうできないということですね。だから、いちばんふつうのことばというか、昔ながらのといったらなんですけれども、きわめてオーソドックスなスタイルというのも非常にあこがれてますし、またあのシリーズは別として、そうでないものというのはああいうスタイルではもちろん書かないだろうと思います。

〝ぼくらの小説〟

司会　赤川さんの『幽霊列車』とか『三毛猫ホームズの推理』という作品を読んだあと、栗本さんの『ぼくらの時代』を読んで、ひとつ若い世代の共通点があると思ったのは、警察官というのがいると、その人たちに対してある程度のジェネレーション・ギャップを感じるというか、違和感、あるいはそれが戯画化された形で常に登場して、たとえば『幽霊列車』で永井夕子さんという女子大生と捜査一課の刑事さんというふうな対比があるし、それから『ぼくらの時代』でも探偵役の栗本薫と警察官とか、そういうジェネレーション・ギャップないしはそれを皮肉な目で見る視点があると思いますね。

栗本　ただ、その永井夕子で非常に面白いと思うのは、どうもあの関係って、恋愛なのかどうかよく最後までわからないんですけれども、平気でキスしてしまうとか、非常に女子大生の彼女のほうが積極的なんですね。これまでのそういうお話パターンだったら、若い女性が出てきて、うんと年上の人が出てきて、それがコンビだったら、絶対に年上の片思いという形になると思うんですよ。それがそうじゃなくて、わりと応《こた》えちゃうというところでジェネレーション・ギャップをのりこえるというか、ちゃんとなにか架け橋がかかってるような感じでね、それが非常に面白かったです。

司会　なるほど。そこらへんが新しいんでしょうね。

栗本　全然対立してないんですよ。あの女の子というのは、警察のみんなにはすごくかわいがられていて、あの人にはみんな鬼刑事さんがやさしいという感じでね。で、本人も「好きよ」なんていって。

司会　そういう違和感がありながら、それを一挙に飛び越してしまうような新しい関係みたいなものが赤川さんにしても、栗本さんにしても、いろんな意味で作品のなかにあるように思いますね。

赤川　作者も願望してるという……（笑）。

司会　もう一つ、これは題材にもよりますんでしょうが、お二人の作品にあるユーモアというか、そういうものは貴重なもので、最近、社会派的推理小説なんていうきまじめなものに対して、こういう独特のユーモア感覚にあふれた作品がどんどん出てきてるんですが、これは非常に面白い現象だと思うんです。赤川さんは一方で『マリオネットの罠』みたいのをお書きになってるわけで、これ、なかなか意識してつくりだせるものじゃないですから、ひとつの才能、感覚、資質というものだと思うんですが。

栗本　わたし、『マリオネットの罠』って、とても好きなんです。ああいう世界にあこがれてましてね――というか、パセティックなそういうのにあこがれてて、美少年、美少女、美女がワーッと出てきて、なぞめいた館があって――というの、すごく好きなんです。そういうのを始めてみたんですよ。そしたら、パセティックにならないんで、困っちゃってるんです。やっぱりコミカルな人物が出てきてしまってね。

司会　ああいうユーモアはかなり本質的な部分で栗本さんのあれにピッタリ合っているというふうに見ていいんでしょうね。

栗本　わたしは冗談が好きなんですよ。おかしがりというか、すぐにパッと自分で吹きだしちゃうわけです。自分でも深刻なことといってると、あ、バカいってるっていう感じでね。コロッとそれ、百八十度変わっちゃうんでね。ところが、それにもうちょっと手をつけてユーモア推理というつもりで書き始めたんです。そしたら、これがダメです。すごくギクシャクしましてね、ちっともおかしくないんです、泥臭いんですよ。自分ですごくいやで、困っているんですけれどもね。

赤川　やっぱり狙ってないユーモアというのが貴重なんじゃないかなという気がするんですよ。

栗本　赤川さんはいかがなんですか？

赤川　そうですね。『三毛猫ホームズの推理』はかなり狙ったところがありますけどね。ドタバタにしたようなところがちょっとあります。

栗本　やっぱりそういうほうがお書きになってって面白いですか。

赤川　自分が楽しめるという意味ではね。

栗本　それともすごく深刻な……わりと深刻な話を書いて、自己陶酔するということがあるでしょう（笑）。

司会　栗本さんは〝銀座署シリーズ〟をお書きになるということですが、現在の警察の科学捜査は非常に進んでいて、知りすぎると自縄自縛に陥るということもあるようですが、そのあたりは。

栗本　わたしが先ほどいった、ユーモアを意識して書こうと思ったら泥臭くなっちゃったというのはそれなんですけれどもね。わたしは完全にパロディにするつもりでしたから、いちばん最初に「ここに書かれた場所、事件、人物などは架空のものではない。しかしこの捜査方法は架空のものである」と書こうと思ったんですよ、〝87分署〟の逆を行って。そのほうが面白いならそれでいいんじゃないかというのはあったんだけれども、ただ、そうとってもらえるかどうかわからない、最低限度リアルでなければいけないというのは、どうしても出てくると思うんです。で、非常に些細な問題でその世界がこわれるとしたら、それはその些細なところを大切にしておいたほうが、トータルではいいだろうと思うんです。

ただ、いちばん問題だと思うのは、実際の刑事がこういう人だから、書かれた刑事がこういう人でなければならないというと、これはちょっとちがうと思うんですね。

それは何度考え直しても、ちがうと思うんですよ。実際の刑事がこうだから、話の刑事はこうでいいんじゃないかというのがあるわけですね。だからそこをうまく生かして、細かなところで本当で、大もとはまるでウソという小説が書ければいちばんいいと思ってるんですけれどね。

司会　赤川さんはいかがですか。皆さん、次作を期待してると思うんですが。

赤川　どうしてもユーモア傾向のものが多くなりますけれども……。できれば、一度『幽霊列車』のコンビで長篇を書こうと思ってはいるんです。講談社の書下ろしも進めています。吸血鬼が出てくる話なんですが、怪奇味を残して、パロディであって、しかも本格物でなければいけないという注文で……。

栗本　赤川さんのお話を伺っていて、わたしこの間から時々ギョッとするんですけれども、今のお話を聞いて、またちょっとギョッとしましてね。銀座署というのが、またそれなんです。赤川さんのお話を伺ってると、わたしがいま考えてることとアウトラインが同じじっていうのが、ものすごく多いんですよ。

ここでこっそりいってしまいますとね、銀座署第一作というのは『やさしい幽霊』といいましてね、幽霊が殺人をしたというオカルト話なんですよ。日本のおばけが出まして……。

赤川　ぼくのはドラキュラがヨーロッパを追われて日本に逃げてきてて、現代の東京で吸血鬼に殺されたような事件が起こって、ドラキュラが探偵になって真犯人を捜しに上京してくるという話なんですけれども。

栗本　それは面白そうですね。上京するんですか。

赤川　棺おけ引っ張って出てくるわけですけどね。そういう話をこわいところは残しておいて、ユーモアもあって、しかも本格推理にしろという、分裂症にかかりそうな要求なんです。

“ぼくらの乱歩”

司会　ちょっと話題を変えまして、今度講談社で新しい江戸川乱歩全集が十月から刊行されるんですが、前回の乱歩全集は評論では『幻影城』と『探偵小説四十年』しか入ってなかったんですが、今回は、『鬼の言葉』とか『悪人志願』などの評論が入っているのと、従来の乱歩全集にはいわゆる『少年探偵団』のような少年ものがなかったんですが、それが九作三巻入ります。

僕なんかも含めて最初読んだのは乱歩さんの作品という人が推理作家の方でも多い

んですけれども。

栗本　わたしはやっぱり乱歩から入りました。『少年探偵団』『緑衣の鬼』とか、さし絵入りのね……こわかったですよ、ほんと。わたしが乱歩のなかでいちばん好きなのはね、『孤島の鬼』なんですよ。というのが、子供の頃、明智探偵の本を読んでましてね、大人ものの乱歩で最初にいきなりバッと『孤島の鬼』を読んだものだから、ものすごいショックでね。その衝撃の大きさというのは、世の中にこんなすばらしい話があるのかというか、ここまでわたしの趣味にピッタリの小説があるものかと、すごく驚きましてね……（笑）。もうどこからどこまで意に叶ってたわけです。なかんずく、あの中に出てくる諸戸道雄という人がものすごく好きでね。で、わたしは『陰獣』というのはあんまり好きでなくて、短篇だと『芋虫』がいちばん好きなんです。あかなりわたしも悪趣味ですからね。あと、すごく好きなのが『踊る一寸法師』で、あのラストというのは、本当に絵ですね。ストップモーションで、なんか目に焼きついちゃうような感じで、ああ、いいなあってね。できればああいう話をオドロオドロっていう感じで、ギンギラギンのパセティックで書きたいんですよ。だからユーモアなどなく、それでいてそこはかとなくフワッと青空が開いてるような感じでねえ……『パノラマ島奇談』なんか、ほんとにきれいですからね。そういうのを常に夢みてるんですけれどもね。乱歩さんの賞を自分でもらうことになるとは思ってもいなかったですけれども、わたしにとっては非常に大切な作家なんですね。その下手さ加減がなんともいえないというところがあってね。

赤川 ぼくの場合は、必ずしも系統だてて読んでないんですけれども、確かに『怪人二十面相』とか『少年探偵団』の話というのは一種、心のふるさとみたいな感じであるわけですよ。ただ、外国のミステリーの焼き直しみたいな話があったりもしましたが……。小学生ぐらいの時にもう『乱歩全集』だったかなんだかよく憶えてないんですが、いわゆる大人向きのほうの小説を読んでたわけなんです、そちらのほうに非常に惹かれていましたし。乱歩さんというのは、たとえば怪奇めいた世界というのが横溝正史さんなんかとちょっと似たところはあっても、やっぱり本質的に非常にちがう方で、論理的な推理というよりはむしろ人間性の暗がりをずっと見つめていくような、そういうところにあの人の価値があるような気がするんですよ。そういうふうなものの見方を教えてくれたというか、人間性のそういうところを見る小説というものがあるんだなというのを初めて知ったのが、江戸川乱歩さんの小説だという気がしますね。

栗本 ああ、もう一つ、すごく好きなのがありました、『闇に蠢く』です。

司会　どちらかというと怪奇というのか、グロというか、そういうのがお好きですか？

栗本　ええ。それが彼のいいところだと思うんで、あれだけ正面切ってグロにできる人っていないですよ。で、自分がユーモアを書く時に、あ、逃げてるなと思うんです。書けないからユーモアにしちゃってるんだなあということを、ものすごく思うわけですよ。で、ユーモアで軽くこう、いかにも粋という感じでさばいていくよりは、本当の怪奇、エログロ、ドロドロというのをバーッと書いて、それをそのまんまで、ああ、すごいと成立させるほうが、どれだけ実力がいるかと思うんですよ。まだそこまでやる自信がないから、オドロオドロ書けないんだなということを痛感するわけです。また、ああいうものというのは当然、性質上ある程度、無邪気でないと書けないんですね。あれは、わりと玩物趣味ですからね。フェティシズムというのはある意味で幼児的なものだから、その幼児性と——幼児性というのはある意味でイノセンスにも通じるわけだから——それと大人の心の深淵みたいな、悪魔と天使が合体しているみたいなところが非常に好きで、なんとかしてああいうのが書けないかと思ってるんですけどね。現代っていう制約があると、ほんと辛い。わたしはしようがないから、日本ので、赤川さんの場合は洋館を建てるでしょ。

……（笑）、いま書いてるのが邦楽界を舞台にしたっていうのね。それはうんと広い日本の家を建てて、三味線弾いて、うんと日本趣味にして、『マリオネットの罠』ふうに美男、美女を出してやろうと思っているんだけれども、どうしてももう一つ、オドロオドロにならなくて……。だから、根本的にはそういうものに惹かれるというのが非常に健康的なのかもしれないんですけどね。病的な惹かれ方じゃないような気がするわけです。くやしいから、今にメチャクチャすごいの書いてやろうと思ってる（笑）。

“ぼくらの海外推理”

司会 乱歩さんは戦前の作家としてはいちばん海外の推理小説を読んだ作家だと思うのですが、赤川さんと海外の推理作家とのかかわりみたいのはどうですか。

赤川 そもそも小説というものを書いてみようと思い立たせたのは、ウィーンのシュテファン・ツヴァイクの小説を読んだ時からなんですけれどもね。

司会 あれは歴史小説が多いでしょう。

赤川 ええ。ただ、歴史物以外の小説を読んだ時から、自分でも書けるんじゃないかなという気が初めてしてきたわけです。それまでいい小説というのはあまり面白くないものだという（笑）、だいたい学校なんかであてがわれるのは多分に教養的な部分が非常に多くて……それがあの人の場合、非常に面白い。要するに文体が豪華絢爛としていて、熱っぽさというか、熱にうかされて最後までもっていかれるようなところがあった。こういう面白いものでも文学というものはあるんだなということを初めて感じまして、それでツヴァイクの真似ごとみたいな形から小説を書き始めたわけです。

司会　それはいつ頃ですか。

赤川　その前からシャーロック・ホームズやなんかの影響で書いてはいましたけども、高校ぐらいでしたかね。

栗本　わたしは、赤川さんの小説は、日本の小説じゃないという感じがするんですね。そういうところがまた魅力だと思うんですけれども、エラリー・クイーンなんかは？

赤川　もちろん好きではありますけれども、自分の世界じゃないという気がありますね。

栗本　今までのお話伺ってますと、わりと徹底的にあちらの方に影響を受けていらして、日本の人でというのはほとんど……。

赤川　あまりないですね。僕は映画も好きなものですから、たとえば昔の古いフランス映画——ルネ・クレールだとかジャン・ドラノアとかいう人たちの古いフランス映画をよくテレビとか名画座に観に行きましてね。そういうものとツヴァイクの小説をはじめとしてトーマス・マンたちのひと昔前の、ヨーロッパの黄金時代から、ある程度自分のなかの文化みたいなものをつくっていったんです。むしろ、それをこわされたくないという気持ちが、日本のものを遠ざけているようなところがあるんですね、自分で。ここに異分子を混ぜ合わせるみたいなね。

司会　そうすると、意外にドイツ文学の影響もありますね。

赤川　そうですね。一時期、ずっとドイツばっかり読みましたからね。ただ、小説のお手本というか、『マリオネットの罠』はヘンリー・ジェームズの『ねじの回転』の世界をかなり意識しました。

司会　栗本さん、とくに海外作家のなかで自分で影響を受けた、あるいは世界が近いというような人があったら、ちょっと……。

栗本　世界が近いというよりも、ああいうものを書けたら書きたいというのは、クレイグ・ライスなんですけどね。あれはほんとに好きでね。あとわたしがほんとに影響を受けたのはネロ・ウルフなんですよ。レックス・スタウトじゃなくて、ネロ・ウルフのものの考え方というのに、ものすごく影響を受けたんです。で、あのなかにきわめて好きなことばというのがゴロゴロあるんですけどね、たとえばアーチーが「なぜ読んだんです？」と聞くんですよ。そうすると、「決まっているではないか、本だから読んだのだ」っていうのね。それとかね、ネロ・ウルフの物の食べ方、本の読み方……あの人、太ってるでしょ。で、坐って吹雪の写真かなんかを一生懸命見てると、アーチーが向こうのほうで「眠っちゃダメですよ、凍死しますよ」っていうのね。(笑)そのへんとかね、数限りなく好きなところがあって、わたし、メチャクチャに好きなんですよ。

そのネロ・ウルフという人のものの考え方が、きわめて理知的なようでいて単なる理知でないというね、理知以外のなにかで、なにかもっと賢い知恵みたいなものですべてを、感じとっていくという——「君には資料を集められるけれど、現象を感じとる感覚がないから」ってアーチーにいうわけですね。わたし、それが非常に好きで、こういう感じがするっていうの、ものすごく大事なことだと思うんですよ。で、論理よりも本当はもっと大事なんじゃないかと思うのね。だから、そういう意味でネロ・ウルフというのはレックス・スタウトの作品に、小説を書く人間として影響を受けたというんじゃなくて、もろにネロ・ウルフその人にものの考え方を影響されてるというところがあるんですね。

司会 赤川さんが、探偵としていちばん影響を受けたのはホームズですか。

赤川 やはりエルキュール・ポアロかな。というのは、とにかくハッタリが好きなんですよ。ミステリーというのはハッタリがないと、面白くないですからね。読み終わってから、少々「なあんだ」と思ってもいいから、読んでる時には……章の終わりのひと言でオヤッ⁉ と思わせて、次をめくらせるようでなければ、プロとはいえないような気がするんですよ。エルキュール・ポアロなんていうのはクセが強いですけど、見栄っ張りで、派手好きで、なんでもすぐハッタリをかますようなところを少し見習わないといけないと思います。そういうところは日本の社会派なんかのミステリーにはあまりないものですからね。

〝ぼくらの推理〟

司会 おふたりはこれから書いていかれるわけですが、いままでの推理小説で、こういうものは飽き足らないというか、こういうことが新しい、自分たちのものなんだ、世界なんだというようなことがあると思いますが、そこらへんはどうでしょうか。

赤川　ぼくの場合には趣味性の強いものといいますか、ぜいたくなもの……ミステリーというのは、本来ぜいたくなものだと思うんですよ。なきゃ、生きていけないものじゃないですしね。やっぱりなくても済むものでしょ。それでいて読むということは、それだけ読む側にもゆとりが要求される……精神のゆとりといいますかね。ですから、ホームズじゃないですけども、暖炉の前で揺りイスに坐りながら読むような、そういう場所にふさわしいミステリーというものが、今の日本に欠けてるような気がしてるんですよ。

栗本　それは全く同感です、わたしも。もっとも、ぜいたくというのはお金をかけたという意味でなくてもいい。ただ、心に叶うということだけをいちばんにして考えてね。だから常識とか、リアリズムとか、いろんな制限がありますね。そういうものを一切、心に叶うということのために犠牲にしてしまって、それでちゃんと成り立ってるものですね……この最後のはわりと重要だと思うんだけど。だから心豊かなものといいますかね。風俗推理でも、心豊かなものっていうのはあると思うんですよ。その心豊かというのは、ラーメンを食べてても心豊かに書けると思うのね。ただ、美しさということを知ってる人が書くのと、そうでないのとで決定的にちがってくる。どんな豪華な洋館でも、あるいはゴミ箱でも、それを美しいと思う人が書かないと、心豊かな風景にならないですね。

私はゴミ箱とか、ガード下というものを美しいと見る視点というのは非常に大切なものだと思いますよ。ただ、それを美しいと見ないでゴミ箱を汚く書いて、それで現実を書いたという気持ちが困るんですね。だから、そこで美しいというベールをかぶせるのがミステリーというジャンルの役割だろうと思うわけです。

それとわたしが今考えているのは、『遊び』に生命をかける、みたいなことでね。夏炉冬扇というのが文学の本質だったはずが、何か文士が名士になり、教育ママが「子供を将来作家に」なんて云い出したりする。そのときこそ、最も役に立たない人殺し小説の遊びに最もぜいたくにお金や手間をかけて、いよいよ役に立たんものにする——こういう、ダンディズムだけは忘れたくないですね。

司会　お二人ともだいたい目指すところは基本的には同じような流れをいってるというふうに思いましたね。ありがとうございました。

（この対談は、一九七八年九月に刊行された『ぼくらの時代』の付録に収録されました）

おことわり

本作品中には、乞食など職業差別、気狂い、気ちがいなど知的障害差別、土人など外国差別に関する、今日では差別表現として使うべきではない用語が使用されています。
しかし、作品に書かれている時代背景を尊重し、あえて発表時のままといたしました。この点をご理解下さるよう、お願いいたします。

（文庫出版部）

本書は一九七八年九月に小社より刊行されました。

JASRAC　出0716024-203

|著者| 栗本薫　1953年東京都生まれ。早稲田大学文学部文芸科卒。'77年、中島梓として『文学の輪郭』で第20回群像新人文学賞評論部門を受賞、文芸評論家としてデビュー。翌'78年、本作『ぼくらの時代』で第24回江戸川乱歩賞、'81年『絃《いと》の聖域』で第2回吉川英治文学新人賞を受賞、若きエンターテインメント作家として注目を集めた。以降、ミステリー、SF、時代、伝奇小説の執筆、ミュージカルの脚本、演出、作詞作曲、ライブ演奏など多才ぶりを発揮。通巻130巻を数え前人未踏の大長編となった「グイン・サーガ」シリーズをはじめ、「魔界水滸伝」シリーズなど、著作は400冊を超える。『絃の聖域』で初登場した伊集院大介は、氏の生み出した名探偵として知られる。2009年5月、逝去。享年56。

栗本薫／中島梓記念館　http://www.facebook.com/knmuseum

新装版《しんそうばん》　ぼくらの時代《じだい》
栗本《くりもと》 薫《かおる》

2007年12月14日第1刷発行
2022年3月30日第3刷発行

講談社文庫
定価はカバーに
表示してあります

KODANSHA

発行者――鈴木章一
発行所――株式会社　講談社
東京都文京区音羽2-12-21　〒112-8001
電話　出版（03）5395-3510
販売（03）5395-5817
業務（03）5395-3615
Printed in Japan

デザイン―菊地信義
本文データ制作―講談社デジタル製作
印刷―――豊国印刷株式会社
製本―――株式会社国宝社

ISBN978-4-06-275933-5

講談社文庫刊行の辞

二十一世紀の到来を目睫に望みながら、われわれはいま、人類史上かつて例を見ない巨大な転換期をむかえようとしている。

世界も、日本も、激動の予兆に対する期待とおののきを内に蔵して、未知の時代に歩み入ろうとしている。このときにあたり、創業の人野間清治の「ナショナル・エデュケイター」への志を現代に甦らせようと意図して、われわれはここに古今の文芸作品はいうまでもなく、ひろく人文・社会・自然の諸科学から東西の名著を網羅する、新しい綜合文庫の発刊を決意した。

激動の転換期はまた断絶の時代である。われわれは戦後二十五年間の出版文化のありかたへの深い反省をこめて、この断絶の時代にあえて人間的な持続を求めようとする。いたずらに浮薄な商業主義のあだ花を追い求めることなく、長期にわたって良書に生命をあたえようとつとめるところにしか、今後の出版文化の真の繁栄はあり得ないと信じるからである。

同時にわれわれはこの綜合文庫の刊行を通じて、人文・社会・自然の諸科学が、結局人間の学にほかならないことを立証しようと願っている。かつて知識とは、「汝自身を知る」ことにつきていた。現代社会の瑣末な情報の氾濫のなかから、力強い知識の源泉を掘り起し、技術文明のただなかに、生きた人間の姿を復活させること。それこそわれわれの切なる希求である。

われわれは権威に盲従せず、俗流に媚びることなく、渾然一体となって日本の「草の根」をかたちづくる若く新しい世代の人々に、心をこめてこの新しい綜合文庫をおくり届けたい。それは知識の泉であるとともに感受性のふるさとであり、もっとも有機的に組織され、社会に開かれた万人のための大学をめざしている。大方の支援と協力を衷心より切望してやまない。

一九七一年七月

野間省一

講談社文庫　目録

倉阪鬼一郎 八丁堀の忍(三)〈遥かなる故郷〉
倉阪鬼一郎 八丁堀の忍(四)〈隻腕の抜け忍〉
倉阪鬼一郎 八丁堀の忍(五)〈討伐隊、動く〉
倉阪鬼一郎 八丁堀の忍(六)〈死闘、裏伊賀〉
黒木 渚 壁の鹿
黒木 渚 本 性
久坂部 羊 祝 葬
黒澤いづみ 人間に向いてない
久賀理世 奇譚蒐集家 小泉八雲〈白衣の女〉
雲居るい 破《は》 蕾《らい》
決戦！シリーズ 決戦！ 関ヶ原
決戦！シリーズ 決戦！ 大坂城
決戦！シリーズ 決戦！ 本能寺
決戦！シリーズ 決戦！ 川中島
決戦！シリーズ 決戦！ 桶狭間
決戦！シリーズ 決戦！ 関ヶ原2
決戦！シリーズ 決戦！ 新選組
小峰 元 アルキメデスは手を汚さない
今野 敏 ST 警視庁科学特捜班 エピソード1〈新装版〉

今野 敏 ST 警視庁科学特捜班 毒物殺人〈新装版〉
今野 敏 ST 警視庁科学特捜班〈黒いモスクワ〉
今野 敏 ST 警視庁科学特捜班〈青の調査ファイル〉
今野 敏 ST 警視庁科学特捜班〈赤の調査ファイル〉
今野 敏 ST 警視庁科学特捜班〈黄の調査ファイル〉
今野 敏 ST 警視庁科学特捜班〈緑の調査ファイル〉
今野 敏 ST 警視庁科学特捜班〈黒の調査ファイル〉
今野 敏 ST 為朝伝説殺人ファイル〈警視庁科学特捜班〉
今野 敏 ST 桃太郎伝説殺人ファイル〈警視庁科学特捜班〉
今野 敏 ST 沖ノ島伝説殺人ファイル〈警視庁科学特捜班〉
今野 敏 ST 化合 エピソード0〈警視庁科学特捜班〉
今野 敏 ST プロフェッション〈警視庁科学特捜班〉
今野 敏 特殊防諜班 諜報潜入
今野 敏 特殊防諜班 聖域炎上
今野 敏 特殊防諜班 最終特命
今野 敏 茶室殺人伝説
今野 敏 奏者水滸伝 白の暗殺教団
今野 敏 同 期
今野 敏 欠 落

今野 敏 変 幻
今野 敏 警視庁FC
今野 敏 カットバック 警視庁FCII
今野 敏 継続捜査ゼミ
今野 敏 エムエス〈継続捜査ゼミ2〉
今野 敏 蓬 莱〈新装版〉
今野 敏 イコン〈新装版〉
後藤正治 拗《す》ね者たらん〈本田靖春 人と作品〉
幸田 文 崩 れ
幸田 文 季節のかたみ
幸田 文 台所のおと〈新装版〉
小池真理子 冬の伽藍
小池真理子 夏の吐息
小池真理子 千日のマリア
五味太郎 大人問題
鴻上尚史 あなたの魅力を演出するちょっとしたヒント
鴻上尚史 鴻上尚史の俳優入門
鴻上尚史 青空に飛ぶ
小泉武夫 納豆の快楽

講談社文庫　目録

佐藤さとる 豆つぶほどの小さないぬ〈コロボックル物語②〉
佐藤さとる 星からおちた小さなひと〈コロボックル物語③〉
佐藤さとる ふしぎな目をした男の子〈コロボックル物語④〉
佐藤さとる 小さな国のつづきの話〈コロボックル物語⑤〉
佐藤さとる コロボックルむかしむかし〈コロボックル物語⑥〉
佐藤さとる 天狗童子
佐藤さとる 絵／村上勉 わんぱく天国
佐藤愛子 新装版 戦いすんで日が暮れて
佐木隆三 慟哭〈小説・林郁夫裁判〉
佐木隆三 身分帳
佐高信 石原莞爾 その虚飾
佐高信 わたしを変えた百冊の本
佐高信 新装版 逆命利君
佐藤雅美 ちよの負けん気、実の父親〈物書同心居眠り紋蔵〉
佐藤雅美 へこたれない人〈物書同心居眠り紋蔵〉
佐藤雅美 わけあり師匠事《こと》の顚末〈物書同心居眠り紋蔵〉
佐藤雅美 御奉行の頭の火照《ほて》り〈物書同心居眠り紋蔵〉
佐藤雅美 敵《かたき》討ちか主殺しか〈物書同心居眠り紋蔵〉
佐藤雅美 江戸繁昌記〈寺門静軒無聊伝〉

佐藤雅美 青雲遙かに〈大内俊助の生涯〉
佐藤雅美 悪足掻《あが》きの跡始末 厄介弥三郎
佐藤雅美 恵比寿屋喜兵衛手控え〈新装版〉
酒井順子 負け犬の遠吠え
酒井順子 朝からスキャンダル
酒井順子 忘れる女、忘れられる女
酒井順子 次の人、どうぞ！
佐野洋子 嘘ばっか〈新釈・世界おとぎ話〉
佐野洋子 コッコロから
佐川芳枝 寿司屋のかみさん サヨナラ大将
笹生陽子 ぼくらのサイテーの夏
笹生陽子 きのう、火星に行った。
笹生陽子 世界がぼくを笑っても
沢木耕太郎 一号線を北上せよ〈ヴェトナム街道編〉
佐藤多佳子 一瞬の風になれ 全三巻
笹本稜平 駐在刑事
笹本稜平 駐在刑事 尾根を渡る風
西條奈加 世直し小町りんりん
西條奈加 まるまるの毬《いが》

佐伯チズ 新完全版 佐伯チズ式「完全美肌バイブル」〈123の肌悩みにズバリ回答！〉
斉藤洋 ルドルフとイッパイアッテナ
斉藤洋 ルドルフともだちひとりだち
佐々木裕一 公家武者 信平《のぶひら》〈消えた狐丸〉
佐々木裕一 逃げた名馬〈公家武者 信平(二)〉
佐々木裕一 比叡山の鬼〈公家武者 信平(三)〉
佐々木裕一 公《く》卿《ぎょう》の罠《わな》〈公家武者 信平(四)〉
佐々木裕一 狙われた旗本〈公家武者 信平(五)〉
佐々木裕一 赤い刀身〈公家武者 信平(六)〉
佐々木裕一 帝《みかど》の刀匠《とうしょう》〈公家武者 信平(七)〉
佐々木裕一 若君の覚悟〈公家武者 信平(八)〉
佐々木裕一 くもの頭領〈公家武者 信平(九)〉
佐々木裕一 宮中の誘い〈公家武者 信平(十)〉
佐々木裕一 雲雀《ひばり》の太刀〈公家武者 信平(十一)〉
佐々木裕一 決着の鬨《とき》〈公家武者 信平(十二)〉
佐々木裕一 狐のちょうちん〈公家武者信平ことはじめ(一)〉
佐々木裕一 姫のため息〈公家武者信平ことはじめ(二)〉
佐々木裕一 四谷の弁慶〈公家武者信平ことはじめ(三)〉
佐々木裕一 暴れ公卿〈公家武者信平ことはじめ(四)〉

講談社文庫　目録

講談社文庫　目録

竹本健治　トランプ殺人事件
竹本健治　狂い壁　狂い窓
竹本健治　涙《るい》香《こう》迷《めい》宮《きゅう》
竹本健治　新装版ウロボロスの偽書(上)(下)
竹本健治　ウロボロスの基礎論(上)(下)
竹本健治　ウロボロスの純正音律(上)(下)
高橋源一郎　日本文学盛衰史
高橋克彦　写楽殺人事件
高橋克彦　総門谷
高橋克彦　炎《ほむら》立つ　壱　北の埋み火
高橋克彦　炎立つ　弐　燃える北天
高橋克彦　炎立つ　参　空への炎
高橋克彦　炎立つ　四　冥き稲妻
高橋克彦　炎立つ　伍　光彩楽土〈全五巻〉
高橋克彦　火怨〈北の燿星アテルイ〉(上)(下)
高橋克彦　水壁〈アテルイを継ぐ男〉
高橋克彦　天を衝く(1)～(3)
高橋克彦　風の陣　一　立志篇
高橋克彦　風の陣　二　大望篇
高橋克彦　風の陣　三　天命篇
高橋克彦　風の陣　四　風雲篇
高橋克彦　風の陣　五　裂心篇
高樹のぶ子　オライオン飛行
田中芳樹　創竜伝1〈超能力四兄弟《ドラゴン》〉
田中芳樹　創竜伝2〈摩天楼の四兄弟《ドラゴン》〉
田中芳樹　創竜伝3〈逆襲の四兄弟《ドラゴン》〉
田中芳樹　創竜伝4〈四兄弟《ドラゴン》脱出行〉
田中芳樹　創竜伝5〈蜃気楼都市《ミラージュ・シティ》〉
田中芳樹　創竜伝6〈染血の夢《ブラッディ・ドリーム》〉
田中芳樹　創竜伝7〈黄土のドラゴン〉
田中芳樹　創竜伝8〈仙境のドラゴン〉
田中芳樹　創竜伝9〈妖世紀のドラゴン〉
田中芳樹　創竜伝10〈大英帝国最後の日〉
田中芳樹　創竜伝11〈銀月王伝奇〉
田中芳樹　創竜伝12〈竜王風雲録〉
田中芳樹　創竜伝13〈噴火列島〉
田中芳樹　魔天楼〈薬師寺涼子の怪奇事件簿〉
田中芳樹　東京ナイトメア〈薬師寺涼子の怪奇事件簿〉
田中芳樹　巴《パ》里《リ》・妖都変〈薬師寺涼子の怪奇事件簿〉
田中芳樹　クレオパトラの葬送〈薬師寺涼子の怪奇事件簿〉
田中芳樹　黒蜘蛛島《ブラック・スパイダー・アイランド》〈薬師寺涼子の怪奇事件簿〉
田中芳樹　夜光曲〈薬師寺涼子の怪奇事件簿〉
田中芳樹　魔境の女王陛下〈薬師寺涼子の怪奇事件簿〉
田中芳樹　海から何かがやってくる〈薬師寺涼子の怪奇事件簿〉
田中芳樹　タイタニア1〈疾風篇〉
田中芳樹　タイタニア2〈暴風篇〉
田中芳樹　タイタニア3〈旋風篇〉
田中芳樹　タイタニア4〈烈風篇〉
田中芳樹　タイタニア5〈凄風篇〉
田中芳樹　ラインの虜囚
田中芳樹　新・水滸後伝(上)(下)
田中芳樹・幸田露伴 原作　運命〈二人の皇帝〉
田中芳樹・土屋守　「イギリス病」のすすめ
田中芳樹ほか 文・皇名月 画・文　中国帝王図
田中芳樹・赤城毅　中欧怪奇紀行
田中芳樹 編訳　岳飛伝(一)〈青雲篇〉
田中芳樹 編訳　岳飛伝(二)〈烽火篇〉

講談社文庫　目録

千野隆司　追　跡
知野《ちの》みさき　江戸は浅草
知野みさき　江戸は浅草2〈盗人探し〉
知野みさき　江戸は浅草3〈桃と桜〉
知野みさき　江戸は浅草4〈冬青灯籠《そよごどうろう》〉
崔《チエ》　実《シル》　ジニのパズル
筒井康隆　創作の極意と掟
筒井康隆　読書の極意と掟
筒井康隆ほか12名　名探偵登場！
都筑道夫　なめくじに聞いてみろ〈新装版〉
辻村深月　冷たい校舎の時は止まる(上)(下)
辻村深月　子どもたちは夜と遊ぶ(上)(下)
辻村深月　凍りのくじら
辻村深月　ぼくのメジャースプーン
辻村深月　スロウハイツの神様(上)(下)
辻村深月　名前探しの放課後(上)(下)
辻村深月　ロードムービー
辻村深月　ゼロ、ハチ、ゼロ、ナナ。
辻村深月　V.T.R.
辻村深月　光待つ場所へ
辻村深月　ネオカル日和
辻村深月　島はぼくらと
辻村深月　家族シアター
辻村深月　図書室で暮らしたい
辻村深月　噛みあわない会話と、ある過去について
新川直司　漫画　辻村深月　原作　コミック 冷たい校舎の時は止まる(上)(下)
津村記久子　ポトスライムの舟
津村記久子　カソウスキの行方
津村記久子　やりたいことは二度寝だけ
津村記久子　二度寝とは、遠くにありて想うもの
恒川光太郎　竜が最後に帰る場所
月村了衛　神《み》子《こ》上《がみ》典《てん》膳《ぜん》
月村了衛　悪の五輪
辻堂　魁《かい》　落《ゆう》暉《ひ》に燃ゆる〈大岡裁き再吟味〉
フランソワ・デュボワ　太極拳が教えてくれた人生の宝物〈中国・武当山90日間修行の記〉
土居良一　海　翁　伝
鳥羽　亮　金貸し権兵衛〈鶴亀横丁の風来坊〉
鳥羽　亮　提《ちょう》灯《ちん》斬り〈鶴亀横丁の風来坊〉
鳥羽　亮　お京危うし〈鶴亀横丁の風来坊〉
鳥羽　亮　狙われた横丁〈鶴亀横丁の風来坊〉
東郷　隆　上田　信　絵　【絵解き】雑兵足軽たちの戦い〈歴史・時代小説ファン必携〉
堂場瞬一　八月からの手紙
堂場瞬一　壊れる心〈警視庁犯罪被害者支援課〉
堂場瞬一　邪　心〈警視庁犯罪被害者支援課2〉
堂場瞬一　二度泣いた少女〈警視庁犯罪被害者支援課3〉
堂場瞬一　身代わりの空(上)(下)〈警視庁犯罪被害者支援課4〉
堂場瞬一　影の守護者〈警視庁犯罪被害者支援課5〉
堂場瞬一　不信の鎖〈警視庁犯罪被害者支援課6〉
堂場瞬一　空白の家族〈警視庁犯罪被害者支援課7〉
堂場瞬一　チェンジ〈警視庁犯罪被害者支援課8〉
堂場瞬一　傷
堂場瞬一　埋れた牙
堂場瞬一　Killers(上)(下)
堂場瞬一　虹のふもと
堂場瞬一　ネタ元
堂場瞬一　ピットフォール
土橋章宏　超高速！参勤交代

講談社文庫　目録

土橋章宏　超高速！参勤交代 リターンズ
戸谷洋志　Jポップで考える哲学〈自分を問い直すための15曲〉
富樫倫太郎　信長の二十四時間
富樫倫太郎　スカーフェイス〈警視庁特別捜査第三係・淵神律子〉
富樫倫太郎　スカーフェイスII デッドリミット〈警視庁特別捜査第三係・淵神律子〉
富樫倫太郎　スカーフェイスIII ブラッドライン〈警視庁特別捜査第三係・淵神律子〉
富樫倫太郎　スカーフェイスIV デストラップ〈警視庁特別捜査第三係・淵神律子〉
豊田　巧　警視庁鉄道捜査班〈鉄血の警視〉
豊田　巧　警視庁鉄道捜査班〈鉄路の牢獄〉
砥上《とがみ》裕將《ひろまさ》　線は、僕を描《えが》く
夏樹静子　新装版 二人の夫をもつ女
中井英夫　新装版 虚無への供物(上)(下)
中島らも　僕にはわからない
中島らも　今夜、すべてのバーで〈新装版〉
鳴海　章　フェイスブレイカー
鳴海　章　謀略航路
鳴海　章　全能兵器AiCO《アイコ》
中嶋博行　新装版 検察捜査
中村天風　運命を拓く〈天風瞑想録〉
中村天風　叡智のひびき〈天風哲人 箴言註釈《しんげんちゅうしゃく》〉
中山康樹　ジョン・レノンから始まるロック名盤
梨屋アリエ　でりばりぃAge
梨屋アリエ　ピアニッシシモ
中島京子　妻が椎茸だったころ
中島京子ほか　黒い結婚 白い結婚
奈須きのこ　空の境界(上)(中)(下)
中村彰彦　乱世の名将 治世の名臣
長野まゆみ　簞笥のなか
長野まゆみ　レモンタルト
長野まゆみ　チマチマ記
長野まゆみ　冥途あり
長野まゆみ　45°〈ここだけの話〉
長嶋　有　夕子ちゃんの近道
長嶋　有　佐渡の三人
長嶋　有　もう生まれたくない
永嶋恵美　擬態
永井　均　内田かずひろ 絵　子どものための哲学対話
なかにし礼　戦場のニーナ
なかにし礼　生きる力〈心でがんに克《か》つ〉
なかにし礼　夜の歌(上)(下)
中村文則　最後の命
中村文則　悪と仮面のルール
中田整一 編/解説　真珠湾攻撃総隊長の回想〈淵田美津雄自叙伝〉
中田整一　四月七日の桜〈戦艦「大和」と伊藤整一の最期〉
中村江里子　女四世代、ひとつ屋根の下
中野美代子　カスティリオーネの庭
中野孝次　すらすら読める方丈記
中野孝次　すらすら読める徒然草
中山七里　贖罪の奏鳴曲《ソナタ》
中山七里　追憶の夜想曲《ノクターン》
中山七里　恩讐の鎮魂曲《レクイエム》
中山七里　悪徳の輪舞曲《ロンド》
長島有里枝　背中の記憶
長浦　京　赤《セキ》刃《ジン》
長浦　京　リボルバー・リリー
中脇初枝　世界の果てのこどもたち
中脇初枝　神の島のこどもたち

2022年 3 月15日現在